Mit den »vorläufigen Bemerkungen zu zwei Diagrammen«, dem Essay, der diesem Band den Titel gibt, versucht Arthur Schnitzler die Beziehung zwischen dem Geistmenschen, etwa dem Philosophen, und dem Tatmenschen, etwa dem Staatsmann, mit ihren positiven wie ihren negativen Ausprägungen darzustellen. »Wahrheit und Lüge, Dämonie und Satanie, Mensch und Unmensch stehen einander hier gegenüber.« Die übrigen Texte bieten in thematischer Vielfalt »Verstreut Erschienenes«: Aphorismen und Betrachtungen während des Ersten Weltkriegs, Notizen zu Politik und Gesellschaft, Philosophie und Ethik, Glaube und Religion, Psychologisches, Freundschaft und Frauen sowie Sprüche in Versen, Parabeln und Antworten auf Rundfragen.

Arthur Schnitzler wurde am 15. Mai 1862 in Wien geboren. Noch bevor er auf das Akademische Gymnasium kam, als Neunjähriger, versuchte er, seine ersten Dramen zu schreiben. Nach dem Abitur studierte er Medizin, wurde 1885 Aspirant und Sekundararzt; 1888 bis 1893 war er Assistent seines Vaters in der Allgemeinen Poliklinik in Wien; nach dessen Tod eröffnete er eine Privatpraxis. 1886 die ersten Veröffentlichungen in Zeitschriften, 1888 das erste Bühnenmanuskript, 1893 die erste Uraufführung, 1895 das erste Buch, die Erzählung ›Sterben‹ bei S. Fischer in Berlin. Beginn lebenslanger Freundschaften mit Hugo von Hofmannsthal, Felix Salten, Richard Beer-Hofmann und Hermann Bahr. Das dramatische und erzählerische Werk entstehen parallel. Stets bildet der einzelne Mensch, die individuelle Gestalt »in ihrem Egoismus oder ihrer Hingabe, ihrer Bindungslosigkeit oder Opferbereitschaft, in ihrer Wahrhaftigkeit oder Verlogenheit« (Reinhard Urbach), den Mittelpunkt seiner durchweg im Wien der Jahrhundertwende angesiedelten Stoffe. Arthur Schnitzler hat, von Reisen abgesehen, seine Geburtsstadt nie verlassen; am 21. Oktober 1931 ist er dort gestorben.

Arthur Schnitzler
Aphorismen und Betrachtungen

Herausgegeben von Robert O. Weiss

1
Buch der Sprüche und Bedenken

2
Der Geist im Wort und der Geist in der Tat

3
Über Kunst und Kritik

Arthur Schnitzler
Aphorismen und Betrachtungen

Band 2

Der Geist im Wort und der Geist in der Tat

Bemerkungen und Aufzeichnungen

Fischer
Taschenbuch
Verlag

Textvorlage für diese Ausgabe
ist der Band ›Aphorismen und Betrachtungen‹
innerhalb der ›Gesammelten Werke‹ von Arthur Schnitzler,
Frankfurt am Main: S. Fischer Verlag 1967

Veröffentlicht im Fischer Taschenbuch Verlag GmbH,
Frankfurt am Main, Dezember 1993

Lizenzausgabe mit freundlicher Genehmigung
des S. Fischer Verlags GmbH, Frankfurt am Main

Umschlagentwurf: Buchholz/Hinsch/Hensinger
Druck und Bindung: Clausen & Bosse, Leck
Printed in Germany
ISBN 3-596-11968-5

Gedruckt auf chlor- und säurefreiem Papier

INHALT

DER GEIST IM WORT

und

DER GEIST IN DER TAT

Vorläufige Bemerkungen zu zwei Diagrammen

Im folgenden wird versucht, das Gebiet des menschlichen Geistes, erstens insofern er sich durch das *Wort* und zweitens insofern er sich durch die *Tat* kundzugeben vermag, insbesondere die *Beziehung* zwischen den *Urtypen* des menschlichen Geistes, schematisch in zwei Diagrammen darzustellen, womit *keine Wertung*, sondern ausschließlich eine *Kategorisierung* beabsichtigt ist.

Vielen dürfte dieser Versuch kaum mehr bedeuten als eine graphische Spielerei. Auf andere aber wird er vielleicht anregend, ja in gewissem Sinn beruhigend wirken durch Aufklärung scheinbarer Widersprüche, die uns immer wieder bei der Betrachtung und in der Beurteilung von Individuen zu verwirren pflegen, als welche diese Urtypen in der Welt der Erscheinungen aufzutreten genötigt sind.

Die erläuternden Bemerkungen zu diesen Diagrammen erheben auf Vollständigkeit oder gar auf Endgültigkeit keinen Anspruch.

DER GEIST IM WORT

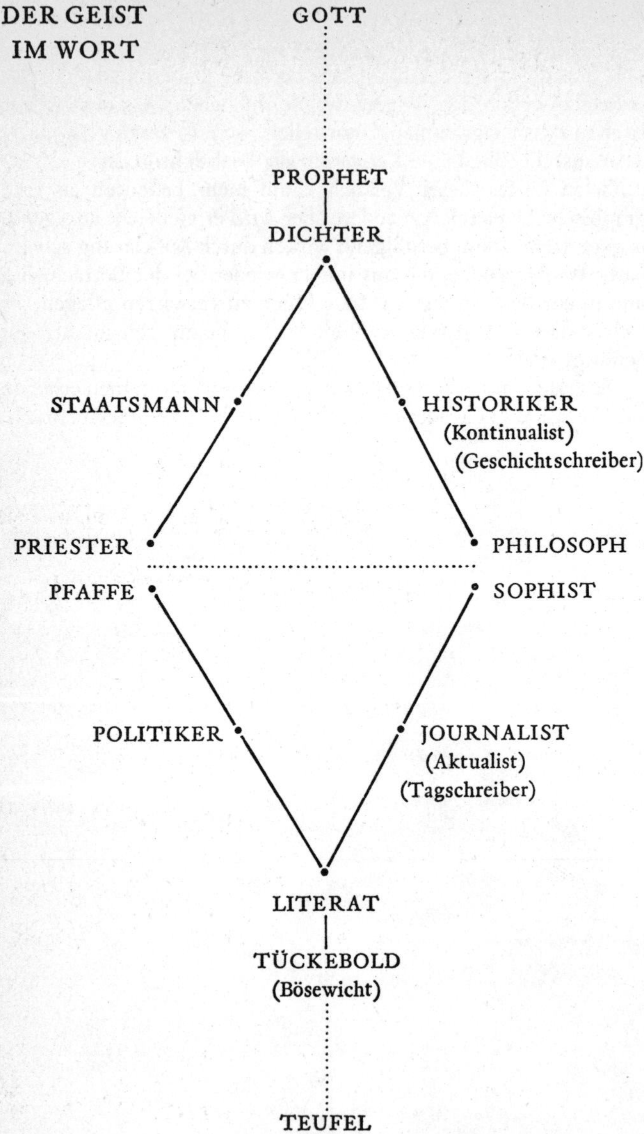

DER GEIST IN DER TAT

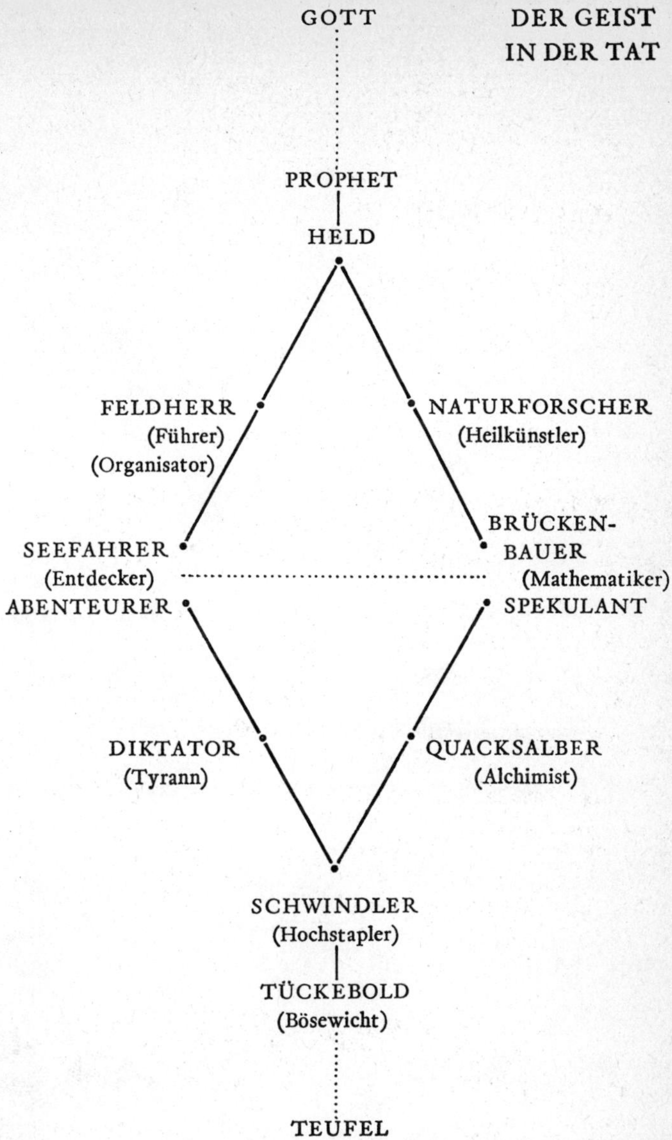

DER GEIST IM WORT

I

Dieses Diagramm (wie auch das andere) stellt, wie man sieht, zwei gegenständige Dreiecke mit einer gemeinsamen Basis dar.

Das *obere* Dreieck hat das *positive*, ins *Göttliche*, das *untere* das *negative*, ins *Teuflische* gerichtete Gebiet des menschlichen Geistes zu bedeuten, insoweit er sich durch das Wort kundzugeben vermag.

Die *linke* Seite des oberen Dreiecks steigt auf vom *Priester* über den *Staatsmann*, die *rechte* vom *Philosophen* über den *Historiker* (Kontinualisten) zum *Dichter*.

Die *linke* Seite des unteren Dreiecks steigt ab vom *Pfaffen* über den *Politiker*, die *rechte* Seite vom *Sophisten* über den *Journalisten* (Aktualisten) zum *Literaten*.

Zur Bezeichnung der Typen sind im allgemeinen nicht die verhältnismäßig zutreffendsten, sondern die *einprägsamsten* Worte gewählt; doch sind bei einzelnen Typen *Varianten* zum näheren Verständnis in Klammern beigefügt oder werden auch nur im Text erwähnt.

Das *absolut zutreffende* Wort zur Bezeichnung des Typus existiert in der Sprache ebensowenig, als eben der *Typus* in der Wirklichkeit vorkommt – und so geht es bei der Nomenklatur nicht ganz ohne Willkür ab.

Mit den Bezeichnungen, die hier angewandt sind (Priester, Staatsmann, Philosoph, Historiker, Dichter, Pfaffe, Politiker, Sophist, Journalist, Literat), sind keineswegs *Berufsarten* oder *spezifische Begabungen* gemeint, sondern eben *Geistesverfassungen*, zu denen die entsprechenden spezifischen Begabungen eine größere oder geringere Affinität besitzen und deren Vorhandensein die Repräsentanten der betreffenden Typen zu den entsprechenden Berufen zu disponieren pflegt.

Ebensowenig wie durch den auf- und absteigenden Charakter der Dreieckseiten eine *geistige Rangordnung* der Urtypen angedeutet sein soll, ebensowenig wird durch die Anordnung rechts und links eine *Gesinnung* irgendwelcher Art ausgedrückt. Oben und unten, rechts und links, hinauf und hinab haben hier nur *graphische Bedeutung*, und durch die Anordnung der Typen innerhalb des Diagramms soll im wesentlichen nur das *Verhältnis der Typen zueinander* festgestellt werden.

An den einander entsprechenden Punkten des oberen und des unteren Dreiecks sind immer diejenigen Geistestypen gegenübergestellt, zwischen denen gewisse *Analogien* äußerer und innerer Art bestehen, Analogien von so zwingender Art, daß die Repräsentanten der betreffenden Typen sich oft durch nichts anderes als durch ihre *Vorzeichen plus und minus* voneinander zu unterscheiden scheinen, was freilich genügt, um sie zu den vollkommensten *Gegensätzen* zu machen.

2

Die *Grenzlinie*, die das obere von dem unteren Dreieck scheidet, ist *ideell unüberschreitbar*, und jede *Geistesverfassung* als solche ist *angeboren*, *einheitlich* und *unveränderlich*. Es gibt *keine Übergänge* von den positiven Typen zu den negativen Typen, vom *Menschen*, wie wir die Repräsentanten im obern, zum *Un-Menschen*, wie wir die Repräsentanten im untern Dreieck nennen dürfen.

Es gibt auch *keine Übergänge* von einem Typ zum andern im *gleichen* Dreieck. Wir begegnen natürlich gelegentlich einem philosophisch angelegten Staatsmann, einem priesterlichen Dichter, einem historisch gerichteten Philosophen, einem journalistisch eingestellten Politiker, einem literatenhaften Sophisten usw.; aber eine eingehende Betrachtung und mehr noch der Blick des Menschenkenners wird den eigentlichen Kern, wird die *ursprüngliche* und *einheitliche Geistesverfassung*, wird den *Urtypus* mit Sicherheit zu diagnostizieren vermögen.

Wer als Repräsentant des Typus *Pfaffe* geboren ist, kann niemals zum *Priester* werden, auch wenn er den Beruf des Priesters erwählt. Kein *Politiker*, auch auf dem Gipfel äußerer Macht, vermag sich jemals zum *Staatsmann* zu entwickeln. Kein *Literat*, auch von den glänzendsten Gaben, ist jemals zum *Dichter* geworden. Daß auch der *Sophist* vom *Philosophen*, der *Journalist* (Aktualist) vom *Historiker* (Kontinualist) »durch Welten«, d.h. durch die unüberschreitbare Linie voneinander getrennt sind, leuchtet ohne weiteres ein.

Ist aber auch die ideelle Grenzlinie unüberschreitbar, – die tiefe, und doch trügerische, nicht selten tragische *Verwandtschaft* zwischen dem Typ und seinem Gegentyp – trügerisch durch die oft leichte Verwechselbarkeit, tragisch zuweilen durch das Verhältnis der *Unüberbrückbarkeit*, das zwischen ihnen besteht, diese Verwandtschaft gerade zwischen Typ und Gegentyp gibt zu *Fehldiagnosen* immer wieder verhängnisvollen Anlaß.

3

Die Schwierigkeit aber, den positiven Typ von seinem Gegentyp in jedem Fall zu *unterscheiden*, liegt vor allem darin, daß die Repräsentanten des *positiven* Typus bewußt oder unbewußt genötigt sind, sobald der innere Drang oder die äußere Notwendigkeit des *Wirkens* sich ergibt, manche von den Ausdrucks- und Lebensformen der entsprechenden *negativen Gegentypen* sich anzueignen, ja sich in diese Gegentypen unabsichtlich oder auch absichtlich zu verstellen.

Ja, man könnte sagen, daß ein *Hauch höllischen Geistes* dem *positiven* Typ nicht nur zur Möglichkeit des *Wirkens*, sondern schon zum eigentlichen *Da-Sein* geradezu unerläßlich ist.

Der Priester wird sich oft genug wie ein Pfaffe äußern und gebärden müssen, um von der Gemeinde seiner Gläubigen auch nur verstanden zu werden. *Der Staatsmann* kann zur Erreichung eines vorgesetzten Zieles auf die Mittel des Politikers nur selten verzichten. *Der Philosoph* behilft sich zuweilen mit den Methoden des Sophisten, um seine Schüler auf bequemerem Weg zur Wahrheit hinzuleiten oder zu dem, was ihm als solche erscheint. *Der Historiker* (Kontinualist) kann zum mindesten in der Darstellung und im Vortrag journalistischer resp. aktualistischer Formulierungen nicht immer völlig entraten. *Der Dichter* scheint sich vom Literaten manchmal nur durch seine geringere Geschicklichkeit in den Bemühungen um einen äußeren Erfolg zu unterscheiden, der ihm oft erst die Voraussetzung für die Möglichkeit weiteren Schaffens bieten würde oder bietet.

Diese *Notwendigkeit*, ja manchmal schon die *Voraussicht der Notwendigkeit*, jenen Hauch *höllischen Geistes* nicht entbehren zu können, ist es, die unter Umständen die *Tragik* solcher Menschen bedeutet, an der zugrunde zu gehen sie um so eher in Gefahr sind, in je reinerer und höherer Weise sie ihren Typus repräsentieren.

Andererseits wieder ist dem *negativen Typus* das *Streben* oder zum mindesten eine – zuweilen kaum bewußte – *Sehnsucht* nach der Wesenheit seines positiven Gegentypus eingeboren, manchmal verbunden mit dem Wissen um die Vergeblichkeit dieser Sehnsucht, was auch hier zu nahezu tragischen, im Grunde aber doch nur *tragikomischen* Konflikten führen kann.

Noch öfter aber kommt es vor, daß der *negative Typ* geneigt ist, sich entweder als den entsprechenden positiven Gegentyp zu *fühlen* oder doch sich als solchen *aufzuspielen*, auch wenn es ihm mehr oder weniger bewußt ist, daß sein Reich innerhalb des negativen Gebietes beschlossen ist. Solche Repräsentanten des negativen Typus wirken in ihren angemaßten Rollen je nach Begabung, Charakteranlagen, äußeren Umständen lächerlich, unverschämt oder beklagenswert; manchmal aber gelingt es ihnen, durch Gewandtheit oder auch durch Naivität *über ihre eigentliche Natur* auch den Menschenkenner eine gewisse Zeit hindurch zu *täuschen*.

Manche Repräsentanten des *positiven Typus* sind verdammt, zeitlebens *unerkannt* auf Erden zu wandeln oder sogar für den entsprechenden Gegentyp zu gelten. Für manche wieder bedarf es eines *großen Anlasses*, damit sie sich als das erweisen können, was sie wirklich sind. Bleibt ein solcher Anlaß aus, so kann es geschehen, daß ihnen zeitlebens ihr eigenes Wesen verborgen bleibt oder ihnen nur ahnungsweise schmerzlich zu Bewußtsein kommt.

Mancher Repräsentant des *positiven* Typus wandelt, mit Absicht in den Gegentyp *verkleidet*, auf Erden umher; mancher *gefällt sich* dauernd aus irgendeinem Grunde in dieser Rolle eines Gegentyps, mancher *spielt* sie aus Ekel weiter (»an der Menschheit verzweifelnd« oder »sie verachtend«), nicht selten tritt auch eine Art von *Mimikry* ein, so daß z.B. mancher Staatsmann von dem Gewimmel der Politiker um ihn, mancher Priester nicht von den Pfaffen – gelegentlich selbst für den Kenner – zu unterscheiden ist. Es geschieht sogar manchmal, daß der positive Typ eine *Sehnsucht* danach empfindet, sein *Gegentyp* zu sein, insofern er nämlich diesen beneidet – um dessen Unbeschwertsein, dessen innere Unverantwortlichkeit und die dadurch zuweilen gesteigerten Möglichkeiten eines höheren Wirkens.

Ein *bedeutender Anlaß* kann den Repräsentanten des *negativen* Typs für beschränkte Dauer, natürlich immer nur *scheinbar*, in seinen *positiven* Gegentyp verwandeln: merkwürdige Zeitumstände, ein starkes persönliches Erlebnis, ein gewaltiges Beispiel, ein äußerer Zwang – all dies kann solche *scheinbare* Wandlungen herbeiführen. So wird z.B. ein *Politiker* von diplomatischer, rhetorischer, organisatorischer Begabung gelegentlich wie ein *Staats-*

mann, ein redegewandter *Pfaff* wie ein *Priester*, ein *Literat* unter dem Einfluß eines starken persönlichen Erlebnisses in irgendeinem seiner Werke wie ein *Dichter* wirken. Niemals aber wird ein solcher Trug dauern, und der Kenner durchschaut ihn oft schon im Augenblick, da er versucht wird und der Menge gegenüber gelingt.

4

Die *Bedeutung und der Umfang der Persönlichkeit* steht keineswegs in einem direkten Zusammenhang mit der Zugehörigkeit zum positiven oder negativen Gebiet. Es gibt schwache Begabungen, unbeträchtliche Energien auch im positiven – und es gibt außerordentliche Temperamente und große Talente auch im negativen Gebiet. Denn die *Persönlichkeit* des *Geistesmenschen* wird nicht allein durch die *Geistesverfassung*, sondern auch durch die *Begabungen* und *Seelenzustände* bestimmt (über die in einem nächsten Kapitel mehr zu sagen sein wird); – bis zu einem gewissen Grade auch durch die *äußere Erscheinung* und *körperlichen Eigenschaften*, insofern diese von Seelenzuständen und auch Begabungen beeinflußt werden oder auf diese zurückwirken können. *Bedeutende* Persönlichkeiten gibt es also auch im *negativen*, *große* Menschen jedoch nur im *positiven* Gebiet, denn nur dort gibt es Fruchtbarkeit und Folge.

Ja die *allgemeine Geistes- und Kulturatmosphäre* wird ebensosehr, vielleicht in noch höherem Maße durch die Repräsentanten des negativen als durch die des positiven Typus bedingt. *Erregend*, *belebend*, öfter freilich noch *beunruhigend*, nicht nur durch seine Leistungen, sondern schon durch sein Dasein, wirkt manchmal der Repräsentant des negativen Typus in höherem Maße als der positive; wahrhaft *fördernd* nur dieser. Alles im eigentlichen Sinn *Dauernde* wird trotz des zahlenmäßigen Überwiegens der bedeutenden Persönlichkeiten im negativen Gebiet nur durch den *positiven* Typ geleistet.

Der *positive* Typ ist Irrtümern unterworfen gerade so wie der *negative*, aber sein Irrtum auch ist fruchtbar, denn in seinem Irrtum noch ist die Wahrheit seiner Persönlichkeit. Der *positive* Typ ist jederzeit bereit, sein Leben an sein Werk hinzugeben, und hat kein Interesse daran, als Individuum dem Siege seines Werkes oder seiner Idee beizuwohnen. Nicht auf persönlichen Nachruhm, sondern auf die *Unsterblichkeit der Idee* kommt es ihm an.

Der *positive Typus* ist *einsam*, aber *eingeordnet;* der *negative Typus gesellig*, aber *isoliert*.

Für den *positiven Typus* ist der *Raum* bedeutungslos, da er ins Ewige und ins Unendliche wirkt. Der *negative Typus* lebt ohne das Gefühl von Zusammenhängen; das Gestern ist tot für ihn, das Morgen unvorstellbar, nur im Raume vermag er sich auszubreiten, er *hat im wahren Sinn des Wortes »keine Zeit«;* daher seine Ungeduld, seine Unruhe und seine Unbedenklichkeit in der Wahl seiner Mittel.

5

Zum Wesen des *Priesters* und des *Staatsmannes*, also der Typen auf der linken Seite des Dreiecks, gehört es, daß sie sich als Erfüller einer *Sendung*, unter Umständen einer göttlichen Aufgabe erscheinen; ein gewisser Grad von *Intuition* ist für sie charakteristisch und bedeutungsvoll.

Der *Philosoph* und der *Historiker* dagegen, die Typen der rechten Seite also, sind auf *Tatsachen* und *Erkenntnisse* in höherem Grade eingestellt und angewiesen. Sie werden durch Zweifel gefördert, während dem Priester und dem Staatsmann Zweifel gefährlich werden können – nicht müssen.

Wohl sind *Philosoph* und *Historiker*, niemals aber *Priester* und *Staatsmann* ohne mystischen Einschlag zu denken, doch fehlt es nicht an Priestern und Staatsmännern, die zweiflerisch oder skeptisch angelegt sind, ebensowenig an gläubig angelegten Philosophen und Historikern.

6

Der *Priester* will Andacht, der *Pfaffe* Unterwerfung, der *Staatsmann* Entwicklung, der *Politiker* Parteisieg (gleichgültig im Einzelfall, ob es »Fortschritt« oder »Rückschritt« sei).

Der *Philosoph* sucht höhere Ordnung, der *Sophist* Gedankenspiel; der *Historiker* Einsicht und Zusammenhang, der *Journalist* Tempo und Verwirrung, der *Dichter* Gestaltung und Form, der *Literat* Figur und Ornament.

Es ist nicht zufällig innerhalb des Diagramms, daß *Priester* und *Philosoph*, wenn auch in der gleichen Ebene, am *weitesten* voneinander entfernt, *Staatsmann* und *Historiker*, auch ihrerseits auf gleicher Ebene, einander *näher* sind als *Priester* und *Philosoph*.

Ebenso hat es seine Bedeutung, daß *Priester* und *Pfaffe*, wenn auch durch die unüberschreitbare Linie getrennt, daß auch *Philosoph* und *Sophist* einander näherstehen als *Staatsmann* einer- und *Politiker* andererseits, *Historiker* einer- und *Journalist* andererseits – und daß am weitesten voneinander entfernt *Literat* und *Dichter* stehen.

7

Vom *Dichter*, also von der Spitze des oberen Dreiecks, führt eine *imaginäre Linie* über den *Propheten* zu *Gott;* vom *Literaten*, also von der Spitze des unteren Dreiecks, eine Linie über den *Tückebold* zum *Teufel.*

Der Prophet ebenso wie der Tückebold (Bösewicht, für dessen niedere Erscheinungsformen banalere Bezeichnungen, wie Gamin oder Lausbub, sich darbieten) stehen zum Diagramm »Der Geist in der Tat« in derselben Beziehung wie zum Diagramm »Der Geist im Wort«.

Die Repräsentanten dieser Typen, *Prophet* und *Tückebold*, entfalten ihr Wesen häufig genug in den *Bezirken des Wahns.* Und so wie der *Prophet* als *Visionär* und manchmal als *Besessener* auftritt, erscheint der Tückebold nicht selten (insbesondere über dem Diagramm der Tat) als »*Bösewicht*«.

Für *Gott* und *Teufel* gibt es natürlich keine »Repräsentanten« mehr, sie können keineswegs als Typen gelten. Sie sind *höchste Begriffe*, sind Ideen, denen es versagt ist, in irdischer Erscheinung aufzutreten.

8

Es gibt eine Reihe von *ethischen Begriffen*, die nur innerhalb des *positiven*, eine Reihe anderer, die nur innerhalb des *negativen* Dreiecks Geltung, Sinn und Realität gewinnen. Die einzelnen Glieder dieser Reihen, der positiven einer-, der negativen andererseits, stehen geradeso wie die positiven und die negativen Typen in einem *unüberbrückbaren Gegensatz* zueinander.

Das *positive* Dreieck stellt das Reich der *Wahrheit*, das *negative* das der *Lüge* dar.

In gleicher Weise *stehen einander gegenüber* die Begriffe Dämonie und Satanie, Altruismus und Egoismus, Opferwilligkeit und Herzensträgheit, Erlebnis und Sensation, Weg und Karriere, Folge und Erfolg, Humor und Witz, Sachlichkeit und Opportunismus, Stolz und Überheblichkeit, Verantwortungsgefühl und Leichtfertigkeit, und andere mehr.

Doch ist natürlich *nicht* bei jedem Repräsentanten des *positiven* Typus eine *Affinität* zu *allen* für das positive Gebiet charakteristischen ethischen Begriffen, – *nicht* bei *jedem* Repräsentanten des *negativen* Typus eine *Affinität* zu *allen* für das negative Gebiet charakteristischen Begriffen gegeben. Also: nicht jeder Repräsentant des positiven Typus weist dämonische Züge auf oder hat Humor; – nicht jeder Repräsentant des negativen Typus ist satanisch angelegt oder lügenhafter Natur; – dies aber ist gewiß, daß *niemals* bei den positiven Urtypen Begriffe, die für das negative Gebiet charakteristisch sind, und niemals bei den negativen Urtypen Begriffe, die für das positive Gebiet charakteristisch sind, als *wesentlich* in die Erscheinung treten. Es wird beispielsweise in irgendeinem *Einzelfall* dem Politiker nicht an Verantwortungsgefühl fehlen, oder der Dichter mag in irgendeinem seiner Werke als leichtfertig erscheinen; – die *Idee der Gesamtpersönlichkeit* wird hierdurch nicht berührt, und in einem höheren Sinn haben Pfaffe, Politiker, Sophist, Journalist, Literat nichts mit der Wahrheit und mit den übrigen Begriffen der positiven Reihe, – Priester, Staatsmann, Philosoph, Historiker und Dichter nichts mit der Lüge und den übrigen Begriffen der negativen Reihe zu schaffen.

Die meisten dieser Begriffe und deren strenge Zugehörigkeit entweder zum positiven oder zum negativen Gebiet bedürfen keiner Erklärung. Z.B. ist die *Gegensätzlichkeit* zwischen Altruismus und Egoismus, zwischen Verantwortungsgefühl und Leichtfertigkeit, Sachlichkeit und Opportunismus ohne weiteres verständlich. Bei anderen gegensätzlichen Begriffen, wie z.B. Erlebnis und Sensation, Weg und Karriere, gilt zuweilen Ähnliches, als anläßlich der Gegensätzlichkeit gewisser Geistesverfassungen bemerkt wurde: daß diese Begriffe sich manchmal nur durch das positive oder negative Vorzeichen voneinander zu unterscheiden scheinen. (Z.B.: Ein Schicksal, das dem Dichter Erlebnis bedeutet, ist dem Literaten meist nur Sensation usw.) Wenn ich aber Begriffe wie Dämonie und Satanie (dämonisches und satanisches Wesen), wie Humor und Witz (Ironie, Satire) als absolute Gegensätze ansehe und die ausschließliche Affinität der einen Begriffe zu den positiven, der anderen zu den negativen Geistesverfassungen als gegeben erachte, so bedarf es dafür vielleicht einer Erklärung.

Was an einem Menschen als *satanisch* wirkt, ist eine Vereinigung von niederen menschlichen Eigenschaften (Bosheit, Neid, Haß) in einer Atmosphäre von mehr oder minder hoher Geistigkeit; was als *dämonisch* wirkt, eine Vereinigung außerordentlicher Geistesgaben in der Atmosphäre höherer Seelenzustände.

Das *Satanische* ist stets bewußt, auf seine Wirkung bedacht und unfruchtbar – auch bei lebhaftester Geschäftigkeit; das *Dämonische* stets unbewußt, unbekümmert um seine augenblickliche Wirkung und immer fruchtbar – auch bei scheinbarer Untätigkeit.

Das *Satanische* kann immer nur durch seine Äußerungen sich bemerkbar machen und wirken, das *Dämonische* auch einfach durch sein Da-Sein.

Humor ist immer *dämonischer* Natur; das Reich von *Witz*, *Ironie*, *Satire*, dieser gefallenen Engel des Geistes, ist innerhalb des *Satanischen* beschlossen.

Freilich ist auch hier – keineswegs eine Einschränkung – aber doch eine Erläuterung geboten: daß nämlich der Humor sich gelegentlich der Ironie, der Satire, des Witzes zu stilistischen Zwecken bedient, daß satirische Begabung, eine Neigung zu ironischen Seelenzuständen, eine Anlage zu Witz sich oft genug bei Repräsentanten des positiven Typus findet, ja daß der große Satiriker der Geistesverfassung nach den Typus Philosoph, Historiker oder auch Dichter repräsentieren kann.

Auch hier gilt also der Satz, daß die *Einzeläußerung* und auch eine Reihe von Einzeläußerungen einer Persönlichkeit in ihren letzten *Motiven* und ihren *Zusammenhängen* erkannt werden müssen, ehe man sie als die eigentlichen *Charakteristika* dieser Persönlichkeit ansprechen darf. Und eben darum, weil die Gesamtpersönlichkeit kaum jemals als Ganzes zu überschauen ist, wird das wirkliche Erfassen einer Persönlichkeit, *Menschenkenntnis* im wahren Sinn des Wortes, zuletzt immer eine *Sache der Intuition bleiben.*

9

Da es sich in diesem Diagramm um *Urtypen* von Geistesverfassungen handelt, verbietet sich eine sogenannte *Definition* von selbst. Nur *Beschreibungen* darf ich versuchen, die wohl auf nichts anderes hinauslaufen werden als auf eine *beiläufige Charakterisierung* individueller Repräsentanten jener Urtypen.

Beispiele für die einzelnen Typen werden sich jedermann sowohl aus der Geschichte als aus persönlicher Erfahrung aufdrängen.

Doch hüte ich mich, solche Beispiele anzuführen, die doch nur verwirren würden, da kein Individuum den Typus rein darzustellen vermag. Hierin spricht sich eine gewisse Beschränkung alles Menschentums, zugleich aber dessen nie zu erschöpfende, unendliche Fülle aus.

In manchen Fällen freilich erleichtert schon der Sprachgebrauch so sehr das sofortige Verständnis, daß man auf den Versuch von Definitionen resp. Beschreibungen ohne weiteres verzichten kann.

So muß die Gegensätzlichkeit zwischen *Priester* und *Pfaff*, *Philosoph* und *Sophist* nicht erst erläutert werden. Hingegen wird manchem der *Politiker* bisher entweder nur als eine Abart, vielleicht auch nur als eine geringere Stufe, aber nicht ohne weiteres als Gegensatz des *Staatsmannes* erschienen sein. Daß ein solcher zwischen *Literat* und *Dichter* besteht, ist wohl erst im Laufe der letzten Jahrzehnte weiteren Kreisen durch den Sprachgebrauch deutlich geworden. Daß aber zwischen *Historiker* und *Journalisten*, zutreffender: zwischen *Kontinualisten* und *Aktualisten* eine völlige Gegensätzlichkeit besteht, so sehr, daß wir den einen unter die *Menschen*, den andern unter die *Un-Menschen* einreihen, wird doch erst durch einige erläuternde Bemerkungen klarer werden.

10

Der *Priester* im Ursinn des Wortes ist Spender der göttlichen (religiösen, rituellen) Gnadenmittel. Doch diese Definition nimmt auf den *Beruf* Bezug, nicht auf die *Geistesverfassung*. Als *Typus* innerhalb unseres Diagramms bedeutet er den Helfer, Tröster, Berater, Wegweiser, Freund. Der priesterliche Beruf legitimiert natürlich besonders zur Spendung solcher Gnadenmittel, ob man sie nun göttliche oder menschliche nennen will; keineswegs ist es unerläßliche Voraussetzung, daß der Priester fromm in religiösem oder gar dogmatischem Sinne sei.

Der *Pfaffe* (die Bezeichnung bekam schon frühzeitig, bei Luther, ihren verächtlichen Beisinn) verhält sich zum *Priester* fast gleichungshaft genau wie der *Politiker* zum *Staatsmann* und der *Sophist* zum *Philosophen*.

Daß es unter den Angehörigen des priesterlichen Berufes mehr Pfaffen als Priester gibt, ist ebenso natürlich, wie daß es unter den Leuten, die in den Staatsdienst treten, mehr Politiker gibt als Staatsmänner. Zahlenmäßig *überwiegen* unter den Geistesmenschen die *Repräsentanten des negativen Typus* in einem Verhältnis, das möglicherweise einem biologischen Gesetz entspricht.

11

Den *Staatsmann* definiert das Deutsche Wörterbuch von Heyne als einen Mann, »der Staatsangelegenheiten zu leiten versteht, dem sie anvertraut sind«.

Auf den Urtypus im Diagramm trifft diese an sich etwas beiläufige Definition nur in bescheidenem Ausmaß zu.

Auch dem *Politiker*, dem negativen Gegentypus des Staatsmannes, werden bekanntlich Staatsangelegenheiten anvertraut; und es ist nicht zu leugnen, daß auch der *Politiker* manchmal Staatsangelegenheiten zu leiten weiß; – so wie der Pfaffe berufsmäßig zu predigen und die Beichte abzunehmen versteht. Und wie der *Pfaffe* jeder Religion zugunsten seiner Kirche wirkt, weil die Vergrößerung ihrer Macht zu gleicher Zeit eine Erhöhung der seinen oder doch seines Machtgefühles oder Machtdünkels bedeutet, so fördert auch der *Politiker* die Interessen seiner Partei vor allem, wenn auch manchmal nicht ganz bewußt, aus egoistischen Motiven.

Für den *Politiker* wie für den *Pfaffen*, ja für alle Typen des *negativen* Gebiets, gilt als Lebensregel jener bekannte Spruch, daß der Zweck die Mittel heilige. Im *positiven* Gebiet gilt dagegen das Wort, daß niedrige Mittel imstande sind, auch den edelsten Zweck zu entheiligen.

Dem *Staatsmann* ist das *Wohl seines Staates* oberstes Gesetz. Doch als Staatsmann im höchsten Sinne müßte derjenige gelten, dem das *Wohl der Menschheit* höher stünde als das seines eigenen Staates. So wird es immer wieder geschehen, daß gerade die echtesten Repräsentanten dieses Typus in ihrem eigenen Lande als Hochverräter gelten, so wie die edelsten Priester als Ketzer verfolgt, gekreuzigt und verbrannt wurden.

Hier zeigt es sich am eindringlichsten, daß ein Repräsentant des *positiven* Typus *tragischen Konflikten* um so eher gegenübergestellt sein wird, in *je vollendeterem Maße er den Urtypus repräsentiert.*

12

Der *Philosoph* im eigentlichen Wortsinn bedeutet: einen Freund der Weisheit.

Als Typus im Diagramm bedeutet er den *Denker* schlechtweg,

einen Menschen, dem der Drang, der Zwang, die Leidenschaft des Denkens angeboren ist. Der Sprachgebrauch bezeichnet manche Leute als Philosophen, nicht weil sie geborene Denker sind, sondern weil sie temperamentlos oder mit Resignation Menschen, Dinge und Zustände betrachten, – eine Einstellung zur Welt und zum Leben, die an sich mit Philosophie nicht das geringste zu tun hat.

Dem *Philosophen* als Typus dieses Diagramms ist keineswegs der Wunsch eigen, zu einer sogenannten »Abgeklärtheit«, sondern vor allem der, zu einer inneren *Klarheit* zu gelangen; sein Drang ist es, den Weg zur Wahrheit zu finden, auch wenn er überzeugt ist, daß das Ziel unerreichbar bleiben muß.

Dem *Sophisten*, dem negativen Gegentypus des Philosophen, ist das Denken nicht Drang und Leidenschaft, sondern Spiel, das freilich wieder als solches zur Leidenschaft werden kann. Er ist nicht a priori ein Feind der Wahrheit, aber auch wenn er sie für erreichbar hielte, würde sie nicht das erstrebenswerte Endziel für ihn bedeuten. Es käme ihm nur darauf an, auf dem Wege dahin sich und andre zu unterhalten; – zu wirken und zu blenden. Das schillernde Paradoxon gehört ihm vor allem zu, und für seine Zwecke, ja für sein Lebensgefühl, bedeuten Wahrheit und Lüge durchaus gleichwertige Elemente.

13

Bei dem Typ *Historiker* entspricht die gewählte Bezeichnung am wenigsten der Geistesverfassung, die innerhalb des Diagramms gemeint ist. Der Typus als solcher ist nicht so sehr Historiker, also Geschichtsforscher und Geschichtsschreiber, als vielmehr *Geschichtsfühler*. Er hat den Flair für Zusammenhänge, die Intuition vom Werden der Dinge, er ist der Ahnende, auf der höchsten Stufe der Wissende der Kontinuität, der *Kontinualist*.

Den meisten Menschen bedeutet Geschichte einen schattenhaften Zug von Gespenstern, der ihnen Ereignisse vorführt, deren Ausgang nicht nur den Zuschauern, sondern auch den handelnden Personen bekannt ist. Historisch aber im wahren Sinne denkt nur derjenige, der fähig ist, das Vergangene im Geiste durchaus als ein Gegenwärtiges zu erleben – in dem Sinn, daß er auch das Ende eines ihm durchaus bekannten Vorganges, während er sich mit dessen Entwicklung beschäftigt, als etwas vorläufig Ungewisses empfindet, ja es eigentlich gar nicht anders zu empfinden vermag.

Wenn aber der Historiker auch als Urtypus im Diagramm nicht

den Geschichtsforscher bedeutet, die Geistesverfassung als solche wird naturgemäß zum Beruf des Historikers disponieren.

Interesse für Zusammenhänge, ein stets wacher *Sinn für Kontinuität* ist überhaupt ein *Charakteristikon der positiven Typen*. Beim Historiker (Kontinualisten) wird es zum Drange, ja zur Leidenschaft, die Zusammenhänge im engeren und im weiteren Sinne zu entdecken, den Ablauf der Dinge zu wissen, das *Werden* zu verstehen.

Dies gilt für die *positiven* Typen auch hinsichtlich ihrer *Einstellung dem eigenen Leben gegenüber*. Sie sind sich der Vergangenheit und, soweit es möglich, der Zukunft stets bewußt, während die Existenz der negativen Typen eigentlich nur aus einer Reihenfolge isolierter Momente besteht. Wer aber nur die Gegenwart hat, der hat nur den Augenblick, somit eigentlich nichts.

Der *Historiker* (Kontinualist) muß sich keineswegs vorwiegend mit der Vergangenheit beschäftigen. Es gibt auch *Historiker der Gegenwart*, und der Typ bleibt der gleiche, – ob er sich hauptsächlich für das Reformationszeitalter oder für die französische Revolution oder für das Spanien von heute interessiert.

Der *Journalist* als Typus im Diagramm, also nicht der Berufsjournalist, ist vor allem charakterisiert durch sein Interesse, ja durch seine Leidenschaft für *Aktualität*. Die Bezeichnung *Aktualist* (nicht Aktivist!), womit auch seine Gegensätzlichkeit zum Historiker (Kontinualisten) sich ohne weiteres ausdrückt, käme dem Wesen dieser Geistesverfassung am nächsten. Er ist in Tagesinteressen befangen, vom Gegenwärtigen benommen, ja berauscht. Dem Journalisten wird auch der bedeutungsvollste Vorgang im Innersten gleichgültig sein, wenn er nicht zugleich aktuell oder gar sensationell ist; das Nichtigste aber gewinnt Bedeutung für ihn, wenn es als sensationell oder wenigstens aktuell gelten kann. Die Repräsentanten dieses Typus sind unter allen Repräsentanten des negativen Gebietes *am unrettbarsten im Tag verwurzelt*. Sie wissen nichts von *Zusammenhang*, sondern nur von *Bezug*. Alle Charakteristika des negativen Gebiets sind bei den Repräsentanten dieses Typus am stärksten ausgesprochen. Und nirgends leuchtet die innige Verbindung mit der Begriffsreihe, die wir als charakteristisch für das *negative Dreieck* aufgezeichnet haben, so völlig ein wie in ihrer Affinität zu dem Typus Journalist.

Bedeutende Repräsentanten dieses negativen Typus leiden besonders oft unter der Sehnsucht nach dem positiven Gebiet; und sie feinden es am grimmigsten an. Mit dem *Politiker* und *Spekulanten* (den wir im Diagramm der Tat finden werden) zusammen stellt der Typus des *Journalisten* das eigentlich *satanische* Element der Welt dar.

Unter den *Berufsjournalisten* gibt es viele, die vom Urtypus weniges oder nichts an sich haben, wie ja gerade der *Journalismus als Beruf* besonders geeignet scheint, die verschiedenartigsten Elemente in sich aufzunehmen. Andererseits ist es leicht zu verstehen, daß die Geistesverfassung des Journalismus (Aktualismus) zum Beruf des Journalisten ganz besonders disponiert. Der sogenannte *große Journalist* wird *der Geistesverfassung nach* kaum jemals den Urtypus Journalist, sondern häufig den Typus Historiker (Kontinualist), manchmal den Typus Staatsmann, oder den Typus Dichter, gelegentlich auch den Typus Politiker (also einen anderen Typus des negativen Gebietes) repräsentieren.

14

Der *Dichter* ist Gestalter und Bewahrer aus innerer Notwendigkeit. In seinen schöpferischen Momenten ist ihm die ganze Welt Material für sein Werk. In seinen unfruchtbaren verliert die ganze Welt für ihn ihren Glanz oder erlischt geradezu. Keiner ist so sehr wie er *Mensch von Gnaden des Augenblicks.*

Er ist der fließende Spiegel der Welt und bleibt es, auch wenn der Spiegel sich zeitweilig bis zur Undurchsichtigkeit trübt.

Dem *Literaten* ist die Welt nicht a priori Material für sein Werk. Er ist vielmehr *auf Stoffe aus.* Er betrachtet seine Erlebnisse, seine Beziehungen, seine Stimmungen daraufhin, wie er sie etwa zugunsten seiner Produktion verwenden und ausnützen könnte. Seine *Erlebnisse* sind ihm bewußt oder unbewußt *Mittel zum Zweck.* Er ist unfähig, einem Erlebnis, einem Menschen, einer Sache *betrachtend*, also wahrhaft reinen Herzens gegenüberzustehen. Keiner unter den negativen Typen ist manchmal so *nahe daran*, *tragisch* zu wirken, als er, denn er ist der bewußteste unter ihnen. Aber er bleibt in jedem Falle nur eine *tragikomische* Figur, wenn auch oft bedeutenden Formats.

Er ist unter allen Typen der *unmenschlichste*, daher schreibt man ihm zuweilen Dämonie zu, während er doch auch in seinen bedeutendsten Erscheinungen nur als *satanisch* bezeichnet werden kann.

Beim *Dichter* ist die *Linie des Lebens* und des *Schaffens ein und dieselbe.* Beim *Literaten* sind es *zwei Linien*, die in gewissen (erhöhten) Momenten nahe zueinanderfließen, ja sich so völlig decken können, daß der Eindruck einer einheitlichen Linie hervorgerufen (und der Literat für einen Dichter gehalten) wird. Der Typus *Literat* findet sich keineswegs nur unter den Schriftstellern; *literatenhafte Einstellung* zum Leben im Sinne steter Bereitschaft zur Selbstbeobachtung, Neigung zur Selbstbespiegelung bei Vernachlässigung der zu erfüllenden wesentlichen Forderungen, manchmal selbst zum eigenen Schaden, findet sich bei vielen Menschen, die mit dem Literatenberuf nichts zu tun haben.

Der *Dichter* bringt immer sich selbst dar, auch in einem Werk, darin er matt und unzulänglich ist. Der *Literat* spart sich auf, auch wo er sich zu verschwenden scheint. Deutlicher noch als anderswo zeigt sich hier das quantitative Überwiegen des negativen Prinzips in der Welt: es gibt viel mehr bedeutende Literaten, als es bedeutende Dichter gibt; aber kein Literat, mag er auch Meisterwerke geschaffen haben, ist jemals ein großer Mensch gewesen.

EIN ZWISCHENKAPITEL ÜBER BEGABUNGEN UND SEELENZUSTÄNDE

1

Auf den ersten Blick mag es scheinen, als wenn mit den aufgestellten Typen nicht sämtliche innerhalb dieses Diagramms möglichen einheitlichen Geistesverfassungen aufgezählt wären, und mancher wird z.B. den Satiriker, den Dilettanten, den Kritiker, den Melancholiker, den Fanatiker, den Zweifler, den Enthusiasten und noch viele andere zu vermissen glauben.

Diese genannten und viele andere Typen haben in dem Diagramm einfach deshalb keinen Platz gefunden, weil sie nicht hineingehören. Denn der Kritiker, Enthusiast, Zweifler usw. stellt nie und nimmer den Typus einer *Geistesverfassung* dar; alle diese und andere scheinbar in das Diagramm gehörige Bezeichnungen haben nicht auf Geistesverfassungen, sondern auf *Begabungen* und *Seelenzustände* Bezug, durch welche die *Persönlichkeit des Geistesmenschen* gleichfalls in geringerem und höherem Maße mit bedingt und bestimmt wird.

2

Absolut feste, unverrückbare Beziehungen sind nicht gegeben, doch besteht zweifellos eine gewisse von Gesetzmäßigkeit ziemlich weit entfernte *Affinität* zwischen bestimmten Geistesverfassungen und bestimmten Begabungen, seltener zwischen bestimmten Geistesverfassungen und bestimmten Seelenzuständen; kaum jemals zwischen bestimmten Begabungen und bestimmten Seelenzuständen. Bestimmte Geistesverfassungen bilden zuweilen die Voraussetzung für das Vorhandensein bestimmter Begabungen und bestimmter Seelenzustände; das Umgekehrte ist nie der Fall.

Während die *Geistesverfassungen* stets etwas a priori Gegebenes, *Fixes, Einheitliches und Kernhaftes*, daher *Unabänderliches* vorstellen, kommt den *Seelenzuständen* und selbst den *Begabungen* dieses Kriterium der *Unveränderlichkeit* im gleichen Sinne und in gleichem Maße *keineswegs* zu.

Es ist nicht unwahrscheinlich, daß die *Geistesverfassungen* an bestimmte, *anatomisch-histologische Verhältnisse* gebunden sind; bis zu einem schwer zu bestimmenden Grade dürfte das auch für die Begabungen, insbesondere für die *spezifischen* Begabungen, zutreffen; die *Seelenzustände* jedoch – nicht nur die fließenden, sondern auch die scheinbar fixen: Charakteranlagen, Temperamente, Eigenschaften – sind höchstwahrscheinlich durch physikalisch-chemische, größtenteils wohl innersekretorische Vorgänge regelmäßiger oder wechselnder Natur bedingt, zu denen eine Disposition angeboren zu sein pflegt.

Mit dieser Annahme sind natürlich weder Geistesverfassungen noch Begabungen und Seelenzustände materialistisch erklärt. Es soll damit nur eine zweifellos vorhandene, in ihrem Wesen keineswegs durchsichtige (und vielleicht nicht immer Abhängigkeit bedeutende) *Beziehung zwischen Geistesverfassungen, Begabungen und Seelenzuständen einerseits und deren körperlichen Korrelaten* andererseits festgestellt werden. Auch wenn es uns gelänge, eine Geistesverfassung (vielleicht auch eine spezifische Begabung) mit Sicherheit an einer bestimmten Stelle des Gehirns zu lokalisieren oder einen Seelenzustand mit der Funktion eines bestimmten Nerven oder einer bestimmten Drüse in ursächliche Beziehung zu bringen, so bliebe das eigentliche Wesen von *Geist und Seele* genau so unfaßbar wie vorher (ebenso wie durch die Tatsache, daß die Fähigkeit des Sehens an das Vorhandensein und die Funktionstüchtigkeit des Nervus opticus gebunden ist, die Tatsache des Sehens als solche keineswegs enträtselt ist).

3

Wir können *allgemeine* und *spezifische* Begabungen unterscheiden.

Die allgemeinen Begabungen könnte man auch als *allgemeine Anlagen intellektueller Natur* bezeichnen, wie z. B. Fleiß, Phantasie, Scharfsinn – im Gegensatz zu den *Anlagen ethischer Natur*, den eigentlichen *Charakteranlagen*, wie z. B. Güte, Gerechtigkeit, Grausamkeit usw.

Bei manchen allgemeinen Anlagen wird es sich schwer entscheiden lassen, ob sie eher den Anlagen intellektueller oder den Anlagen ethischer Natur zuzuzählen sind (z. B. Schlauheit).

Die *allgemeinen Begabungen* sind in Hinsicht auf die Gesamtpersönlichkeit oft bedeutungsvoller als die *spezifischen Begabungen* und je nach ihrem Grade auch mehr oder minder bestimmend für die Entwicklungsmöglichkeiten einer spezifischen Begabung. So wird z. B. die Phantasie fördernd auf die dichterische, der Scharfsinn auf die philosophische Begabung wirken usw.

Eine *allgemeine Begabung* darf nicht verwechselt werden mit einer *vielseitigen Begabung*, worunter wir bekanntlich das Vorkommen mehrerer verschiedenartiger spezifischer Begabungen in einem und demselben Individuum verstehen.

Bestimmte *allgemeine Begabungen* zeigen geradeso wie bestimmte spezifische Begabungen *Affinitäten zu bestimmten Geistesverfassungen.* So wird z.B. die sogenannte diplomatische Begabung sich besonders häufig beim Staatsmann und Politiker finden.

Als *Beispiele für spezifische Begabungen* seien für hundert andere hier vorläufig nur die dichterische, schriftstellerische, rhetorische, staatsmännische, politische angeführt. Man merkt hier nicht zum erstenmal, daß für manche Arten von spezifischer Begabung gleiche *Bezeichnungen* gebraucht werden, wie sie für Typen von *Geistesverfassungen* angewendet wurden. Und gerade der Umstand, daß wir für eine bestimmte spezifische Begabung und für eine bestimmte Geistesverfassung häufig das gleiche Wort haben, gibt zu Irrtümern und Fehldiagnosen oft verhängnisvollen Anlaß. Aber dichterische *Geistesverfassung* und dichterische *Begabung*, journalistische Geistesverfassung und journalistische Begabung usw. sind keineswegs dasselbe, und gerade so wie *Geistesverfassungen* und *Berufsarten* müssen auch *Geistesverfassungen* und *Begabungen*, auch wo gleiche Bezeichnung für beide angewendet wird, streng unterschieden werden.

Die spezifischen Begabungen sind wohl durchaus *angeboren*, müssen aber keineswegs in jedem Falle zur Entwicklung, ja, müssen nicht einmal zur Erscheinung kommen. Äußere Einflüsse, persönliche Schicksale können ihre Verkümmerung oder auch ihre Vervollkommnung zur Folge haben. *Eine Geistesverfassung als solche kann weder verkümmern noch sich vervollkommnen.*

Gewisse *Affinitäten zwischen bestimmten Geistesverfassungen und bestimmten Begabungen* leuchten ohne weiteres ein, wie z.B. die zwischen einer spezifisch dichterischen Begabung und der dichterischen Geistesverfassung. Doch auch hier handelt es sich immer nur um *Affinität*, nicht um notwendige Beziehung oder gar um Identität. Es kann gelegentlich ein sehr hohes Maß dichterischer Begabung vorliegen, ohne daß das betreffende Individuum als Repräsentant des Typus Dichter zu bezeichnen wäre, wie wir andererseits wieder echten Repräsentanten des Typus *Dichter von geringer dichterischer Begabung* begegnen.

So gibt es *dichterisch höchst begabte Schriftsteller*, die der Geistesverfassung nach nicht als Dichter, sondern als *Historiker* (Kontinualisten) zu bezeichnen wären; es gibt auch dichterische Begabungen (besonders solche mit vorwiegend psychologischer Einstellung), die der Geistesverfassung nach dem Typ *Naturforscher* (siehe nächstes Diagramm) angehören, und es gibt Dichter zuweilen hohen Rangs, die dem Typus *Prophet* zuzuzählen sind.

Im *negativen* Gebiet sind die *Affinitäten* zwischen bestimmten *Geistesverfassungen* und den entsprechenden *Begabungen* deutlicher und stärker ausgeprägt als im *positiven* Gebiet. Es gibt z.B. Repräsentanten des Typus Staatsmann mit mäßiger staatsmännischer, – Repräsentanten des Typus Politiker mit hoher politischer Begabung. Und so kann es geschehen, daß der hochbegabte Politiker für einen großen Staatsmann, der mäßig begabte Staatsmann für einen schwachen Politiker gehalten wird.

Jede Art von Begabung kann sich sowohl bei den Typen des *positiven* als des *negativen* Gebietes finden.

Die *individuelle geistige Leistung* wird im allgemeinen um so erheblicher sein, eine je ausgeprägtere Affinität zwischen der angeborenen Geistesverfassung und der spezifischen Begabung besteht und je höher diese spezifische Begabung entwickelt ist.

Es braucht nicht erst darauf hingewiesen zu werden, daß eine ganze Reihe von Begabungen, z.B. die musikalische, innerhalb dieser Ausführungen keinen Platz finden, die sich nur mit dem *Geist im Wort* und mit dem *Geist in der Tat* befassen. Selbstverständlich aber gibt es auch unter den Musikern Geistesmenschen, d.h. Repräsentanten irgendeiner Geistesverfassung, wie wir andererseits oft genug, auch unter den Angehörigen der sogenannten geistigen Berufe, Menschen finden, die nicht den Geistesmenschen zuzuzählen sind.

4

Die *Seelenzustände* unterscheiden wir in Charakteranlagen, zu denen auch die Temperamente gehören, seelische Eigenschaften, fließende Seelenzustände und Stimmungen. Und mit dieser *Reihenfolge* ist zugleich in absteigender Linie der *Grad ihrer Veränderlichkeit* und das Maß ihrer *Wichtigkeit für die Gesamtpersönlichkeit* angedeutet. *Absolute Unveränderlichkeit* aber, wie sie ein Kennzeichen der Geistesverfassung bildet, *kommt den Seelenzuständen in keinem Falle zu*, nicht einmal den Charakteranlagen, wenn auch deren relative Veränderlichkeit nur in Ausnahmefällen zur Erscheinung kommt oder praktische Geltung gewinnt.

Als Beweis für den Umstand, daß nicht einmal den Charakteranlagen absolute Unveränderlichkeit zukommt, darf vielleicht gelten, daß es gewisse Gehirnkrankheiten gibt (Paralyse), bei denen zuweilen als erstes – und nicht immer gleich richtig gedeutetes – Symptom eine Wandlung des Charakters zu konstatieren ist, ja, wo sich der Charakter geradezu in sein Gegenteil zu verkehren scheint. (Wenn z. B. ein milder, besonnener Mensch sich in einen jähzornigen, bösartigen, oder ein Geizhals in einen Verschwender verwandelt.) Eine *Geistesverfassung* kann wohl durch eine Gehirnkrankheit *zerstört*, aber sie *kann niemals in eine andere verwandelt* werden. Kein Sophist ist jemals durch eine Gehirnkrankheit zum Philosophen, kein Priester zum Pfaffen, kein Kontinualist zum Aktualisten geworden usw.

An dieser Stelle sei die Tatsache erwähnt, daß in sehr seltenen Fällen erst ein *Trauma*, z. B. ein Schlag auf den Kopf, zur Entwicklung einer spezifischen, insbesondere musikalischen Begabung Anlaß gegeben, resp. daß unter der Einwirkung eines solchen Traumas die Begabung erst zum Vorschein gekommen sein soll.

Die *Charakteranlagen*, am wenigsten die sogenannten Temperamente, sind auch dort, wo nicht gerade von Veränderlichkeit die Rede sein kann, *beeinflußbar* nicht nur von *außen*, sondern auch von *innen* her. Eine Charakteranlage entwickelt sich weiter oder bildet sich zurück, in beiden Fällen kann hierbei der eigene Wille mitwirken, der freilich selbst wieder eine Charakteranlage bedeutet.

Fließende Seelenzustände sind solche, die nicht nur nach Intensität und Dauer zu *wechseln* pflegen, sondern auch eine Neigung zeigen, zeitweise oder endgültig zu *verschwinden*; – oder sich, unter dem Einfluß von bestimmten Erlebnissen, in ihren wirklichen oder scheinbaren *Gegensatz* zu verkehren.

Es gibt gewisse *Charakteranlagen*, von denen man a priori annehmen möchte, daß sie sich ausschließlich bei den Repräsentanten der positiven oder ausschließlich bei den Repräsentanten der negativen Typen fänden; ebenso wie wir eine solche Ausschließlichkeit für gewisse *Begriffe* annehmen durften; – wie wir also z. B. Wahrheit, Dämonie, Opfermut, Erlebnis usw. ausschließlich dem positiven, – Lüge, Satanie, Egoismus, Sensation usw. nur dem negativen Typus zugehörig erkannten. Dies anzunehmen wäre aber ein Irrtum. Es gibt *kaum* irgendeine *Charakteranlage*, deren Vorkommen auf die Repräsentanten des *positiven* oder auf die Repräsentanten des *negativen* Typus *beschränkt* wäre.

Doch gibt es *Affinitäten zwischen gewissen Geistesverfassungen und gewissen Charakteranlagen.* So ist z.B. eine priesterliche Geistesverfassung ohne *Güte* kaum vorstellbar, eine Anlage, die wir überhaupt bei den Typen des positiven Gebietes nicht selten antreffen werden, während wir auf dem negativen Gebiet wohl niemals wirklicher Güte, häufig genug aber der *Gutmütigkeit* begegnen, die so oft mit ihr verwechselt wird und meist nur Schwäche bedeutet.

Die *Eigenschaften* nehmen eine Mittelstellung ein zwischen Anlagen und fließenden Seelenzuständen, und es ist die Frage, ob wir sie überhaupt als einen Seelenzustand sui generis betrachten sollen und dürfen.

Keineswegs läßt es sich immer leicht entscheiden, ob irgendeine seelische *Eigenschaft* als *Charakteranlage* oder als *fließender Seelenzustand* im engeren Sinne anzusprechen ist und ob wir in einem bestimmten Fall uns einem *fließenden Seelenzustand* oder einer *Stimmung* gegenübersehen. Die Unterscheidung ist um so schwerer, als ein *fließender Seelenzustand* sich allmählich zu einer *Eigenschaft* auszubilden vermag (z.B. Mißtrauen, Verbitterung) und als eine *Stimmung* durch öftere Wiederholung die Bedeutung eines *fließenden Seelenzustandes*, wenn nicht gar einer *Eigenschaft* gewinnen kann.

Es gibt *Eigenschaften*, denen wir *unter den Typen des positiven Gebiets häufiger als Charakteranlagen*, unter den *Typen des negativen* Gebiets meistens nur als *Stimmungen* oder *fließenden Seelenzuständen* begegnen werden.

Wenn eine Anlage oder eine Eigenschaft oder ein fließender Seelenzustand innerhalb eines Persönlichkeitskomplexes eine *dominierende* Rolle spielt, so pflegen wir das betreffende Adjektiv, das diese Anlage, diese Eigenschaft, diesen Seelenzustand bezeichnet, gern in Verbindung mit dem Wort Natur anzuwenden und sprechen dann z.B. von enthusiastischen, dilettantischen, fanatischen usw. Naturen.

Wahrhaft *enthusiastische Naturen* z.B. gibt es wohl nur unter den positiven Typen, gelegentliche *enthusiastische Stimmungen* oft genug unter den negativen Typen (etwa unter dem Einfluß von Massensuggestionen).

Manche seelische Attribute (Eigenschaften) wieder, die gerne als *ursprüngliche Charakteranlagen* angesehen werden, sind sehr häufig nur als *fließende Seelenzustände* zu werten.

Tapferkeit und *Feigheit* z.B. sind viel seltener ursprüngliche

Charakteranlagen, als man denkt. Es gibt wenige geborene Feiglinge und noch weniger geborene Helden.

Auch *Glaube* und *Zweifel* sind nicht allzuhäufig als Charakteranlage vorhanden. Gerade sie sind *fließende Seelenzustände* κατ' ἐξοχήν, und häufig genug kommen sie sogar nur als *Stimmungen* vor. Wie könnte man sonst verstehen, daß auch gläubige Naturen nicht selten an ihrem Gott irre werden – und daß immer wieder Zweifler sich zu einem Glauben oder ganz allgemein zum Glauben bekehren.

Es kann in derselben Menschenseele *eine bestimmte Eigenschaft zugleich* als *Begabung* und als *Charakteranlage* und als *fließender Seelenzustand* vorhanden sein, z.B. gibt es zuweilen kritische Begabung im Verein mit einer Art kritizistischer Charakteranlage (Nörgelsucht); oft genug gibt es eine solche Anlage ohne spezifisch kritische Begabung; oder auch wieder kritische Begabung ohne eigentliche kritizistische Charakteranlage.

Der Seelenzustand des Kritizismus wird sich unter den Repräsentanten der negativen Typen besonders häufig beobachten lassen, insbesondere wird er hier als fließender Seelenzustand Neigung haben, sich zur Eigenschaft zu entwickeln, da er aus Minderwertigkeitsgefühlen, Eitelkeit und Ressentiment hervorzugehen pflegt. *Politiker*, *Journalisten*, *Literaten* sind vor allem zum Seelenzustand des Kritizismus disponiert.

Man möchte glauben, daß die Neigung zu *dilettantischen Seelenzuständen* nur den negativen Typen zukäme, doch gerade dieser Seelenzustand, sowohl als Anlage wie als fließender Seelenzustand, ist unter den positiven Typen durchaus nicht selten.

Die Bezeichnung *Dilettantismus* gehört ja zu denjenigen, mit denen der Sprachgebrauch am willkürlichsten zu verfahren pflegt. Bald bezeichnet man als Dilettanten einen Künstler von einer gewissen aristokratischen inneren Lebenshaltung, einen spielerisch angelegten Geist, dem es weniger auf die Vollendung eines Werkes ankommt als auf die Schaffens- oder Spielfreude an sich. Manchmal wieder nennt man so irgendein mäßig begabtes Individuum, das sich an Aufgaben heranwagt, denen es nicht gewachsen ist und das durch seine unbegründeten Ambitionen kläglich oder lächerlich erscheint.

Der *Dilettantismus* als Seelenzustand hat mit dem *Grad der Begabung* nichts zu tun.

Literaten sind dilettantischen Seelenzuständen weniger unterworfen (und müssen sich auch mehr vor ihnen hüten) als *Dichter*.

Es gibt eine Art von Dilettantismus, für den als richtigere Bezeichnung das aus der Psychopathologie geholte, in Laienkreisen wenig populäre Wort *Matoidismus* in Frage käme, ein Zustand, der sich in Kürze als eine Verbindung von Schwachsinn mit irgendeiner spezifischen, meist künstlerischen Begabung in wechselnden Mischungsverhältnissen charakterisieren ließe. Es gibt Matoide, die gelegentlich wie bizarre Talente, andere (oder die gleichen bei anderer Gelegenheit), die wie Flachköpfe oder wie Narren wirken.

Es gibt *Dichter* von hohem Rang, die zu manchen Epochen ihrer Existenz oder in Beziehung auf das eine oder andere Werk dilettantisch eingestellt waren. Und es gibt auch Dichter, nicht nur Literaten von dichterischer Begabung,– die eine zweifellos matoide Anlage aufweisen. (Manche der sogenannten »verkannten Genies« gehören hierher.)

Der Seelenzustand des *Feuilletonismus* gehört (im Gegensatz zu dem des Dilettantismus) zu denjenigen, die eine Affinität wohl nur zu den Typen des negativen *Gebietes* zeigen, und zwar besteht eine besonders starke Affinität des *Seelenzustandes Feuilletonismus zur Geistesverfassung Journalismus.*

Das Charakteristische des *feuilletonistischen* Seelenzustandes: Mangel an Verantwortungsgefühl, Gleichgültigkeit gegenüber dem »Wesentlichen«, Unsachlichkeit, Oberflächlichkeit; all dies prädisponiert natürlich bei Vorhandensein einer spezifischen schriftstellerischen Begabung zur Anwendung resp. Beherrschung jener künstlerischen Form, die wir Feuilleton nennen. Es gibt Feuilletonisten von Beruf, es gibt auch Feuilletonisten von Begabung, die ihrem Seelenzustande nach (manchmal zu ihrem Schaden) keineswegs Feuilletonisten sind.

Es gibt natürlich *keine spezifische dilettantische Begabung.* Es gibt nur spezifische Begabungen irgendwelcher Art in Verbindung mit einer dilettantischen Anlage oder einem dilettantischen Seelenzustand. (Man kann den Beruf eines Feuilletonisten, aber nicht den Beruf eines Dilettanten ergreifen.)

Als *Stimmungen* bezeichnen wir Seelenzustände, die am stärksten von äußeren Einflüssen abhängig und von verhältnismäßig vorübergehender Natur sind, wie Lustigkeit, Verdrossenheit, Zorn usw. – Stimmungen, die sich häufig wiederholen, auch ohne ersichtlichen oder genügenden äußeren Anlaß, deuten auf eine vorhandene *Anlage* hin.

Oft genug entwickeln sich unter dem Einfluß äußerer Schicksale *Stimmungen* allmählich über einen *fließenden Seelenzustand* hinaus zu *Eigenschaften*, die unausrottbar werden, wie eine Charakteranlage wirken und gleiche Bedeutung beanspruchen. Eine solche Entwicklungsmöglichkeit ist für Stimmungen negativer häufiger gegeben als für solche positiver Art. Aus Stimmungen der Gekränktheit, der Verbitterung, des Grolls entwickeln sich also bei häufiger Wiederholung leichter die entsprechenden fließenden Seelenzustände (z.B. Verbitterung) oder Eigenschaften (z.B. Mißtrauen), als sich etwa aus einer Reihe von vergnügten und lustigen Stimmungen ein dauernder Seelenzustand der Heiterkeit herausbildet.

5

Mit diesen flüchtigen Bemerkungen sollte eine *Systematik* der Begabung und Seelenzustände *keineswegs* gewagt werden. Worauf es hier ankam, das war nur: durch einzelne Beispiele die *Beziehungen* und *Affinitäten* aufzuzeigen, die begrifflich und praktisch zwischen den *Geistesverfassungen* einerseits und den *Begabungen* und *Seelenzuständen* andererseits bestehen, und darauf hinzudeuten, wie notwendig es scheint, die Geistesverfassung einerseits, die Begabungen und Seelenzustände andererseits auseinanderzuhalten, um das innerste *Wesen* einer *Persönlichkeit* richtig erfassen und den angeborenen einheitlichen unveränderlichen *Typus* als solchen *feststellen* zu können.

Denn wie die *Persönlichkeit des Geistesmenschen* im allgemeinen bestimmt wird durch Geistesverfassung, Begabungen (allgemeine und spezielle) und Seelenzustände (Charakteranlagen, fließende Seelenzustände und Stimmungen), endlich auch in geringerem Grade durch äußere Erscheinung und körperliche Eigenschaften; – so wird die *Einmaligkeit einer Persönlichkeit* bestimmt: erstens durch das Maß, in dem all diese Elemente in ihr vorhanden sind, zweitens durch das Verhältnis dieser Elemente zueinander und drittens durch ein *Inkommensurables*, das wir, sei es nun in religiösem oder in philosophischem Sinn, vielleicht als das Göttliche oder auch Teuflische bezeichnen dürfen.

Doch ist dieses Inkommensurable einer bestimmten Persönlichkeit vermutlich nichts anderes als eben das einmalige gerade und ausschließlich in ihr zutage tretende Verhältnis dieser Elemente zueinander.

1

Das Diagramm »Der Geist in der Tat« stellt in allen seinen Einzelheiten und seinem Sinne nach ein vollkommenes Gegenstück zum ersten Diagramm »Der Geist im Wort« vor.

Auch hier handelt es sich um *zwei gegenständige Dreiecke*, die durch eine gemeinsame Basis voneinander getrennt sind.

Auch hier stellt das *obere Dreieck* das *positive*, in die Richtung des Göttlichen gewandte, das *untere Dreieck* das *negative*, in die Richtung des Teuflischen gewandte Gebiet vor, innerhalb dessen der Geist seine Wirksamkeit entfaltet; doch hier nicht, insofern er sich durch das Wort, sondern insofern er sich durch die *Tat* kundzugeben vermag.

Auch in Hinsicht auf das Diagramm »Der Geist in der Tat« behalten die auf das erste Diagramm »Der Geist im Wort« bezüglichen allgemeinen Sätze ihre Geltung. Also:

Die *Grenzlinie*, die das obere und untere Dreieck voneinander trennt, ist ideell *unüberschreitbar*.

Jede *Geistesverfassung* als solche ist *einheitlich* und *unveränderlich*.

Es besteht eine tiefe, trügerische und nicht selten tragische *Verwandtschaft* zwischen dem *Typ* und dem entsprechenden *Gegentyp*.

Ein *Hauch höllischen Geistes* ist dem positiven Typ nicht nur zur Möglichkeit des *Wirkens*, sondern zum eigentlichen *Da-Sein* geradezu unerläßlich.

Das Verhältnis zwischen Typ und Gegentyp ist also hier völlig analog dem Verhältnis von Typ und Gegentyp im ersten Diagramm. Nur ist dieses Verhältnis den Repräsentanten der betreffenden Typen seltener und kaum jemals in solchem Maße bewußt, als es bei den Typen im ersten Diagramm oft der Fall ist.

2

Auch für die Typen des Diagramms »*Der Geist in der Tat*« sind die völlig zutreffenden Bezeichnungen kaum zu finden, und auch hier habe ich, wie im Diagramm »Der Geist im Wort«, nicht immer das relativ zutreffende, sondern ein *möglichst einprägsames* Wort gewählt.

Die Schwierigkeit einer absolut zutreffenden Bezeichnung für die Typen dieses Diagramms liegt unter anderem darin begründet, daß die *Tat* begrifflich (wenn überhaupt) noch schwerer zu fassen ist als das Wort; weil wir hier einer nahezu unbegrenzten Zahl von Möglichkeiten gegenüberstehen.

Auch im Diagramm »*Der Geist in der Tat*« handelt es sich niemals um Typen von Berufen oder Begabungen, sondern um *Typen von Geistesverfassungen.* Zwar disponiert auch hier die angeborene Geistesverfassung zu dem Beruf, mit dem sie die Bezeichnung teilt; doch *noch weniger* als in dem Diagramm »Der Geist im Wort« besteht eine äußere oder innere Notwendigkeit, daß der individuelle Repräsentant eines bestimmten Geistestypus auch den Beruf ergreife, der mit dem analogen Wort bezeichnet wird.

3

Folgendes sind die Typen innerhalb des Diagramms »*Der Geist in der Tat*«.

Im *positiven* Dreieck steigt auf der einen (*linken*) Seite die Linie auf dem *Seefahrer* (Entdecker) über den *Feldherrn* (Führer, Organisator) zum *Helden.*

Auf der anderen (*rechten*) Seite vom *Brückenbauer* (Mathematiker) über den *Naturforscher* (Heilkünstler) wieder zum *Helden.*

Und ebenso wie im Diagramm »Der Geist im Wort« finden wir auch hier innerhalb des negativen Dreiecks die entsprechenden negativen Gegentypen in analoger Anordnung.

Die *linke* Seite des *negativen* Dreiecks steigt ab vom *Abenteurer* über den *Diktator*, die *rechte* Seite vom *Spekulanten* über den *Quacksalber* zum *Schwindler.*

Wir haben also als Gegentyp des Seefahrers – den Abenteurer; des Führers – den Diktator; des Brückenbauers – den Spekulanten; des Naturforschers – den Quacksalber; des Helden – den Schwindler.

In diesem Diagramm, noch mehr als in dem vorigen, drängen sich neben den Hauptbezeichnungen, die wir für die Typen gewählt haben, *Varianten* auf, und es wird vielfach von den Begabungen und den Seelenzuständen abhängen, welche Bezeichnung wir im Einzelfall für den Repräsentanten einer bestimmten Geistesverfassung vorziehen sollen. So wird sich etwa für manchen

Repräsentanten des Typus *Abenteurer*, insbesondere für solche auf ethisch und intellektuell niedrigerem Niveau, eine Bezeichnung wie z.B. *Commis voyageur* besser empfehlen.

Für den *Diktator* erschiene manchmal noch angemessener die Bezeichnung *Tyrann*. Als Hauptbezeichnung habe ich das Wort *Diktator* schon darum gewählt, weil die Repräsentanten dieses Typus keineswegs auch der Charakteranlage nach immer tyrannisch sind, sondern eher pedantisch, hart, grausam, während gerade der *Feldherr* (Führer, Organisator), also der positive Gegentypus des Diktators, oft genug tyrannisch erscheint, ja es auch gelegentlich wirklich ist, wenn die Notwendigkeit es erfordert. Für niedere Repräsentanten des Typus Diktator drängen sich auch banalere Worte, wie z.B. *Korporal* oder *Kommißknopf*, auf.

Der *Spekulant* ließe sich in manchen seiner Repräsentanten je nachdem als *Projektemacher*, *Spieler*, *Gauner*, unter gewissen Umständen vielleicht als *Phantasten* bezeichnen.

Für den *Quacksalber* könnte zuweilen die Bezeichnung Alchimist, zuweilen die Bezeichnung Giftmischer angemessen erscheinen.

Der Typus des *Schwindlers* tritt uns, wie manchmal als *Hochstapler*, gelegentlich auch unter der Erscheinung des *Narren*, *Spaßmachers*, »Wurstls« entgegen.

Geradeso wie im Diagramm des Worts geht auch hier von der Spitze des positiven Dreiecks eine imaginäre Linie über den *Propheten* zu *Gott*, von der Spitze des negativen Dreiecks eine imiginäre Linie über den *Tückebold* (Bösewicht) zum *Teufel*.

Prophet und Tückebold also, ebenso wie Gott und Teufel, stehen in der gleichen Beziehung zum Geist im Wort wie zum Geist in der Tat.

4

Nicht hierin allein drückt sich eine, man darf wohl sagen *gesetzmäßige Beziehung zwischen den beiden Diagrammen* des Worts und der Tat aus.

Stellen wir nämlich die beiden Diagramme einander gegenüber, so erkennen wir, daß zwischen den an den analogen Punkten des einen und des anderen Diagramms befindlichen Urtypen auch gewisse Analogien, »*Geistesverwandtschaften*« geringeren und höheren Grades bestehen, so daß das eine Diagramm zuweilen wie eine Bestätigung oder Rechtfertigung des andern zu wirken scheint.

Ebenso wie im Diagramm »Der Geist im Wort« erscheint auch hier für die eine, *linke* Seite *Intuition*, sowie der *Glaube an eine Mission* charakteristisch und bedeutungsvoll; für die andere, *rechte* Seite der *Forschungstrieb*, der *Drang* nach *Erkenntnissen* und nach Sammlung von *Tatsachen*.

Wie also *Priester* und *Staatsmann* der Intuition und eines Glaubens notwendiger bedürfen als *Philosoph* und *Historiker*, während diese wieder auf ein möglichst hohes Maß von Kenntnissen angewiesen sind, um den Sinn ihrer Geistesverfassung zu erfüllen – ebenso wird der *Seefahrer* (Entdecker) und der *Feldherr* (Führer, Organisator) seiner inneren Berufung, vielleicht »seinem Stern«, gläubiger vertrauen als der *Brückenbauer* (Mathematiker) und der *Naturforscher*, für welche Sammlung von Kenntnissen, Ordnen und Vergleichen Vorbedingungen aller Wirksamkeit, ja alles Lebensgefühls bedeuten.

Die *Nützlichkeit* von Kenntnissen und Erkenntnissen steht natürlich auch für die Typen der anderen Seite außer Frage. Immerhin ist der *Seefahrer* (Entdecker) und auch der *Feldherr* (Führer, Organisator) ohne ein hohes Maß von Kenntnissen und Erkenntnissen, ja sogar ohne ein besonderes Bedürfnis nach solchen eher vorstellbar als der Brückenbauer (Mathematiker) ohne entsprechende technische Vorbildung oder der Naturforscher ohne einen entsprechenden Reichtum von Beobachtungen und das Bedürfnis, immer neue zu sammeln.

5

Das *Verhältnis der negativen zu den positiven Typen* im Diagramm »Der Geist in der Tat« entspricht völlig den Verhältnissen im Diagramm »Der Geist im Wort«.

So ist der *Abenteurer* der negative Gegentyp, gelegentlich selbst die Karikatur des *Seefahrers* (Entdeckers), wie in dem Diagramm des Worts der Pfaffe den negativen Gegentyp des Priesters vorstellt.

Es verhält sich ferner der *Diktator* (Tyrann) zum *Feldherrn*, wie sich der Politiker zum Staatsmann verhält.

Der *Spekulant* zum *Brückenbauer*, wie der Sophist zum Philosophen.

Der *Quacksalber* zum *Naturforscher* (Heilkünstler), wie der Journalist (Aktualist) zum Historiker (Kontinualisten).

Der *Schwindler* (Hochstapler) zum *Helden*, wie der Literat zum Dichter.

Nicht nur der tägliche Sprachgebrauch, auch gewisse Metaphern bringen dieses hier angedeutete Verhältnis manchmal in überraschender und aufschlußgebender Weise zum Ausdruck.

Man kann manchmal ganz treffend den *Sophisten* (der im Diagramm des Worts an der gleichen Stelle steht wie der Spekulant im Diagramm der Tat) als einen Spekulanten des Worts; den *Journalisten* (Aktualisten; der im Diagramm des Worts an gleicher Stelle steht wie der Quacksalber im Diagramm der Tat) als einen Quacksalber der öffentlichen Meinung, den *Literaten* (der im Diagramm des Worts dieselbe Stelle einnimmt wie der Hochstapler im Diagramm der Tat) als einen Hochstapler des Geistes bezeichnen.

Held und *Dichter* sind einander in der Atmosphäre des Geistes nahe (ein Dichter ohne geistigen Mut ist so wenig denkbar als ein Held ohne physischen Mut), ebenso nahe wie *Schwindler* und *Literat*; wie überhaupt, unbeschadet strengster Umschriebenheit der Kategorie, *Verwandtschaften* verschiedensten Grades zwischen den Typen immer wieder festzustellen sind. Und es erscheint die Verwandtschaft zwischen den auf den einander entsprechenden Punkten der beiden Diagramme gelegenen Typen im allgemeinen eine nähere als die zwischen den Typen des gleichen Diagramms.

So ist die *Geistesverwandtschaft* zwischen dem Typ Mathematiker und Philosoph eine nähere als zwischen Mathematiker und Naturforscher oder Philosoph und Historiker; die Verwandtschaft zwischen Feldherr (Organisator, Führer) und Staatsmann eine innigere als zwischen Staatsmann und Priester usw.

6

Dem flüchtigen Beurteiler wird unter den *Typen von Geistesverfassungen*, die ich in den beiden Diagrammen aufgestellt habe, immer noch mancher Typus zu fehlen scheinen, wie beispielsweise Jurist, Nationalökonom, Physiker, Chemiker, Architekt, Erfinder usw. Hier, wie in vielen anderen Fällen, handelt es sich eben nicht um Typen von Geistesverfassungen, sondern um Bezeichnungen von Berufsarten oder Begabungen, die zu bestimmten Geistesverfassungen im Affinitätsverhältnis stehen können, nicht müssen, – sofern es sich im Einzelfall überhaupt um *Geistesmenschen* handelt.

Denn nicht alle Angehörigen sogenannter geistiger Berufe, nicht einmal jeder geistig begabte Mensch ist in unserem Sinne als *Geistesmensch* zu bezeichnen, zu welchem Begriff vor allem das

Vorhandensein einer *angeborenen*, einer, wie wir wissen, in *jedem Falle einheitlichen und unveränderlichen Geistesverfassung* gehört. So gibt es manche Juristen, Schriftsteller, Ärzte, Theologen, ja sogar Philosophieprofessoren, geradeso wie es Nationalökonomen, Industrielle, Kaufleute gibt, die man keineswegs als geborene Geistesmenschen betrachten kann.

Doch wenn es beispielsweise auch keine spezifische juristische Geistesverfassung gibt, wenn daher der *Jurist* als ein spezieller Typus in unserem Diagramm fehlen muß, so gibt es andererseits doch eine ganze Anzahl verschiedener Geistesverfassungen, als deren Repräsentant der Jurist (also: der Advokat, der Rechtsgelehrte, der Richter) in die Erscheinung treten kann: es gibt Rechtsgelehrte, die den Typus Philosoph, andere, die den Typus Historiker, es gibt manche Advokaten, die den Typus Sophist oder Literat repräsentieren, – ebenso wie es *Ärzte* gibt, die ihrer Geistesverfassung nach weder zu den Naturforschern noch auch zu den Quacksalbern, sondern zu den Priestern zu rechnen sind.

Mancher *Industrielle* wieder wird der Geistesverfassung nach zu den Organisatoren zu rechnen sein, der *Nationalökonom* zu den Staatsmännern, Philosophen, Politikern; der *Physiker* wie der *Chemiker* wird als Geistesmensch manchmal dem Typus Mathematiker, manchmal dem Typus Naturforscher, der Architekt, der Ingenieur meist dem Typus Mathematiker (Brückenbauer) zuzuzählen sein; der *Kaufmann* als Geistesmensch kann den Typus Spekulant, Politiker, in besonderen Fällen auch den Typus Staatsmann repräsentieren. Dem *Erfinder* mögen wir unter dem Typus des Mathematikers, des Naturforschers, des Spekulanten (Projektemachers), vielleicht auch des Dichters begegnen.

Das *Wesentliche* aber für die Beurteilung und Erkenntnis des *Geistesmenschen* und ausschlaggebend für die Rolle, die ihm in der Geistesgeschichte der Menschheit zugewiesen ist – ob er nun durch das Wort oder durch die Tat, ob er als positiver oder negativer Typus an ihr teilnimmt –, wird nicht der Beruf, nicht die Begabung, werden auch nicht die Seelenzustände; – das Wesentliche wird stets die angeborene, einheitliche, unveränderliche *Geistesverfassung* sein, als deren Repräsentant er in der Welt der Erscheinungen auftritt; – wenn auch gerade die Geistesverfassung als das *tiefste Element der Persönlichkeit* sich auch dem Blick des Menschenkenners für kürzere oder längere Dauer zu verbergen vermag oder gar in seltnen Fällen erst historischer Erkenntnis erschließt. –

[VERSTREUT ERSCHIENENES]

Die einen leben, wie man Champagner hinunterstürzt; andere, wie man eine Suppe ißt – löffelweise, gleichgültig; viele aber müssen ihr bißchen Leben wie Tropfen Wassers auf der schmutzigen Erde suchen: immer gebückt, immer durstig.

(Deutsche Wochenschrift Wien: 5. 12. 1886.)

Käm ein Großer uns wieder und wär' er erst gestern geschieden
Wandelt er einsam und fremd in der lebendigen Welt.
Wächse Vergangenes um uns mit blühendem Scheine des Lebens,
Staunten und schauerten wir, fremd und einsam gleich dem.
Denn es heißt ja leben: vielfältig verstrickt in ein Netz sein,
Dran jeder Moment neue Fäden uns spinnt;
Und nicht nur daß wir sind, gibt uns des Daseins Empfindung
Auch, daß andres vorbei, ist unsres Daseins ein Teil.
Tot ist ein Wiedererstandenes, lebendig oft das Gewesene,
Da seinen Sinn es im All nur als Gewesnes erfüllt.

(Wiener Allgemeine Zeitung 14. 4. 1895.)

Wer sich von der Persönlichkeit eines Künstlers enttäuscht oder überrascht fühlt, hat dessen Werke mißverstanden.

(Wiener Allgemeine Zeitung. Osterbeilage 1898.)

Mißtrauisch bist du? Ich verstehe dich: du willst dir die Mühe ersparen, die Menschen kennen zu lernen.

Es ist minder leichtsinnig, sich in finanzielle, als in ethische Schulden zu stürzen. Dort gibt es Rettung: Haupttreffer, Erbschaften, neue Quellen des Verdienstes; wer einmal zu gut war, ist bankrott auf Lebenszeit.

Horch' auf die Verleumder, so wirst du die Wahrheit über dich erfahren.

Wenn ein Volk zur Vernunft kommt oder sich das wenigstens vormacht, so heißt das Revolution. Den Fall, daß Fürsten das gleiche begegnen könnte, hat der Sprachgeist seltsamerweise nicht vorgesehen.*

In einer Atmosphäre von Feindschaft läßt sich leben; Mangel an Wohlwollen ist schlimmere Luft.

Napoleon und Cäsar, wären sie irgendwo einander begegnet, hätten gelächelt wie Auguren. Doch Christus und Mohammed, fürcht' ich, hätten einander ernst genommen.

Sie schließen sich keiner Partei an?

Nein. Ich will das Recht behalten, alle Lumpen verachten zu dürfen, und vor allem die, die meiner Ansicht sind.

»Ich bin das Schwein«, sagte das Schwein, »und bin stolz darauf.«

»Ich bin die Lerche«, sagte die Lerche, »aber ich bin nur stolz darauf, daß ich kein Schwein, nicht, daß ich eine Lerche bin.«

(Österreichische Rundschau. Wien: 9. 9. 1905.)

DICHTERISCHE ARBEIT UND ALKOHOL

[Antwort auf eine Rundfrage]

Zu 1 und 2. Meine persönlichen Erfahrungen über das Verhältnis des Alkohols zum künstlerischen Schaffen können kaum in Betracht kommen, da ich sehr wenig, im Laufe des Tages beinahe niemals, trinke.

Zu 3. Mein allgemeiner Standpunkt zur Alkoholfrage: Abstinenz. Nicht etwa, weil ich überzeugt wäre, daß die Aufnahme geringer Alkoholmengen notwendigerweise eine Schädigung des Organismus mit sich bringen muß, – sondern weil den meisten Menschen die Fähigkeit mangelt, sich über die physiologischen Grenzen ihrer Alkoholtoleranz (die Grenzen, jenseits derer die Gefahren für die eigene Person, die Familie, die Nachkommenschaft, die Mitwelt beginnen) ein sicheres Urteil zu bilden.

Zweifellos verdanken mehrere künstlerische Produkte über Alkoholismus ihrem Schöpfer die besondere Eigenart, und man möchte sich, wie die Dinge nun einmal stehen, gewisse dieser Worte nicht aus der Literatur wegdenken; ebenso zweifellos aber ist, daß jeder der hier in Betracht kommenden Künstler ohne Alkohol seine Gaben höher entwickelt hätte, da der Alkohol ein Talent wohl zu ändern, aber nie zu steigern vermag.

Was jede andere Wechselwirkung zwischen Alkohol und Dichtung anbelangt, wie z.B. im Trinklied zum Ausdruck kommt, so sind mir die meisten dieser Erzeugnisse, wie andere literarische Fälschungen des Weltbildes, durchaus widerwärtig, und ich fühle mich versucht, hochgestimmten Kneipgesängen gegenüber ein bekanntes französisches Wort zu variieren, indem ich sage: Es genügt, wenn einer betrunken ist, man muß nicht stolz darauf sein! *(Das literarische Echo. Jg. 9, H. 2. Berlin: 15.10.1906.)*

PARALIPOMENA ZUM »WEG INS FREIE«

Der Politiker hat nicht mit der Ewigkeit zu rechnen. In einer menschlichen Angelegenheit kommt es nie auf ein Definitives an. Und wenn wir auch gelegentlich von dem Ziel einer Bewegung sprechen, so meinen wir damit nie etwas anderes als einen Aufenthalt von voraussichtlich längerer Dauer. Darauf, daß wir den rechten Weg gehen, kommt es an, mehr liegt nicht in unserer Macht.

Es ist wahr; schon das Wort Religion bringt sonst ganz vernünftige Menschen in einen geheimnisvollen Aufruhr, und es ist daher schwer, über gewisse Dinge so zu reden, wie es notwendig wäre, um endlich Klarheit in die Welt zu bringen. Ja, zu dem Aufklärungsgeschäft, wie ich es mir denke, gehört ein Genie der Propaganda, das in seiner Art geradeso bedeutend sein müßte, wie das der großen Religionsstifter gewesen ist. Denn man hätte ja nicht nur den Kampf mit den Gläubigen aufzunehmen und mit denen, die vom Glauben der andern leben, sondern auch mit dem gefährlichsten und tückischsten Feind, mit der Heuchelei und Feigheit der Ungläubigen. Ich spreche natürlich nur von dem, was im dogmatischen Sinne unter den Begriff Religion fällt. Ich weiß sehr gut, daß es üblich ist, unter Religion auch das beliebige privates Verhältnis jedes einzelnen zu dem Unerforschlichen zu verstehen, und daß man daher in diesem Sinne den lächerlichen Gemeinplatz anzuwenden pflegt, es gäbe überhaupt keinen Menschen ohne Religion. Dieser Sprachgebrauch richtet aber eine solche Verwirrung an, daß ich mir niemals einfallen lasse und es auch niemandem zugestehen möchte, in einer ernsthaften Diskussion das Wort Religion in einer so nichtssagenden Bedeutung anzuwenden.

Auch das klügste Wort bleibt am Ende nur Geschwätz, wenn es nicht auf irgendeinem Wege zu Taten führt.

Auch sehr ins Weite denken, ist manchmal nur eine Art, sich das Leben bequem zu machen.

Große Künstler oder auch Dilettanten können vollkommen reine Menschen sein. Mittelmäßige Künstler und ganz besonders Literaten niemals.

Es ist immer ein Zeichen von Lebensschwäche, vielleicht von Feigheit, auf ein Relatives zu verzichten, wo uns das Absolute versagt ist.

Nicht auf Gesinnung kommt es an, sondern auf Anschauung. Die Leute mit der Gesinnung waren immer diejenigen, die den Holzstoß angezündet haben für die Leute mit der Anschauung.

Die Gesellschaft hat die Strafe erfunden, die Theologie die Hölle, und für die Fälle, in denen die irdische Sühne ausbleibt und der Glaube ans Jenseits versagt, hat unsere Feigheit die Reue erfunden.

Es war das Charakteristische dieser Gruppe von jungen Leuten, daß sie Selbstverständlichkeiten mit dem Pathos tiefster Weisheiten – und daß sie Kühnheiten, für die noch niemals irgend jemanden ein Haar gekrümmt wurde, in einem Tone aussprachen, als drohte ihnen dafür der Scheiterhaufen.

Heinrich behauptete, den tiefen Grund jener unauslöschlichen Fremdheit entdeckt zu haben, die den Typus dessen, der die Welt politisch betrachte, ewig von dem scheide, der sie als

Künstler anschaue. Dem Künstler, so sagte er, wäre der Drang angeboren, alles Wirken und Geschehen auf Erden in *einzelne* Schicksale aufzulösen; die stete innere Tendenz des Politikers dagegen – er mochte nun Journalist, Feldherr, Monarch, Diplomat sein – ging dahin, immer nur *Massen*schicksale zu sehen. Als man ihn nicht gleich verstand, war er in der Lage, mit einem Beispiel aufzuwarten.

»Denken Sie sich«, begann er, »es handelte sich in einem bestimmten Fall darum, zwanzigtausend Mann zu einer kriegerischen Unternehmung an die Grenze zu schicken, oder nach Afrika ... so werden diese Zwanzigtausend dem Politiker nichts anderes bedeuten, als eine sozusagen undifferenzierte Einheit. Daß ihm die Fähigkeit fehlt, dieses Massenschicksal in Einzelschicksale aufzulösen, oder daß er die Fähigkeit besitzt, von diesen Einzelschicksalen abzusehen, gibt ihm erst die Kraft und die Möglichkeit, die Verfügungen zu treffen, die er für das Wohl des Staates – oder für seine Carrière notwendig findet. Wenn ihm plötzlich, sagen wir durch eine sonderbare Krankheit, ein Zwang erstünde, sein Material so zu sehen, wie es irgendein anderer, ein naiver Mensch und wie insbesondere der Dichter es zu sehen pflegt – wenn ihm also diese Masse plötzlich in einzelne Menschen auseinanderfiele, so müßte er einfach im selben Augenblick zusammenbrechen und aufhören, Politiker zu sein. Und ein Dichter, dem es plötzlich passierte, diese zwanzigtausend Einzelschicksale sich zur Einheit zusammenschließen zu sehen ...«

»Was der tut, wissen wir ja«, unterbrach ihn Nürnberger, »der schreibt einen historischen Roman oder patriotische Gesänge ...«

(Jüdischer Almanach 5670. Wien: 1910.)

Willst du wissen, wie alt du bist, so frage nicht die Jahre, die du gelebt hast, sondern den Augenblick, den du genießt.

(Kriegspatenschaft-Kalender. Wien: 1917.)

Der Enthusiast fühlt sich seiner Sache niemals ganz sicher, daher sein unstillbarer, lästiger Drang, Gefährten seiner Begeisterung zu werben. Der Skeptiker hingegen bedarf stets einer gewissen Isoliertheit, denn schon der Umstand, daß er einen Gefährten seines Zweifels findet, vermag ihn an diesem irre zu machen.

Wo immer man einen Verstoß gegen die Moral zu sehen glaubte, ist es einer gegen den Geschmack, gegen die Logik oder gegen die Wahrhaftigkeit gewesen.

Es fällt bekanntlich kein Haar von unserem Haupt ohne den Willen des Allmächtigen. Doch was den Kopf auf unseren Schultern betrifft, ist es ratsam, sich mehr auf sich selbst zu verlassen.

Menschliche Beziehungen aller Art sind dem Los des Absterbens geradeso unterworfen, wie das einzelne Individuum. Aber daß solche tote Beziehungen so selten rechtzeitig begraben werden und in freier Luft verwesen, das hauptsächlich ist es, was die Atmosphäre der Gesellschaft, ja der Welt, mit so üblem Dufte erfüllt.

Der Renegat ist immer ein Mensch, der sich seiner eigenen Minderwertigkeit dunkel bewußt ist, und den feigen oder tückischen Versuch unternimmt, seine Familie, seine Nation, seine Rasse für seine höchst individuellen Mängel verantwortlich zu machen.

Wer dein richtiger Jünger ist, der fängt damit an, dich mißzuverstehen, fährt damit fort, dich zu kompromittieren und endet damit, dich zu verleugnen. *(Rikola-Almanach. 1923.)*

BEMERKUNGEN

Menschenliebe als politische Idee ist eine Phrase, als religiöse Idee ein Mißverständnis, als ethische Idee ein Wahn.

In jedem Gefühl ist das Edelste, was unser Verstand, in jedem Urteil das Verständigste, was unser Gefühl dazu tut.

Solange die persönliche Existenz währt, stellt das Individuum einen absoluten, die Individualität einen relativen Wert vor. Ist das Dasein abgeschlossen, so kehrt das Verhältnis allmählich sich um, und insbesondere für die Geschichte der Menschheit kommt nur mehr die Individualität, das Individuum dagegen nicht mehr im geringsten in Betracht.

Auch der ehrlichste Denker wird es ohne Humor niemals zum Philosophen, sondern immer nur zum Pedanten bringen.

Dies ist die schmerzlichste *Sehnsucht*: die nach einem Menschen, der dir völlig zu gehören meint und den du nach deinem eigenen Gefühl doch nicht völlig besitzest; und dies die schmerzlichste Trauer: die um einen Menschen, der lebendig in deiner Nähe wandelt und dir schon lange gestorben ist, ohne daß er es weiß.

In der Betrachtung träumt der menschliche Geist, in der Erkenntnis oder dem, was er dafür hält, schwärmt er und erst im Willen wird er wach.

Begriffe wie schmarotzen, bestechen, erpressen werden meist nur im materiellen Sinne verstanden. Aber gibt es nicht Schmarotzer an unserem Wesen, die gefährlicher sind als solche an irdischem Gut? Werden nicht listigere, ja heimtückischere Bestechungen verübt als solche durch Geld und Geldeswert? Und sind die schlimmsten Erpressungen nicht solche, die an unseren Gefühlen versucht oder begangen werden?

Was immer du glaubst – sei es die Existenz eines höchsten Wesens, eine Vorsehung, ein Gewissen, einen Willen, ein Schicksal, eine himmlische Gerechtigkeit – oder nichts von all dem, sondern nur die völlige Sinnlosigkeit der Welt und des Daseins: du hast immer nur Gott gemeint.

Zu einem echten Gefühl der Verantwortlichkeit und damit zum Bewußtwerden der Verpflichtung, einen begangenen Fehler so weit als möglich wieder gut zu machen, bis dahin gelangen nur wenige Menschen. Die meisten lassen es sich an dem Bewußtsein genügen, daß sie ihren Fehler einsehen, am *schlechten* Gewissen also, das unter Umständen ein ebenso treffliches Ruhekissen bedeutet als nach dem Sprichwort das gute.

Wie oft ist äußere Korrektheit nur der Versuch, den üblen Zustand der seelischen Innenräume durch eine wohlgehaltene äußere Fassade zu maskieren. Wer genötigt ist, ins Haus zu treten, wird manchmal staunen, wie wenig von der sogenannten Anständigkeit er vorfindet, auf die er doch gefaßt sein mußte; freilich wird er meist bemerken, wenn er aus dem Tore tretend die Fassade mit aufmerksamerem Blicke mustert, daß auch da an Flecken und Sprüngen kein Mangel ist.

Das Urteil der meisten Menschen über andere, auch solche, die ihnen sehr nahe stehen, ist so wenig fest und tief gegründet, daß sie nicht erst ihre Gesinnung wechseln oder ihre Überzeugung verleugnen müssen, um auch den besten Freund zu verraten.

Dem seelischen Schmerz ist es gegeben, auch der armseligsten Stirn einen Heiligenschein zu verleihen; die gemeine Sorge des Tags verzerrt auch das edelste Antlitz zur Fratze.

Die wesentlichste Aufgabe des wahren Priesters wird es immer sein, Gott zu verteidigen gegen die Mißverständnisse, Überheblichkeiten und Zudringlichkeiten, die der Fromme für Glauben zu halten pflegt.

Heilige hat es immer gegeben, niemals aber noch einen Menschen, der das Recht gehabt hätte, einen andern Menschen heilig zu sprechen.

An der Tiefe des Erlebnisses gemessen, aus dem wir eine Weisheit gewonnen haben, muß diese selbst immer platt erscheinen; oder es ist weder ein Erlebnis gewesen noch eine Weisheit geworden.

In der Liebe erkennen wir meist zu spät, ob ein Herz uns nur geliehen, ob es uns geschenkt oder ob es uns gar geopfert wurde.

Nichts abgeschmackter als der Versuch, einer vernünftigen, guten, ja selbst tapferen Tat, die man aber doch, wie es meist geschieht, nur aus persönlichen Gründen beging, nachträglich die Gloriole eines Prinzips zu verleihen.

(Österreichische Dichtergabe. Ungedrucktes von Hugo von Hofmannsthal, Max Mell, Arthur Schnitzler, Karl Schönherr, Anton Wildgans. Wien: 1928.)

BEMERKUNGEN MIT FRAGEZEICHEN

Rationalismus – ?

Viel und wenig, groß und klein, nah und fern das sind höchst relative Begriffe; und eine durchaus sentimentale Naturbetrachtung muß man es nennen, wenn die Menschen immer wieder anläßlich besonders hoher oder besonders niederer Ziffern in eine

Art religiöser Verzückung geraten. Denn es ist um nichts merkwürdiger, daß das Licht von gewissen Gestirnen her erst nach Jahrtausenden zu uns gelangt, daß ein halbes Gramm Uran erst nach fünftausend Millionen Jahren völlig zerfallen ist, daß in einem Kubikzentimeter Meerwasser über eine Million Radiolarien enthalten sind und daß der Ichthyosaurus schon vor zweihundert Millionen Jahren gelebt hat, – um nichts merkwürdiger, als daß das Körpermaß des erwachsenen Menschen fünf bis sechs Fuß beträgt, daß das Licht der Sonne schon nach acht Minuten bei uns eintrifft, daß gewisse chemische Stoffe sich innerhalb weniger Sekunden auflösen, daß der Anfang des Menschengeschlechtes nur auf 30 bis 50000 Jahre zurückgeht usw. Daß überhaupt etwas *ist*, der Geist ebenso wie die Materie, das Licht, der Äther, Entstehen, Blühen und Vergehen, – *das* ist das Wunder und gegenüber diesem ewigen Rätsel hat Staunen, Ehrfurcht, ja, wenn man will, Glaube seinen Sinn: *Ziffern* und *Maße*, hohe wie niedere, sind nichts als ein unerläßliches Mittel der Verständigung zwischen uns Menschen; Andacht aber vor den *Quantitäten*, vor verschwindend kleinen und ungeheuer großen Zahlen, welches Maß immer in Zeit und Raum sie ausdrücken mögen, ist nicht Frömmigkeit, sondern Götzendienst.

Mystik – ?

Den Verlauf einer Infektionskrankheit im menschlichen Körper dürfen wir uns vielleicht als die Geschichte eines Geschlechts von Bazillen vorstellen, sein Entstehen, Blühen und Vergehen; – Geschichte so gut, wie die Geschichte des Menschengeschlechtes, freilich in anderen Maßen, aber doch der Idee nach das gleiche.

Solch ein Bazillengeschlecht lebt im Blut, in der Lymphe, im Gewebe eines menschlichen Individuums; dieser von unserem Standpunkt aus erkrankte Mensch ist ihre Landschaft, ihre Welt; und daß jene kleinsten Individuen unbewußt und absichtslos diese ihre Welt zu vernichten streben und oft wirklich vernichten, ist Bedingung, Notwendigkeit, Sinn ihres Daseins. (Wer weiß, ob die einzelnen Individuen eines solchen Bazillengeschlechtes nicht geradeso wie die menschlichen Individuen von höchst verschiedener Begabung und Willensstärke sind und ob es nicht auch unter ihnen Alltagsbazillen und Genies gibt?) Wäre es nun nicht denkbar, daß auch die Menschheit für irgendeinen höheren, uns als Ganzes unfaßbaren Organismus, innerhalb dessen sie Bedingung, Notwendigkeit und Sinn ihres Daseins findet, eine Krankheit bedeutet und daß sie jenen Organismus zu zerstören sucht und endlich, je höher sie sich entwickelt, zerstören *muß* – geradeso wie das Bazillengeschlecht das »erkrankte« menschliche Individuum zu vernichten trachtet?

Und dürfen wir nicht weiter fragen, ob es nicht vielleicht die Aufgabe jeder lebendigen Gemeinschaft bedeutet, sei es Bazillengeschlecht, sei es Menschheit, die ihr übergeordnete Welt – sei dies ein menschliches Individuum, sei es das Universum – allmählich zu vernichten?

Auch wenn diese Annahme der Wahrheit nahe käme – unser Vorstellungsvermögen wüßte damit nichts anzufangen; denn unser Geist ist nur fähig, das Absteigende, Tiefere, niemals aber das Aufsteigende, Höhere zu erfassen; nur das *Niedere* kann von uns relativ gewußt, doch das *Höhere* von uns immer nur geahnt werden. In diesem Sinne darf man die Geschichte der Menschheit vielleicht als ihren ewigen Kampf gegen das Göttliche begreifen, das trotz allen Widerstandes allmählich doch mit Notwendigkeit durch das Menschliche vernichtet wird; und diesem Gedankengang folgend dürfen wir vielleicht annehmen, daß diesem uns göttlich erscheinenden oder als göttlich geahnten uns übergeordneten Element ein noch höheres übergeordnet ist, und so immer weiter bis in die Unendlichkeit.

Skepsis –?

Der Gedanke der Seelenwanderung wird völlig sinnlos, wenn wir nicht zugleich eine Fortdauer des Ichbewußtseins als gegeben annehmen. Als ein *anderer* dagewesen sein, das heißt: überhaupt nicht dagewesen sein.

Wie zum Beweis dafür, daß die Seelen wandern, erzählen uns manche Leute, Männer, und noch öfter Frauen, daß sie die deutliche Empfindung hätten, schon früher einmal, etwa zur Zeit der Antike oder der Renaissance oder in irgendeiner anderen vergangenen merkwürdigen Epoche, in anderer Gestalt, selbstverständlich immer als merkwürdige Persönlichkeiten, als Fürsten, Künstler, Abenteurer männlichen oder weiblichen Geschlechts, als dämonische oder satanische Naturen auf der Welt gewesen zu sein. Keiner noch hat sich erinnert, in früherer Zeit als Bettler, als Kanalräumer, als Sklave, als Bierversilberer, als Waschfrau, als Sitzkassierin, als Pfahlbauer, als Menschenaffe – oder gar in irgendeiner Epoche gelebt zu haben, von der er früher niemals aus Büchern oder Erzählungen Kenntnis erhalten hätte.

Man möchte auch gerne wissen, wie sich solche Leute technisch (man verzeihe dieses allzu konkrete Wort in so metaphysischem Zusammenhang) den Vorgang der Seelenwanderung eigentlich vorstellen? – Geht die Seele des Dahingeschiedenen schon im Augenblick des Todes in den neuen Leib ein – und wenn das der Fall wäre, in einen Leib, der eben geboren oder in einen, der eben gezeugt wird? – Oder sollen wir eine Art von Quarantäne annehmen – eine Wartezeit innerhalb der Unendlichkeit, wo die Seelen der Verstorbenen verweilen oder wenigstens in der Idee vorhanden sind – solange bis sich wieder ein richtiges oder, wie es leider meist zu geschehen scheint, ein nicht ganz passendes leibliches Quartier für sie gefunden hat? Und wandern *alle* Seelen? Oder gibt es welche, die nach ihrer ersten oder nach ihrer tausendsten irdischen Existenz des Wanderns müde sind und als reine Seelen weiter existieren und nichts weiter zu tun haben, als neugierigen Spiritisten durch Tischklopfen auf törichte Fragen törichte (vermutlich ironisch gemeinte) Antworten zu erteilen? Und hängt das Wandern und am Ende auch das Erscheinen von ihrem Belieben ab? Oder folgen sie einem höheren Auftrag? – Wie der Glaube hat auch sein mißgewachsener Bastard, der Aberglaube, seinen Ursprung weit seltener in den metaphysischen Bedürfnissen der Menschheit (die weniger verbreitet sind, als die freundlichen Überschätzer ebendieser Menschheit ihr zu schmeicheln pflegen), als in den allgemein menschlichen Eitelkeiten und Angstgefühlen. Und es gibt keine Torheit, durch die sich die Menschen nicht – für Augenblicke wenigstens – interessanter machen wollten, als es ihnen in ihrem armen, vermutlich doch nur einmaligen Leben vergönnt zu sein pflegt.

Falschspieler –?

Nehmen wir einmal an, du setztest dich mit deinem Partner zum Kartenspiel nieder, und eine Weile würde anständig, den Regeln nach und ohne Zank gespielt. Wie nun, wenn in irgendeinem Augenblick, da du eben mit deinem As den König des andern stechen wolltest, dein Partner behauptete, daß nicht das As, sondern der König die höhere Karte bedeute? Oder daß es gar nicht das As sei, das du in Händen hieltest, sondern die Dame, oder der Siebner oder ein weißes Blatt? – Oder wenn er es als einen Grundirrtum der überhaupt höchst reformbedürftigen Spielregel bezeichnete, daß man gerade das As als höchste Karte gelten ließe? – Oder wenn er gar erklärte, daß eine Karte sich unter Umständen in eine andere verwandeln könne, da ja bei Gott kein Ding unmöglich sei? Und wenn er, falls du solches zu bezweifeln wagtest, dich beschuldigte, daß es dir an Demut mangle und daß sein König schon deshalb etwas Höheres bedeute als dein As, weil er eben die Gnade habe, du aber nicht? – Oder wenn er, deines Widerstandes müde, einfach die Karten hinwürfe: es sei ja nur ein Spiel und darum nicht ernst zu nehmen – und wenn er sich mit dieser Begründung weigerte, dir deinen Gewinnst auszuzahlen?

Unsinnige Beispiele meinst du? Keineswegs. Immer wieder bist du als redlicher Mann Abenteuern solcher Art ausgesetzt, wenn du dir's einfallen läßt, dich mit einem unlautern Gegner in ein religiöses, auch wohl in ein philosophisches oder politisches Gespräch einzulassen. Denn im Geistesspiel gibt es noch öfters unehrliche Partner als am Kartentisch; und solche Falschspieler des Geistes gebärden sich um so unverschämter, als sie immer wieder Leute finden, die sich aus Dummheit, aus Snobismus oder in der Erwartung, bei der Sache auch ein Geschäft zu machen, auf die Seite jener unredlichen Spieler stellen und mindestens deren guten Glauben, wenn nicht gar ihr gutes Recht zu beschwören bereit sind.

Psychophysisches Gesetz –?

Es ist nun einmal so, daß die Menschen immer erst Raum in ihren Herzen schaffen müssen, wenn ein neues Wesen ihnen gegenübertritt, das auf ihre Liebe, Freundschaft, Sympathie, ja nur auf ihre Beachtung Anspruch erhebt. Das menschliche Gefühl ist nur selten einem unerschöpflich sprudelnden Quell vergleichbar, meist ist es wohl abgemessen in ein Reservoir gezwängt, aus dem es unter ewig gleichem Druck in eine beschränkte Anzahl von Leitungen abfließt; und wenn ein neues Rohr sich füllt, muß ein anderes sich leeren oder gar völlig versiegen. Und ebenso verhält es sich auf geistigem Gebiete. Sobald von einer neuen Seite her Begeisterung, Anerkennung, Aufmerksamkeit gefordert wird, werden alle diese Gaben von einem anderen Objekt, so weit als möglich, mit größter Hast abgezogen. Und so ausnahmslos wirkt dieses Gesetz sich aus, daß nicht nur ein Mensch gegen den andern als Gesamterscheinung, sondern daß auch die Eigenschaften und Leistungen *innerhalb ein und derselben Persönlichkeit* immer wieder gegeneinander abgewogen und ausgespielt werden, als müßte jede unvorhergesehene neue Ausgabe durch sorgfältigste Sparsamkeit an anderem Ort gleich wieder gutgemacht, und die etwaigen Folgen einer sträflichen Verschwendung verhütet werden.

Mythos gegen Historie –?

Die Bedeutung einer Gestalt für die Menschheit beruht nicht auf ihrer *historischen*, sondern auf ihrer *mythischen* Wahrheit, die in jedem Fall eine Wahrheit von höherem Range bedeutet. Nur wenigen historischen Gestalten wohnt die Kraft inne, ins Mythische emporzuwachsen, ja manche von diesen mythisch werdenden Gestalten hören eines Tages sogar auf, historisch zu sein; sie sind es vielleicht niemals gewesen. Die Sehnsucht war es, die solche Gestalten ins Licht rief, der Glaube erhält sie lebendig, und der Zweifel vor allem ist es, der an ihrer Vergöttlichung teilhat.

Wahn als Selbstbehauptung –?

Wie leicht sind wir geneigt, andere des Größen-, des Verfolgungswahns zu bezichtigen – und vergessen dabei, daß die Empfindung, Mittelpunkt der Welt zu sein, eine nahezu normale Art der Selbstbehauptung vorstellt und daß das innere Gleichgewicht eines Individuums eigentlich schon gestört ist, sobald dieses sich nicht mehr als Zentrum, sondern als peripherisch zu empfinden beginnt; daß also die Menschen im allgemeinen ihren sozusagen physiologischen Größenwahn bestenfalls nur zu dissimulieren versuchen. – Daher wird nicht nur Feindseligkeit oder Abneigung, sondern auch schon Gleichgültigkeit von den meisten Menschen als Verfolgung empfunden, – und gewissermaßen mit Recht. Denn Mangel an Interesse und Förderung ist in seiner Wirkung von Schädigung nur graduell unterschieden und in der Ökonomie menschlicher Beziehungen besonders von ethischem Standpunkt aus kaum anders zu bewerten.

Der Ästhet als Bösewicht –?

Jede Art von ästhetischer Weltanschauung ist mit Egoismus nahe verwandt, wenn er nicht geradezu als eine ihrer Quellen gelten darf; und auf die Wirklichkeit angewandt, kann eine rein ästhetische Betrachtung leicht wie Schurkerei erscheinen. Wenn wir uns beispielsweise sorgfältig in acht nehmen, dem bunten Schmetterling etwas zuleide zu tun und im nächsten Augenblick den uns widerlichen Wurm achtlos oder gar absichtlich mit unserem Fuß zertreten; – was haben wir denn anderes getan, als den Wurm mit dem Tod zu bestrafen, weil er vor unserem Schönheitssinn nicht so gut bestand wie der Falter, der unser Aug' entzückt hat?

Gespensterfurcht –?

Wie einsam du zeitlebens gewesen bist, das kannst du nie völlig erfassen und wirst es nie, – es sei denn, du vermöchtest als Dahingeschiedener in die Seele eines Menschen zu schauen, dem du vor allen lieb gewesen bist. Dann würdest du erfahren, wie sich auch in dieser treuesten Seele der Gedanke, du könntest wiederkehren, aus der Sehnsucht nach einem Wunder ohnegleichen allmählich, doch unaufhaltsam, von Jahr zu Jahr, von Tag zu Tag, in grausame Schauer der Angst wandelt.

(Buch des Gesamtverbandes Schaffender Künstler. Hrsg. v. Ernst Lothar. Wien: 1929.)

Wie aber, fragte die Unendlichkeit den Herrn, soll ich der Menschheit erscheinen, daß sie nicht vor Grauen erstarre?

Da verkleidete sie der Herr in das Blau des Himmels.

Und ich? fragte die Ewigkeit, wie soll ich mich der Menschheit offenbaren, daß sie nicht vor Grauen in Vernichtung sänke?

Da sagte der Herr: Ich will dem Menschen einen Augenblick geben, da er dich begreifen wird. Und er schuf die Liebe.

Keiner wird sich entrüsteter gebärden als einer, den du zu Unrecht beschuldigst, daß er in deinem Haus einen silbernen Löffel hat mitgehen lassen und der beim Nachbarn ein Dutzend gestohlen hat, ohne daß man ihn erwischt hat.

Manche Musik übt die seltsame Wirkung aus, daß wir in ihrem Anhören gegen uns selbst milde werden und uns alle Sünden nachsehen möchten, die wir je begangen haben. Aber von noch höherer Macht ist jene andre, von deren Klängen umrauscht wir beinah das Böse verzeihen möchten, das die Menschen uns angetan.

Wir werden immer glauben, auf dem Weg zu sein, auch wenn wir schon am Ziele sind. Der letzte Irrtum der Menschheit.

Nur wer den Tod fürchtet, darf sich seines Mutes rühmen.

Das Gefühl der Sicherheit verzeihen uns die Frauen noch viel weniger als das des Mißtrauens. Denn mit dem Mißtrauen beleidigen wir nur ihre Ehrlichkeit, mit der Sicherheit ihre Verführungskraft und ihre Empfindungsfähigkeit.

Der Wert der großen Persönlichkeiten besteht nicht darin, daß sie Nachahmer hervorbringen können, sondern daß sie manchen Kleineren den Mut zu Schöpfungen oder Lebensäußerungen geben, die sie sonst nie gewagt hätten.

[Publikationsort nicht ermittelt.
Im Manuskript handschriftlich angemerkt: »veröffentlicht«.]

[APHORISMEN UND BETRACHTUNGEN

AUS DEM NACHLASS]

»UND EINMAL WIRD DER FRIEDE WIEDERKOMMEN...«

National

Das alberne Geschrei. National fühlen. Wie nützt man seiner Nation? Wie erweist man ihr seine Liebe? Dadurch, daß man schreit: Ich bin ein guter Deutscher! Wir sind die erste Nation! Dadurch, daß man die andern als minderwertig hinstellt? Man ist national, indem man innerhalb seiner Fähigkeiten das denkbar Höchste zu leisten bestrebt ist; so fördert man zugleich sich selbst und die Nation, der man angehört. Für die Nation von Bedeutung sind ausschließlich die, welche arbeiten; auf die, welche sich darauf beschränken national zu fühlen, kann sie verzichten.

Als wenn es sich immer noch um einen Vorrang handelte, als wenn es sich darum handelte, mehr zu sein als ein anderer und von diesem andern in diesem Sinn anerkannt oder gar gefürchtet zu werden. Es handelt sich ausschließlich darum, seine Fähigkeiten in einer bestimmten Richtung auszuarbeiten und sie mit Zielbewußtsein anzuwenden. Alles übrige versteht sich von selbst. Die Nationen, welche im Fortschritt begriffen sind, zeichnen sich immer dadurch aus, daß sie die Errungenschaften aller anderen Nationen in die Möglichkeiten ihrer Entwicklung aufnehmen.

Suttner[1]

Gerade in den letzten Jahren ihres Lebens war es mir beschieden, mit der merkwürdigen Frau einige wenige Stunden zu verbringen. Und da habe ich gefühlt: sie wäre eine wundersam helle Erscheinung gewesen, auch ohne das Leuchten jener Idee, die ihr eigentliche Größe gab und die ihrem Namen die Unvergänglichkeit geben wird.

Und wieviel muß ich, müssen viele, die ihre Sehnsucht, wenn auch nicht ihren Glauben teilten, in diesen ungeheueren Tagen ihrer denken, die sie nicht mehr erleben sollte, vielleicht nicht mehr erleben wollte – wenn wir annehmen dürfen, daß in hohen Seelen auch ein höherer Wille ahnungsvoll unbewußt waltet.

Und doch, sie ist zu früh dahingegangen, wie sie auch viel zu früh, um Jahrhunderte zu früh kam, wenn wir nur diejenigen als die rechtzeitig Erscheinenden bezeichnen wollen, die die Welt zu ihrem Empfang bereit finden. Gerade aber das wird in jenen späteren Zeiten, die wir alle mit geringerem oder größerem Vertrauen ersehnen, ihren Ruhm bedeuten.

Und doch auch sie, wie wir anderen, hätte zu ihrem eigenen Staunen vielleicht, angesichts der ungeheueren Ereignisse, die wir miterleben, noch andere Regungen in ihrer Seele gefunden als Schmerz, Grauen und Verzweiflung. Denn auch sie hätte irgendwo in der Tiefe ihres Wesens gefühlt, wie das, was sich jetzt in der Welt begibt, nicht nur furchtbar, sondern auch so glühend von unerbittlicher Notwendigkeit sich darbietet, daß wir alle – und wehrte sich unser Verstand tausendmal dagegen – in all unserer Verzweiflung, in unserem Schmerz und in unserem Grauen irgend etwas im Herzen spüren, das der Andacht zum mindesten verwandt ist.

Das hat mit ästhetischer Betrachtungsweise nichts zu tun, um so weniger, als es diesmal keine Zuschauer gibt, sondern nur Beteiligte. Und selbst wer sich für einen Zuschauer hielte, wird sich bald dabei betreffen, mitzutrauern, mitzuhassen, mitzurasen; und wer es versuchen sollte, gerecht zu sein, mild, verstehend, der wird fühlen, daß es ein Höheres gibt, als den Dingen nachzugehen, bis an jene letzten Urgründe, wo wir achselzuckend, ermüdet, verzweifelt einen unbegreiflich waltenden Gott am Werke sehen. Dies Höhere aber heißt: der Gegenwart bewußt sein, einer unter vielen sein, und wissen, daß Gerechtigkeit in einer Welt des Unrechts fast im Sinne eines mathematischen Gesetzes notwendig als Ungerechtigkeit wirken muß. *Oktober 1914*

An etwas zu denken und sich zurechtzulegen, wie man sich dazu verhalten möchte, wenn man weiß, daß es unausbleiblich ist, ist zu keiner Zeit verfrüht, wie man denn auch an den Tod in gewissem Sinn niemals zu früh denken kann.

Daher soll man für den Frieden so gut gerüstet sein wie für den Krieg. Es ist vielleicht ebenso schwer, ihn in der richtigen Weise, in der gleichen würdigen Haltung zu empfangen.

Lassen wir uns daher durch die Bitterkeit, den Haß, die Ungerechtigkeit (auch diese letztere ist wohl begründet – und in der seelischen Ökonomie des Kriegswesens nicht zu vermissen) womit die Gegner einander jetzt gegenüberstehen, nicht verwirren. Aus tausendjähriger Erfahrung weiß die Menschheit, daß es zwischen den Völkern keinen ewigen Haß gibt, ja, daß er sich endlich beruhigt, nicht nur, wenn die Rache erfüllt, sondern auch, wenn sie mißlungen ist.

Und wenn wir selbst es nicht mehr erleben sollten, daß diese Leidenschaften sich beruhigen, denken wir unserer Söhne, unserer Enkel, für die wir den Krieg führen, denen wir den Frieden zu schaffen haben. Und so sei es schon heute erlaubt, einiges auszusprechen auf die Gefahr hin, daß es im Lärm der Schlachten verhallt, daß es auch von denen nicht vernommen, daß es abgelehnt, daß es belächelt wird, von denen, die zu Hause geblieben, nur das drohende Echo der Kanonen hören.

Denn ich sage es gleich. Wenn ich von einem künftigen Frieden spreche, so weiß ich so gut wie irgendeiner, daß der Krieg, den wir heute führen, ein unvermeidlicher, nicht nur ein aufgezwungener war.

Ja mehr als das, ich habe niemals geglaubt, daß das Zeitalter des ewigen Friedens gekommen ist und glaube nicht einmal, daß dieser ungeheuere Krieg – und sollte er sieben oder gar dreißig Jahre währen – der letzte ist, den Kulturvölker miteinander führen.

Denn Kulturvölker führen ihn, das wollen wir nicht vergessen. Wenn auch auf dem Grund aller dieser Völkerseelen, auf dem einen mehr, auf dem anderen weniger, ein Bodensatz von Barbarei oder zumindest von Pöbelei ruht. Wenn auch im – leider nicht genügend fernen – Osten die Barbarei bis hart an die Stufen des Thrones brandet, ja vielleicht dort grauenhafter waltet als in den sogenannten tieferen Schichten. Und wenn wir auch bei unseren westlichen Nachbarn, noch ehe der Krieg ausbrach und schon in seinen allerersten Anfängen starr vor Verwunderung und Empörung eine fessellose, ja absichtlich nicht gebändigte von gewissenlosen Regierungsleuten aufgehetzte Menge an wehrlosen Fremden, ja an jahrelangen Gastfreunden sich feig und erbärmlich vergehen sahen.

Aber es scheint zweifellos, daß daran die Regierungselemente eine viel größere Schuld trifft als die Bevölkerung selbst. Ein gewisser Teil der Bevölkerung ist stets unter gewissen Bedingungen bereit, die Elemente der Bestialität, Raubsucht und Tücke frei walten zu lassen, und bei aller verhältnismäßigen Gutmütigkeit der Österreicher läge es durchaus nicht außerhalb aller Möglichkeit, auch sie entsprechenden Falls zu Akten der Brutalität und Grausamkeit anzueifern. Ich halte es für unwahrscheinlich, daß a priori die Wiener Plattenbrüder ein besseres Menschenmaterial darstellen als die französischen und belgischen Apachen. Hingegen halte ich es für sicher, daß bei allem, was man sonst gegen die Verwaltung unseres Vaterlandes auf dem Herzen haben mag, im Ernstfalle alles getan würde, um die bösen Elemente der Volksseele niederzuhalten und einzudämmen.

Was aber könnten wir für den Frieden, zum mindesten im Sinne eines künftigen Friedenszustandes schon heute leisten? Heute, da noch überall die Kämpfe toben, da ein Verkehr von Volk zu Volk so gut wie unmöglich scheint, ja, solange selbst ein Versuch, eine solche Verständigung anzubahnen, wie ein unzeitgemäßer Ruf nach Versöhnung, ja beinahe wie ein Verrat am eigenen Vaterlande gelten könnte, in dessen Interesse es liegt, die Kampfwut seiner Soldaten nicht auskühlen zu lassen, – das ihr wildes Blut nicht mit dem abgestandenen Wasser sentimentaler Menschenliebe und Gerechtigkeit darf verdünnen lassen.

Nun, lassen wir denen, die hinausgezogen sind, unser Vaterland zu verteidigen, ihren heilsamen und edlen Zorn, den wir mit ihnen teilen und der sich ja immer wieder von selbst weiter entfacht, wenn sie ihre Kameraden an ihrer Seite hinstürzen sehen. Ja, feuern wir selbst, wir Daheimgebliebenen, sie durch Rufe der Bewunderung und der Liebe an. Aber vergessen wir darüber nicht in der Tiefe unserer Seele, daß auch die Feinde, gegen die sie kämpfen, Väter und Mütter, Geschwister und Gattinnen und Kinder, daß sie, alle, ein Vaterland haben, dem sie, beinahe alle, mit dem festen Glauben an die Gerechtigkeit seiner Sache dienen und daß auch diejenigen ihrem Vaterland dienen müssen, die an der Gerechtigkeit seiner Sache zweifeln mögen. Denken wir daran, daß unsere Feinde, die Gegner unserer Soldaten, von ihren Regierungen, von ihren Fürsten ins Gefecht geschickt worden, daß sie jedenfalls, ob nun gern oder ungern, verpflichtet, ja gezwungen sind, die Waffen gegen uns zu führen, mit welcher Begeisterung sie sie auch führen mögen, und daß wir daher später, wenn der Krieg einmal zu Ende ist, auch in unserem Gefühl die Bürger eines Landes, das gegen uns in Waffen stand, nicht ihre Taten dürfen vergelten lassen.

Gestehen wir ein, daß wir den Militarismus nicht oder falsch verstanden haben, sei es nun aus einer banalen Überschätzung der Menschheit oder aus Mangel an historischem Sinn. Wie notwendig die Opfer waren, die das Bürgertum oft widerstrebend, ja eben nur gezwungen schon in Friedenszeiten dem Militarismus dargebracht hat, dieser Kriegsausbruch, der von uns vielleicht noch hinauszuschieben, keineswegs aufzuhalten gewesen wäre, er hat es uns gelehrt. Denn dies ist das Wesentliche: wir hätten diesen Krieg nicht auf zwei, vielleicht drei Jahre verschieben können, daß er unausweichlich war, weiß heute jedermann. Niemals, so lange die Welt steht, und vielleicht macht das das besondere Charakteristikum dieses Krieges aus, ist ein drohender Überfall mit einer solchen Frechheit und Schamlosigkeit vorher verkündigt und bis auf den Termin angesagt gewesen. Deutschland und Österreich hatten sich natürlich auch für den Krieg gerüstet, aber niemals für etwas anderes als für einen Verteidigungskrieg. Frankreich, Rußland, England haben den Angriff vorbereitet, das kann niemals geleugnet werden, hierfür liegen Dokumente vor, sowohl diplomatischer als journalistischer und solche weltgeschichtlicher Natur.

Manches, was uns teuer war in den guten Zeiten, da unsere Lieben nicht draußen im Felde standen, da unsere Besitztümer noch in Sicherheit ruhten und wir selbst unbehindert über die Grenzen wandern durften, es scheint uns nun wertlos, nichtig, ja in verzweifelten Augenblicken lächerlich geworden. Wir wenden uns mit ähnlichen Gefühlen davon ab, wie wir in eben jenen guten, sicheren, ach nur scheinbar sicheren Zeiten uns von mancherlei abgekehrt haben, was wir leichtfertig ungerecht Militarismus oder gar Soldatenspielerei genannt haben. Ungerecht, sage ich. Aber ich setze gleich hinzu, daß wir auch diesmal unrecht haben. Was einmal wichtig und bedenkungsvoll war, bleibt es für alle Zeiten. Und wenn auch manches Geringe und besonders Unechte, das sich als Kunst auftat, von dieser ungeheuren Epoche spurlos in den Grund gerissen werden wird, oder einmal nichts anderes bedenken wird, als eine komisch-rührende Erinnerung; – was echt und gar groß war, wird es auch späterhin bleiben, ist es sogar jetzt geblieben, in dieser wilden Zeit, auch wenn wir eben nicht Auge und Ohr dafür offen haben; und wir sollen ihm Treue bewahren, innerhalb dieser wilden Zeiten, geradeso, wie wir dem Heldentum, das man ja auch Militarismus nennen darf, Treue halten wollen in jener kommenden stilleren Zeit, wo die Törichten, die Kinder, die Nichtfernblickenden, geradeso wie wir es früher einmal getan, wieder von Soldatenspielerei reden werden.

Versuchen wir auch Leute wie Maeterlinck, wie Kipling zu begreifen, die großen Dichter, die in dieser Zeit von dem großen

Gefühl einer Dazugehörigkeit, eines mit ihrem Volk Verbundensein, das sie früher vielleicht nicht immer empfunden haben, nicht nur erhoben, sondern verwirrt, in töricht bösen Worten eine Nation, ein Volk zu beleidigen versuchen, dem sie – oh, nicht materielle Güter, nicht Ruhm, wie wenig scheint all das in solcher Zeit! – gar manches von dem zu verdanken haben, das sie zu dem gemacht hat, was sie eben sind.

Erstens glauben wir nicht alles, was wir zu lesen bekommen, so wie wir wünschen, daß auch unsere Feinde nicht alles blind glauben, was in ihren Zeitungen steht.

Ferner versuchen wir, selbst Unglaubwürdigkeiten zu verstehen.

Und endlich, das Schwerste, versuchen wir nicht schon in diesem Augenblick, denn dies wäre Lauheit, Schwäche, also Gefahr, aber nehmen wir uns wenigstens vor zu verzeihen, sobald der Friede geschlossen wird.

In der Versöhnung, die ja doch zwischen den Fürsten und Regierungen mit dem üblichen Pathos geschlossen werden wird, soll kein Bodensatz von Haß von Volk zu Volk zurückbleiben, wie es immer enden möge.

Es gibt neutrale Staaten, sogenannte neutrale Staaten, und es mag unter diesen einen oder den anderen geben, der in diesen ungeheueren Krieg noch eingreifen wird, ohne daß wir in diesem Augenblick zu sagen vermöchten, in welchem Sinn. Es ist also ebensogut möglich, daß unsere Soldaten noch im Laufe dieses Krieges Seite an Seite mit diesen jetzt neutralen fechten werden, als es möglich ist, daß sie gegen sie kämpfen werden. Und diese Soldaten des jetzt noch neutralen Staates haben in diesem Augenblick noch keine Ahnung, ob sie morgen verpflichtet sein werden, die Unsern tödlich zu hassen oder brüderlich zu lieben. Ihre Regierung wird es ihnen zu diktieren haben. Aber so ungeheuer ist die Macht der Politik, um so viel ungeheuerer wenigstens in ihren praktischen Wirkungen als nationale und sonstige Sympathien und Antipathien, daß wir schon heute sagen können: die Soldaten dieses jetzt noch neutralen Staates werden entweder, sie alle, unsere treuen Mitkämpfer oder unsere blutigen Gegner sein. Nicht einer unter diesen Hunderttausenden wird einem eigenen Gefühl folgen und im Widerspruch mit seiner Regierung sich für oder gegen uns entscheiden. Sollte aber einer von diesen zum Kampf verpflichteten Soldaten innerlich zu einem anderen Resultate gelangen als seine Regierung oder sein Fürst und nach diesem Resultate handeln, das möglicherweise ein viel vernünftigeres sein kann, als dasjenige, zu dem sein Fürst gelangt ist, so wird er es wahrscheinlich mit dem Leben zu bezahlen haben.

So niederdrückend diese Erwägung in einem höheren Sinne wirken mag, sie gibt für die Zukunft einen gewissen Trost. Sie sagt uns: sobald die Regierungen wollen, wird der Friede da sein. Ja, so furchtbar, so beschämend der Gedanke ist, wir alle wissen es, daß das Machtwort eines Menschen, und wäre es selbst aus der Laune eines Augenblicks geboren, vollkommen genügt, um eine mit Haß erfüllte Menschenmasse, die sprungbereit einer anderen gegenüber lauert, niederzuhalten, daß dieses eine Menschenwort genügt, hunderttausend Degen in die Scheide zu zwingen, in hunderttausend Gewehrläufen und Kanonenmündungen die tödliche Kugel zurückzuhalten. Und nach einem weiteren Augenblick würde durch diese ganze ungeheuere Masse, die vor einer Sekunde bereit war, Verderben zu bringen oder zu erleiden, gedankenlos bereit oder mit Begeisterung bereit, ein Seufzer der Erleichterung, der Erlösung gehen, und in denen, die sich über ihre inneren Vorgänge Rechenschaft zu geben vermögen, würde die Erkenntnis aufleuchten: Wir wollen ja gar nicht töten, wir wollen gar nicht verbluten! Wir wollen atmen, leben, unser Stück Brot essen, eine Handbreit Erde zum Wohnen haben und arbeiten. In diesem großen Augenblick, da der Friede übers Land zieht, würden sie es alle wissen, daß sie niemals etwas anderes gewollt haben, alle, auch die, die im Augenblick vorher noch nach dem Herzen ihrer Feinde gezielt haben und die bereit waren, für das Vaterland zu sterben.

Nicht das Erschütterndste, aber das Betrübendste vielleicht ist diesmal, daß die Intellektuellen, von denen wir gehofft haben, sie würden es uns doch möglich machen, ihnen über den Abgrund dieses Völkerkriegs die Hand zu reichen, beinahe völlig versagen, daß sie die Tatsachen nicht sehen wollen oder auch nicht sehen können.

Versuchen wir auch hier, Gleiches nicht mit Gleichem zu vergelten. Sagen wir uns vor allem: sie sind zum Teil mangelhaft orientiert durch die ungeheueren Lügen, die schon vor Beginn des Krieges eingesetzt haben und jetzt noch höher züngeln, irregeführt, verwirrt und endlich im Gebrauch ihrer logischen Fähigkeit durch ihr Nationalgefühl, durch das Zusammengehörigkeitsgefühl, das in solchen Zeiten sich mächtig entwickelt, so erheblich gestört, daß sie tatsächlich von dem Meuchelmord am Erzherzog Franz Ferdinand nichts wissen, daß sie den Krieg Österreichs gegen Serbien ebenso wie der Zar in jener berüchtigten Depesche als schmählich auffassen, daß sie ernsthaft glauben, England habe den Krieg an Deutschland nur deshalb erklärt, weil sein sittliches Empfinden durch den Einmarsch der Deutschen in Belgien verletzt gewesen wäre, daß sie ernsthaft von den Deutschen verlangen, sie sollten eine vom Feind besetzte Kirche, von der aus auf sie gefeuert wird, nicht beschießen, weil es eben eine alte, schöne Kirche sei, daß sie tatsächlich glauben, Deutschland wollte diesen Krieg, obwohl, nicht geheim im Diplomatenkämmerchen, sondern öffentlich im Parlament von Frankreich, der Überfall auf Deutschland für 1916 angekündigt wurde; – ja, sagen wir uns alles dies, die Haltung von Menschen wie Maeterlinck und Rolland und Kipling enthält bei Berücksichtigung all dieser Umstände immer noch irgendwo etwas Rätselhaftes. Wenn man Deutschland in einem so bedeutungsvollen Moment der Geschichte so wenig kennt, so kann das eben nur daran liegen, daß man es auch bisher nicht gekannt hat, und die Unfähigkeit oder vielleicht der innere Widerstand, Fremdes zu begreifen, ist, wie es scheint, auch unseren besten Nachbarn so eingeboren, daß selbst ihre gutgemeinten Versuche so ziemlich mißglücken mußten. Und doch hüten wir uns, ungerecht zu werden. Ich will nicht sagen, daß wir glühende Kohlen auf ihr Haupt sammeln wollen, darauf kommt es wenig an, sie würden es nicht begreifen, sie würden uns darum verhöhnen, sie würden es vielleicht nie erfahren. Aber lassen wir uns durch die gerechte Verbitterung gegen ihre Irrtümer und Bosheiten, zu denen ihre Vaterlandsliebe sie verleitet, die Freude an ihren Talenten und an den Erzeugnissen ihrer Talente nicht vergällen. *Das Leben der Biene* von Maeterlinck bleibt ein wunderschönes Buch, wenn wir auch gegen die darin enthaltenen Tatsachen mißtrauischer werden dürften, sowie die Elberfelder Pferde nun auch weniger Verehrer finden werden; und die *Monna Vanna* ist nicht von heute auf morgen ein schlechteres Stück geworden – schon darum, weil das schwer möglich wäre!

Im Verstehen gehe ich so weit wie möglich. Ich entschließe mich sogar, den tückischen Bürgersmann zu begreifen, der den deutschen Offizier, seinen Tischgast, erschossen hat. Er hat dadurch das gegnerische Heer um einen vielleicht gefährlichen Feind vermindert. Der jungen Dame gegenüber, die hilflosen Verwundeten die Augen aussticht, versagt freilich mein Verständnis. Doch sollen wir auch hier bedenken, daß es neben dieser einen oder neben dem angeblichen Dutzend solcher Weiber gewiß Hunderte, auch in Belgien, gibt, die in diesem Fall geradezu entsetzt waren wie wir. Und so wage ich es zu gestehen, es ist nicht ausschließlich Siegesjubel, den ich bei der Nachricht empfinde, daß ein Schiff mit 170 englischen Matrosen in den Grund gebohrt worden ist. Diese 170 hätten auf Greys[2] Geheiß ebenso gern oder ungern gegen Rußland gekämpft. Und jener große Handelsmann im Norden wäre gewiß kein geringerer Schuft, wenn er aus Geschäftsrücksichten, zuweilen darf man es auch Politik heißen, mit uns föchte statt gegen uns. Nur dürften wir ihn dann keinen Schurken heißen.

Das mag in solcher Zeit nach platter Sentimentalität ausschauen; es ist nichts als der Versuch, eine kleine Provinz unserer so vielfach gefährdeten Seele vor Überflutung durch die brausenden Wasser der Verwirrung zu hüten.

Auch wollen wir euch, meine Lieben, die Versicherung schenken, daß ihr Goethe verehrt. Wir verehren Rousseau, Voltaire, Flaubert, Stendhal und noch viele andere, und hätten nicht einmal gegen den feinen Schriftsteller Barrès etwas einzuwenden, wenn er nicht außerdem ein beschränktes, bösartiges und lügenhaftes Individuum wäre, was wir aber auch zu Friedenszeiten gewußt und ausgesprochen haben.

Lächerlich, ja unwürdig, erscheint mir der Kleinmut mancher Künstler, die sich plötzlich überflüssig erscheinen, weil nun nach ihren Erzeugnissen keine Nachfrage ist. Das Militär ist sich durch ein halbes Jahrhundert, währenddessen wir es scheinbar nicht gebraucht haben, gewiß nicht überflüssig erschienen und hat mit dieser Empfindung völlig recht gehabt. Aber ebensowenig sind die Künstler nun überflüssig geworden. Sie sollen im stillen weiter manövrieren und stets in Bereitschaft sein. Jeden Moment kann der Friede ausbrechen. Wehe euch, wenn ihr nicht gerüstet seid.

Wenn es einen Beweis gibt für die Unehrlichkeit unserer Gegner, so ist es der, daß von ihnen allen von Anbeginn die eigentliche Veranlassung dieses Krieges in Telegrammen, in Polemiken, in Communiqués einfach verschwiegen wird. Nun wäre es natürlich kurzsichtig, diese Veranlassung in all ihrer Ungeheuerlichkeit als das einzig wesentliche Moment oder selbst nur als ein hervorragend wichtiges in der Vorgeschichte dieses Krieges hinzustellen, wie es denn hieße, das Wesen der Politik, der Geschichte zu mißkennen, wenn man sich vorstellte, daß jemals der Wille oder die Willkür eines einzelnen Krieg oder Frieden in der Welt machen konnte. Immerhin bleibt der Mord am österreichischen Thronfolger der letzte Anstoß zu dem, was wir erleben. Und wir können annehmen, daß, wenn ein Attentat auf den Zaren glücken sollte, die Großfürsten auch noch ein paar Tage nachher davon reden werden.

Was heißt für eine Zeit reif sein? Ihr nichts schuldig bleiben und doch sich selbst in ihr bewahren.

Man sieht heute so viele, die sich ausgeben, verschwenden, in einer fiebrischen und großenteils nutzlosen Tätigkeit Kräfte verbrauchen, die sie nicht nur für sich selbst, für ihre Familie, sondern auch in einem weiteren Sinn, wenn auch vielleicht auf einem nicht ganz klar zutage liegenden Umweg für das Vaterland nutzbar machen könnten. *Oktober 1914*

Dieser Krieg ist unerhört durch den Heldenmut, mit dem er von den Armeen, durch die Bosheit, mit der er von den Völkern, insbesondere von einigen Regierungen und von den Journalisten geführt wird.

Die Hochachtung zwischen den Heeren wächst, die Verbitterung zwischen den Völkern steigt.

Man kann sich ganz gut vorstellen, daß sich eines Tages (wie es im Einzelnen schon geschieht) die feindlichen Truppen mit Rührung und Begeisterung gegenseitig begrüßen, daß die Führer einander in Ehrfurcht salutieren, und daß über all dies hinweg, weit hinter ihnen, die Diplomaten und Bürger einander weiter beschimpfen wie bisher. *November 1914*

Keine Repressalien! Man möge sich nicht ins Unrecht setzen. Immer wieder werden die Unschuldigen getroffen. Und nachher wird sich natürlich nicht mehr genau unterscheiden lassen, wer angefangen hat. Würden die Deutschen und die Österreicher ihre ruhige und vornehme Haltung gegenüber den Angehörigen feindlicher Staaten, die zufällig in ihrer Mitte leben, beibehalten, so würde das für die zukünftigen Friedensverhandlungen und insbesondere für die späteren Beziehungen zwischen den Staaten von unschätzbarem Werte sein. *Dezember 1914*

Die wichtigste Lehre dieses Krieges: Der vollkommene Zusammenbruch aller nationalen und religiösen Gegensätze, insofern sie eine Kriegsursache bedeuten wollen.

Ein Spiel von Mächten, das ist das Wesentliche. Der vollkommene Sieg des Absolutismus.

Es zeigt sich, daß sowohl z.B. die Rumänen als Italiener ebenso im Sinne Deutschlands als im Sinne seiner Feinde eingreifen könnten oder hätten eingreifen können, daß es immer nur das Belieben, die Laune, allerbestenfalls die Überzeugung eines einzelnen, dem die Macht gegeben war, gewesen ist, die die Entscheidungen über die Stellungnahme der Völker herbeiführte. Auch die Republiken werden absolut regiert. Es wird sich darum handeln, das unmöglich zu machen.

Die alte Forderung: das Volk hat über Krieg und Frieden zu entscheiden.

Scheinbare Unmöglichkeit.

Aber wirklich nur scheinbar.

Verteidigungskrieg ist natürlich nicht aus der Welt zu schaffen.

Der Angriffskrieg ist der primäre.

Schwierigkeit der Bezeichnung, z.B. in diesem Fall: Nicht der den Krieg Erklärende führt den Angriffskrieg.

Die Feinde werden das immer wieder behaupten. Wer also hätte zu entscheiden?

Schiedsgerichte haben sich nicht bewährt.

Sie waren auf verlogener Grundlage aufgebaut.

Sie dürfen nicht nur von Diplomaten gebildet werden. So wie das Volk sein Parlament wählt, müssen die Völker ihre Schiedsgerichte wählen.

Es ist lächerlich, daß die Mitglieder der Schiedsgerichte immer wieder nur von den Regierungen ernannt werden.

Es liegt fast immer im Wesen der Regierung, daß sie immer wieder Entscheidungen über Krieg und Frieden zu treffen glaubt.

Wer den Krieg als Notwendigkeit ansieht, kann das nur auf Grund des Hegelschen Satzes: Alles was ist, ist vernünftig.

Im Sinne der Kausalität ist ja natürlich jeder Krieg eine Notwendigkeit gewesen.

Es geht aber nicht an, auf der einen Seite den Krieg als eine großartige, ungeheuerliche, alles Edle im Menschen, wie alles Böse zu herrlicher Entwicklung bringende, gewissermaßen göttliche Notwendigkeit zu preisen; zu erklären, daß ein langer Friede die Völker schlaff und feig macht, daß der Krieg reinigt und läutert, — und auf der anderen Seite diejenigen, die den Krieg entfesseln, zu verfluchen und dafür verantwortlich zu machen, daß sie der göttlichen Notwendigkeit gewissermaßen rechtzeitig zur Hand gewesen sind. Wenn der Krieg etwas Herrliches ist, muß ich darauf verzichten, Poincaré[3], Iswolsky[4] und Grey für Schurken zu halten. *Dezember 1914*

Als Juden (als einen, der jüdischer Rasse entstammt) ist es mir im Lauf der Jahre oft genug begegnet, daß ich mich zu der Frage gedrängt fühlte: Warum kennt ihr uns nicht? Warum wollt ihr uns nicht kennen? Die, an die sich diese Frage richtete, eher ergrimmt und angeekelt als kummervoll, waren die Deutschen, unter denen ich lebte. Ich habe sie niemals laut ausgesprochen, denn sie konnte leicht mißverstanden werden. Mir fehlt jedes Bedürfnis, nicht nur in solchem Fall, mich an Leute anzuschließen, die mich nicht suchen. Ich habe mich nicht einsamer gefühlt, weil in dem Kreise, der sich um mich sammelte, Leute fehlten, die mich hätten verstehen können, ja, die mich ohne weiteres verstanden hätten und gern verstanden hätten, wenn ihnen zufällig unbekannt geblieben wäre, daß ich ein Jude bin.

Und nun erlebe ich als Deutscher, als Angehöriger des deutschen Volkes, mit Millionen anderen Deutschen, mit Hunderttausenden, die mich nicht zu den ihren rechneten, und die es vielleicht auch heute noch nicht tun, trotz der Zusammengehörigkeit, die von gemeinsam erduldeter Feindseligkeit stärker geschmiedet wird als von gemeinsam geatmeter Luft, gemeinsam geliebten Werken und Menschen; nun erlebe ich es wieder, daß ich mich frage, zusammen mit jenen, die mich nicht zu den Ihren rechneten: Warum kennt ihr uns nicht? Warum wollt ihr uns nicht kennen? Und diese Frage geht weit in die Welt hinaus, nach allen Himmelsrichtungen in denen die Nationen, die Völker, die Staaten leben, die sich nicht nur mit kriegerischem Haß, nein, auch mit lang genährtem bürgerlichen Widerwillen gegen das große Deutschland wenden, in dem ich, ein Abkömmling jüdischer Rasse, ein Österreicher, mich jederzeit als dazugehörig, gleichberechtigt und mitverantwortlich gefühlt habe. Und ich frage nun die Deutschen, die gleich mir diese Frage nicht an die Feinde, nicht an die stellen, mit denen wir im Frieden leben, nein, die diese Frage zum wahrhaft neutralen Himmel aufsenden, die Frage: Warum kennen sie uns nicht? Warum wollen sie uns nicht kennen? Warum vergelten sie unser Verstehen mit Mißverstehen? Unsere Sympathie mit Abneigung? [unleserlich] schon frage ich, ob ihnen nun vielleicht eine Ahnung aufsteigt von [dem,] was all die Jahrzehnte in den Juden vorgegangen ist, die unter ihnen lebten, verstehend mit einer von manchen, für mein Gefühl, allzu demütig zur Schau getragenen Neigung, und in denen sie sich immer wieder fragen mußten: Warum kennt ihr uns nicht? Warum wollt ihr uns nicht kennen? *Januar 1915*

Viele Feuilletonisten finden, daß die Menschheit nach diesem Kriege irgendwie gereinigt und geläutert sein werde.

Die Gründe für diese Annahme sind unklar: keiner der Kriege, die bisher in der Welt geführt worden sind, hat diese Folge gezeitigt.

Die Folge der siegreichen Kriege ist beinahe regelmäßig politische Reaktion; die Folge der verlorenen Revolution. Beide Folgen sind gewissermaßen Erschöpfungszustände.

Jedes Ereignis hat natürlich die Macht, in gewissen dazu veranlagten Menschen große, edle Eigenschaften zur Erscheinung zu bringen, die sonst keine Entwicklungsmöglichkeit gefunden hätten.

Gleiches gilt aber auch für schlechte Eigenschaften.

Außerdem müßte man sich über die Betrachtungsweise einigen. Manches sieht wie Heroismus aus, aber man darf nicht vergessen, daß gerade im Kriege sehr häufig Situationen eintreten, in denen Tapferkeit das sicherste Mittel ist, der Gefahr zu entgehen.

Es ist sehr wohl zu denken, daß derselbe junge Mann, der z.B. bei einem Brandunglück wehrlose Kinder und Frauen zertritt, um ins Freie zu gelangen, als Offizier seine Truppe mit Todesverachtung zum Sturm führt.

Man muß auch Zeit haben, seine großen Eigenschaften vorzubereiten. Wer werden die Geläuterten sein? Die ein Bein verloren haben oder ein Auge? Oder die Eltern, die ein Kind, die Frauen, die ihren Mann verloren haben? Oder die Leute, die zu Grunde gingen? Oder die Leute, die durch Armeelieferungen Millionen verdient haben? Oder die Diplomaten, die den Krieg angezettelt haben? Oder die Monarchen, die siegreichen oder die geschlagenen? Oder die Feuilletonisten, die daheim geblieben sind?

Diejenigen, die geläutert sein werden – ich wage es zu vermuten – sind es schon vorher gewesen. *Januar 1915*

»Beinahe niemals will ein Monarch den Krieg. Jeder muß zum Krieg gezwungen werden.« (Bis hierher Bemerkung von Professor

Redlich.)[5] In ihrem Beruf sind sie, wenn sie nicht Genies sind, wie Friedrich oder Napoleon, Marionetten. Außerhalb ihres Berufes sind sie Menschen wie andere. Hieraus entstehen tragische Konflikte. *Januar 1915*

Eine völkerpsychologische Tatsache: Bei langdauernden Regierungen passen sich die Individuen äußerlich und innerlich dem Typus des betreffenden Monarchen irgendwie an. Je schwächer das Individuum und je näher es sozial oder auch nur der Gesinnung nach dem Monarchen steht, um so deutlicher wird die Ähnlichkeit sich ausprägen.
(Eine Bemerkung des Abg. Prof. *Redlich* im Gespräch.) *Januar 1915*

Heroismus als Gelegenheitstugend; derselbe Mensch vielleicht, der bei einem plötzlich ausbrechenden Brand ein Kind zertritt, führt seine Truppen ins feindliche Feuer.

Heroismus als Mittel, sich am Leben zu erhalten.

Feigheit unter Kontrolle. *Januar 1915*

Die Weltgeschichte ist eine Verschwörung der Diplomaten gegen den gesunden Menschenverstand. *Januar 1915*

Welches ist denn das Charakteristikum für den Krieg? Der Tod? Jeder erfährt ihn, auch wer nie im Krieg gewesen ist. Heroismus? Dafür gibt es innerhalb der menschlichen Kultur unzählige bessere Gelegenheiten. Leiden? Armut? Brutalität? In allen ihren verschiedenen Formen? Nur quantitativ ist hier das Ergebnis des Krieges dem der friedlichen Epochen voranzustellen.

Das einzige, was dem Krieg eignet, ist die Wunde, die sinnlose Wunde im Körperlichen, und die Feindseligkeit, die sinnlose Feindseligkeit, d.h. die Feindseligkeit zwischen Menschen, die einander als Individuen ohne Haß, ja, vielleicht mit Liebe gegenüberständen. *Januar 1915*

Die Verschwörung der Völker gegen die Mächtigen ist ein gelegentlicher Vorgang, die Verschwörung der Mächtigen gegen die Völker der reguläre Zustand der Welt. Auch während des blutigen Krieges fühlt sich der König, wenn auch manchmal unbewußt, dem andern König, mit dem er im Krieg steht, näher und verwandter als seinem Stallmeister, seinem Minister oder selbst seinem Adjutanten. *Januar 1915*

Wodurch werden Kriege möglich?

1. durch die Schurkerei der Mächtigen, 2. die Dummheit der Diplomatie und 3. die Phantasielosigkeit der Völker.

Diese letzte wird unterstützt durch die in Geschichte und Politik übliche Flucht ins Abstrakte.

Schon die Mehrzahl an sich hat die geheimnisvolle Kraft, das Konkrete ins Abstrakte umzuzaubern.

Tausend Verwundete stellen sich für die Phantasie keineswegs so schlimm dar wie ein Verwundeter. Sie bedeuten nicht tausendmal eins, auch nicht eins, auch nicht einen Bruchteil von eins, sondern sogar etwas qualitativ anderes.

Es liegt im Interesse des Staates, diesen Denkfehler aufrecht zu erhalten, vom einzelnen abzusehen. Er selbst geht ja mit schlechtem Beispiel voran.

Die Unfähigkeit der Menschen, selbst der phantasievollen, sich etwas »vorzustellen«, ihre Phantasielosigkeit ist eine außerordentliche, immer wieder von neuem überraschende. Zu erklären ist sie nur als eine im Laufe der Zeiten allmählich entstandene innerliche Abwehr gegenüber der von den menschlichen Sinnen nicht zu ertragenden Grauenhaftigkeit der Welt. Könnte man sich den Tod vorstellen, so wäre das Leben gewissermaßen unmöglich. Und ebensowenig wie den Tod stellt sich jemals der Mensch Ende, Trennung, Leid wirklich vor. Was er gewohnt ist, als »Vorstellung« zu bezeichnen, ist Erinnerung, und zwar nicht einmal Tatsachenerinnerung, sondern Wort- oder Bilderinnerung. Daß alles, was geschieht, schon im nächsten Augenblick Erinnerung ist, macht das Dasein erst möglich. Manches, was wir Wahnsinn nennen, ist zweifellos nichts anderes, als eine durch angeborene oder erworbene Gefühlsintensität hervorgerufene Fähigkeit, den Augenblick festzuhalten, ihn nicht sofort zur Erinnerung werden zu lassen. Und Phantasie in ihrer höchsten Ausbildung bedeutet nichts anderes als Fixierung eines hohen Augenblicks; mit anderen Worten: Vergangenes, in manchen Fällen auch Zukünftiges, als Gegenwart zu empfinden. Wäre diese Fähigkeit eine allgemeine oder bei gewissen Menschen eine ununterbrochen wirkende, so wäre damit gewissermaßen der im menschlichen Verkehr übliche (keineswegs der philosophische) Begriff der Zeit aufgehoben.

Wie aber die Herrschaft der Phantasie letzten Endes Wahnsinn bedeuten müßte, so bedeutet der vollkommene Mangel an Phantasie Schwachsinn. Und dieser Schwachsinn, ganz in der pathologischen Bedeutung des Wortes gebraucht, ist der geistige Zustand der Menschheit, an dem nicht nur die große Masse, sondern selbst diejenigen Leute teilnehmen, die durch Anlage, Beruf und Entwicklung als verpflichtet gelten könnten, mit wachem Bewußtsein die Geschichte der Menschheit zu begleiten oder selbst zu beeinflussen. *Februar 1915*

So sonderbar es klingt, bei dem künftigen Friedenskongreß dürfte von Politik im rückschauenden Sinn nicht gesprochen werden. Die Schuldfrage darf nicht aufgerollt werden, denn bis wohin müßte man die Geschichte rückwärts verfolgen, um zu einem vollkommen gerechten Urteil zu gelangen. Es wäre natürlich kurzsichtig, nur von den letzten Ursachen des Krieges zu sprechen. Und doch würde es ins Leere führen, wollte man Ursache an Ursache reihen, endlich bis zur wahren Quelle des Übels sich durchforschen wollen. Man kann sich nicht anders helfen als durch eine vollkommene, auch die nächste Gegenwart miteinbeziehende Amnestie. Man müßte ernsthaft versuchen, eine neue Epoche einzuleiten. Und so wenig man im bürgerlichen Leben dem Verurteilten nach Abbüßung die Strafe vorhalten darf, darf es gestattet sein, im politisch-historischen Dasein dem Schuldigen seine Schuld vorzuhalten, ob sie nun abgebüßt ward oder nicht.

Wir werden keinen Staat finden, der ganz im Unrecht, keinen, der ganz im Rechte war. Im Ganzen wird man nur sagen dürfen, daß für denjenigen, der einerseits angegriffen wurde, andererseits mehr aufs Spiel gesetzt hatte, die Wahrscheinlichkeit einer geringfügigeren Schuld und Verantwortung bedeutender ist als für andere, die angegriffen haben und deren Risiko ein geringes war.

Aber es ist ein Unterschied zwischen Bedrohung, Angriff und Überfall, und es ist ein Unterschied zwischen Vorsicht, Verteidigung und Präventivkrieg.

Da es hier Übergänge gibt, wo nicht das Urteil allein, sondern auch das Gefühl notwendig mitspricht, wird sich eine im logischen, politischen und historischen Sinne vollkommen unanzweifelbare Entscheidung nicht aussprechen lassen. *Februar 1915 [?]*

Notwendigkeit, zwei Dogmen zu bekämpfen.

1. Das Dogma von der Schicksalsnotwendigkeit des Krieges.
2. Das Dogma von dem läuternden Einfluß des Krieges.

Schwierigkeiten. Man hat gegen sich Gedankenträgheit der Menschen, tausendjährige Tradition, angebliche Lehren der Geschichte, scheinbare Organisation der Welt und die allgemein menschlichen Eigenschaften: Dummheit und Phantasielosigkeit.

Die Gefährlichkeit der letzteren wird unterschätzt.

Die Mächtigen lassen es sich angelegen sein, diese Eigenschaft zu unterstützen.

Statt Bilder gibt man den Menschen Worte.

Statt Mehrzahl gibt man ihnen Abstrakte.

Alte Gewohnheit der Menschen, sich aus dem vollkommen Unerträglichen und auch wohl Unfaßbaren der Vielheit in die Kühle des Begriffs zu flüchten. Das ist nicht immer eine Erhöhung ins Symbolische, sondern eine Flucht ins Abstrakte.

Der alte Kunstgriff der Politik vom einzelnen abzusehen, mit Massen zu rechnen, im Gegensatz zum Künstler, der die Masse in die einzelnen auflöst.

Dieser Irrtum, vielmehr diese bewußte Täuschung ist zu zerstreuen.

Ein Unternehmen, das nur dann gelingen kann, wenn die Vernünftigen sämtlicher Staaten untereinander einig sind.

Das heißt also, wenn die Macht der Vernünftigen so groß geworden ist, daß sie gegen die Macht der Dummen, der Schurken, der Mächtigen (die durchaus nicht immer eins von beiden sein müssen, sondern oft nur an den angeborenen Fehlern ihrer Abstammung oder ihres Metiers leiden) aufzukommen vermag.

März 1915

Ein ungeheures Mißverhältnis besteht zwischen der Empfindung, die den Soldaten bewegt, und dem Ausdruck, der Geste, die er ihr notgedrungen geben muß. Er lädt ein Gewehr, drückt ab, hat gewiß nicht das Bewußtsein, daß er nicht nur ein Menschenleben zerstört (oder als Artillerist hundert), Dutzende von Beziehungen vernichtet usw., sondern er hat jedenfalls eine Empfindung, die dem Sportlichen viel mehr verwandt ist als dem Menschlichen oder gar Philosophischen. Auch hier, wie in allem, was mit Politik nur entfernt zusammenhängt, kommt es darauf an, die Leute im Unklaren zu lassen. Die ganze Weltgeschichte ist eine Intrige der Mächtigen gegenüber dem Bewußtsein und der Phantasie des einzelnen, oder vielmehr der Masse. *Mai 1915*

Krieg und Kritik.

Das Verhältnis der Dichter zum Weltkrieg ist oft genug besprochen worden.

Wie gewöhnlich aber kommen die, die der Kritik am meisten Anlaß zu Bedenken geben könnten, am besten weg, die Kritiker.

Unter den Dichtern schweigen immerhin einige, unter den Kritikern keiner.

Sie beziehen sich auf den Weltkrieg, und sie beziehen sich auf die Beziehung der Dichter zum Weltkrieg.

Sie passen von amtswegen sorgfältig auf, wie die Dichter sich anläßlich des Weltkrieges benehmen und können nicht umhin, sich zu äußern.

Sie finden es bemerkenswert, daß manche Dichter dichten und daß manche schweigen. Auch das Schweigen veranlaßt sie nicht, selbst das Maul zu halten, nein, sie kritisieren auch das Schweigen; sie loben es zuweilen, wobei sie durchblicken lassen, daß der Dichter, der lange nicht so klug und so politisch und so überlegen sei wie der Kritiker, am Ende nichts Besseres tun könne.

Aber auch das Privatleben des Dichters ist gegen ihre Kritik nicht gefeit. Richard Dehmel geht ins Feld, er wird photographiert, er schreibt einen Brief an seine Kinder, der veröffentlicht wird. Man kann das mehr oder minder geschmackvoll finden. (Ich persönlich wüßte nichts dagegen einzuwenden.) Der Kritiker bemängelt es. Er sieht in der Photographie, in dem veröffentlichten Brief eine Eitelkeit, die der Zeit, die des Dichters nicht würdig ist. Denn der Kritiker ist nie eitel, er läßt sich nie photographieren und veröffentlicht stets nur Artikel, durch die er die Sache der Menschheit fördert.

(Gut. Der Dichter schreibt einen Brief an seine Kinder. Er ist immerhin interessant genug, selbst wenn ein wenig Eitelkeit mitspielt. Aber es ist vollkommen uninteressant, wie sich Schmock[6] zum Brief des Herrn Dehmel an seine Kinder äußert.)

Irgendwo las ich auch, daß Dehmel deswegen in den Krieg gezogen ist, weil er innerlich als Dichter fertig war, neuen Inhalt für sein Werk brauchte. So wird er bei lebendigem Leibe kommentiert und ist außer den Flintenkugeln und Schrapnells den Stinkbomben der Kritik ausgesetzt. Und die werden immer weiter durch die Welt fliegen, auch wenn die Kanonen schweigen.

Welche herrliche Gelegenheit, ein neues Maß an die Werke der Dichter zu legen und an ihre Gestalten: Den Weltkrieg und die Helden, die draußen kämpfen. Schon sind sie darauf aus zu bestimmen, welche Werke, welche Dichter vom Sturmwind dieser großen Zeit für immer hinweggefegt sind und bilden sich ein, selber im Kampf zu stehen und an der Läuterung mitzuwirken.

Sie schmähen auch die Leute, die daheim sitzen und Gedichte machen. Sie aber sitzen gleichfalls nicht im Schützengraben und kritisieren daheim die Leute, die Gedichte machen und die, die keine machen. Die Kritiker, das sind die Leute, denen nie das Handwerk gelegt wird. Sie sind im Krieg so lästig und so überflüssig, so verlogen und so frech, wie sie im Frieden waren. Nichts wird weggefegt. Der Friede wird kommen, auch hierzu werden sich die Dichter vernehmen lassen, und andere werden schweigen. Der Kritiker wird aufpassen und übelnehmen. Dies ist sein Beruf. *Mai 1915*

Kriegsgreuel: Ein wehrloser Verwundeter wurde auf dem Schlachtfeld geblendet, verstümmelt, von einem Feind natürlich.

Ich weiß noch Ärgeres zu erzählen: ein Dutzend Soldaten saßen in einem Schützengraben, ein Schrapnell kam, der eine wurde blind, dem anderen wurde der Bauch aufgeschlitzt, dem dritten der Kehlkopf zerfetzt, dem vierten das ganze Gesicht weggerissen, dem fünften zwei Arme und ein Bein zerschmettert und so weiter. Die nicht gleich tot waren, lagen stundenlang da in Durst, Martern, Höllenschmerzen, Todesangst. Auch sie waren wehrlos gewesen, vollkommen wehrlos. Es gab keine Möglichkeit, sich gegen das Schrapnell zu verteidigen. Auch davonlaufen durften sie nicht, dann wären sie mit Recht wegen Feigheit erschossen worden. Die Wehrpflicht hatte sie wehrlos gemacht. *1915*

Wir beklagen kindischerweise die Leute, die während des Krieges sterben, weil sie von dem Ende nichts erfahren werden. Als wenn irgendeiner das Ende erleben würde! Haben die Leute im Jahre 73 geahnt, daß sie noch nicht das Ende des 70/71er Krieges erlebt hatten? Man wird erinnert an den Vorschlag eines Gemeinderats, der irgendeine Änderung erst durchgeführt wissen wollte, wenn alle alten Leute gestorben wären.

Der Satz von Clausewitz, daß Krieg nichts anderes sei als die Politik mit andern Mitteln, ist geistreich, also halbwahr, also gefährlich, also Unsinn.

Ebenso auch der Satz, daß der Krieg eine Notwendigkeit sei und man sich daher nicht gegen ihn auflehnen dürfe. Auch Pest und Cholera sind Notwendigkeiten. Erst daß wir uns gegen angebliche Notwendigkeiten auflehnen, macht uns ja zu Menschen. Und jedenfalls ist auch das Sichzurwehrsetzen Notwendigkeit. Glauben wir nicht an den freien Willen, so ist die Welt ja Unsinn; und wir haben allen Grund, an den freien Willen zu glauben, denn da er die Welt zu schaffen vermochte, kann er auch nicht aus der Welt geschwunden sein.

Der einzige unbezweifelbare Besitz des Menschen ist sein Leben. Alle seine anderen Besitztümer sind zum mindesten zeitweise in irgendeinem Sinne bezweifelbar: Geld, Ruhm und Macht. Die allgemeine Wehrpflicht aber ist die ungeheuerste Vergewaltigung an dem einzigen unbezweifelbaren Besitz des Menschen und überdies zugunsten einer im ganzen und oft im besonderen höchst diskutablen Idee wie Dynastie, Vaterland, Staat. *1915*

Das Solidaritätsgefühl der Machthaber, auch wenn sie miteinander im Kriege stehen, wurzelt tiefer als das Solidaritätsgefühl der Völker untereinander, selbst wenn sie im Frieden miteinander leben.

Der Absolutismus ist Tradition, ist uralt, wie die Weltgeschichte. Ja, man könnte sagen, er ist eine Idee, eine angeborene Idee und in den echtesten Instinkten der Menschheit begründet. (A priori ist jeder Mensch Absolutist in eigener Sache, schon indem er Egoist ist und es sein muß). Wenn irgendwo Menschen aber diese Idee des Absolutismus verkörpern, ja personifizieren, wie es Könige, ebenso wie Präsidenten und [unleserlich] tun, so reichen sie sich über Jahrhunderte und über Landesgrenzen brüderlich die Hände.

Die demokratische Idee dagegen ist jung, nicht älter als der moderne Staat, der überhaupt noch nicht existiert, den wir erst zu entwickeln trachten. Die Demokratie der Antike hat mit der unsern kaum etwas zu tun, da die ökonomischen, sozialen und religiösen Bedingungen damals durchaus andere waren. Die moderne Demokratie existiert kaum länger als seit 48. Man darf sie nicht einmal bis zur französischen Revolution zurückverfolgen.

Trotzdem, oder vielmehr deswegen, mißtrauen die Machthaber einander auch in Friedens- ja sogar in Bündniszeiten, und die Völker empfinden eine gewisse schüchterne, täppische Zärtlichkeit für einander, auch wenn sie gezwungen werden, auf einander mit der Waffe loszugehen.

Auf dem fruchtbaren Boden dieser sonderbaren Beziehungen ist die Diplomatie entstanden. Solche Widersprüche sind stets ein fruchtbarer Boden für die Wortmacher und Geschäftigen. *1915*

Die Vernünftigen sollen ihre Vernunft in der nächsten Zeit dazu verwenden, um die Macht zu bekommen statt dazu, sich ihrer Gerechtigkeit und Weisheit zu freuen. Sobald sie einmal die Macht haben, steht dem Genuß ihrer Gerechtigkeit und Weisheit nichts mehr im Wege. Ja, dann erst werden diese schönen Eigenschaften ihren Sinn erhalten. Vorher sind sie beinahe vom Übel. *1915 [?]*

Wenn einstmals die Diskussion über die Vorbedingungen eines Weltfriedens ernsthaft eröffnet werden kann, so sollten sich sämtliche Teilnehmer, wie überhaupt alle diejenigen, die zu dieser Frage das Wort ergreifen, dazu verpflichten, von der Behandlung gewisser Punkte abzusehen, die vollkommen aussichtlos wäre und nur einen Zeitverlust sowie die Verschwendung von Denk- und Seelenkräften bedeutete, ja durch Entfesselung von leidenschaftlichen Meinungsdifferenzen die ganze Diskussion unerquicklich, wenn nicht illusorisch machen müßte.

Es wären auszuschalten:

1. Die Schuldfrage hinsichtlich aller vorhergegangenen und insbesondere hinsichtlich des letzten Krieges. Man nehme als entschieden an, daß alle Staaten an diesem Krieg schuld sind, daß ihn aber kein einziger Staat als solcher, insbesondere kein Volk gewollt hat, sondern überall nur eine verschwindende Anzahl von einzelnen.

2. Die Besprechung der einzelnen Kriegsgreuel. Auch hier erscheint es zwecklos, Unterschiede zu machen. Es bleibt die gleiche Ungeheuerlichkeit, ob nun sogenannte Zivilisten, Frauen, Kinder aus der Luft durch Bomben getötet und verstümmelt werden, ob man diese Zivilisten zum Hungertode zu verurteilen gedenkt oder ob junge und ältere Leute (ebenso unbeteiligt und ebenso unschuldig wie die Zivilisten und bewußt oder unbewußt zum Kriegsdienst gezwungen) durch Mordwaffen umgebracht und zu Krüppeln gemacht werden. Auch Schurkerei und Heldenmut, Verrat und Patriotismus sind in Kriegszeiten so nahe beisammen, daß im Einzelfall für den objektiven Beurteiler sich eine Differentialdiagnose nur selten stellen läßt und die Entscheidung nur opportunistischen Erwägungen anheimgestellt bleiben muß. Al-

les, absolut alles, was der Krieg mit sich bringt, in seiner Unsinnigkeit, in seiner Brutalität, ist in gleicher Weise grauenvoll.

3. dürfte in den künftigen Diskussionen, Erwägungen und Vorschlägen die Möglichkeit, daß die Menschen in absehbarer Zeit im allgemeinen besser und klüger werden könnten, gar nicht in Rechnung gezogen werden. Vielmehr müßten wir immer wieder von der Überzeugung ausgehen, daß die Menschen denkschwache, beeinflußbare und in ihrer Feigheit selbst zu jedem sogenannten Heldentum fähige Geschöpfe bleiben werden.

An eine Besserung der Menschen ist so wenig zu glauben, daß man vielmehr als einen unumstößlichen Grundsatz aufstellen kann: so lange es einen einzigen Menschen auf Erden geben wird, der ohne ersichtliche persönliche Gefahr die Möglichkeit vor sich sieht, selbst um den Preis von hunderttausend Leichen und Krüppeln für sich einen Vorteil zu erringen, und so lange sich dieser selbe Mensch im Besitz der Macht und des Einflusses befindet, einen Krieg herbeizuführen, ebenso lange wird die Menschheit sich vor der Gefahr eines Krieges nicht als geschützt betrachten dürfen. Der Mensch ist das mitleidsloseste Lebewesen der ganzen Natur. Sein Mitleid reicht im allgemeinen nicht weiter als bis zu dem Leid, das seine Sinne eben noch fassen können. Und die tiefsinnige Anekdote von dem Mann, der ruhig in seinem Zimmer sitzt und immer nur auf einen Knopf zu drücken braucht, um für den geringen Preis, daß im gleichen Augenblick in China einem Mandarin der Kopf abgeschlagen wird, für sich einen Wunsch erfüllt zu bekommen, geht nicht nur auf Kriegslieferanten, Diplomaten, auf Könige und Generäle, sondern auf uns alle. Wüßte der Mann im Zimmer mit der Hand auf dem Knopf, könnte er sich vorstellen, daß er zugleich für irgend jemanden anderen der Mandarin ist, so würde er sich das Knopfdrücken vielleicht überlegen.

Worum handelt es sich also? Die staatlichen Organisationen soweit umzugestalten, daß die Existenz eines solchen Individuums (dem der Krieg einen Vorteil bringen kann und dem zugleich die Macht gegeben ist, ihn zu entfesseln) vollkommen unmöglich gemacht werde.

Die Schwierigkeiten einer solchen Umgestaltung sind natürlich ungeheure und sind nur aus der Welt zu schaffen durch eine sich über die ganze bewohnte Erde spannende Organisation aller derjenigen Menschen, denen der Krieg nur Nachteile bringen kann. Und da sich diese unbezweifelbar in der hunderttausend- oder millionenfachen Überzahl befinden, so müßte man glauben, daß die Schwierigkeiten einer solchen Organisation bei dem ungeheuren Vorteil, den sie für die ungeheure Majorität der Menschheit mit sich brächte, doch nicht unüberwindlich wären. Alle Beratungen, die in den einzelnen Staaten für den Weltfriedenszweck abgehalten werden, müßten die Schaffung einer solchen über- und zwischenstaatlichen Organisation zur Voraussetzung haben, andrerseits aber würde der Zusammenschluß der vorerst getrennt in den einzelnen Staaten beratenden Elemente in einem gewissen Moment automatisch erfolgen.

In der internationalen Sozialdemokratie waren diese Tendenzen schon vor diesem Kriege angedeutet. Im allgemeinen ist ihr sogenanntes Versagen darauf zurückzuführen, daß bei dem heutigen Stand der Dinge die Sozialdemokratie, ja die Demokratie überhaupt, als Idee gegenüber der des Absolutismus kaum in ihren Anfängen begriffen ist. (Unter Demokratie ist keineswegs die Herrschaft des Volkes zu verstehen, sondern eine Regierungsform zu Gunsten und im Sinne des Volkes.)

Jene Organisation zu schaffen ist die Aufgabe und die Pflicht aller Vernünftigen. Ich sage nicht aller Menschenfreunde. Man muß noch kein Menschenfreund sein, um sich dagegen zu empören, daß die Schicksale von Millionen in die Hände einzelner, leider nur scheinbar verantwortlicher Individuen gelegt sind. Es kommt darauf an, sich in der Idee der Gerechtigkeit, Freiheit und Menschlichkeit zu finden, die zusammengefaßt wir ja wohl als die der göttlichen Vernunft bezeichnen könnten.

Weltfrieden hat also in diesem Sinne mit Menschenliebe direkt nicht das Geringste zu tun. Es genügt beinahe, daß jeder sich selbst, daß er seine Angehörigen, daß er seine Heimat (wir vermeiden hier absichtlich das Wort Vaterland) liebe, um den Weltfrieden im höchsten Grade erstrebenswert zu finden.

Die Aussichten auf einen Erfolg der Weltfriedensidee werden sich natürlich umsomehr steigern, je weniger Arbeit und Kraft auf die Auseinandersetzungen oder Kämpfe mit den Gegnern dieser Weltfriedensidee verwendet werden müssen, und daher müßten die Gründe dieser Gegner, ihre Listen und Ausreden, ihre Gutgläubigkeiten und ihre Phrasen noch vor Beginn einer positiven Arbeit endgültig widerlegt werden. Es ist ohne weiteres verständlich, daß die Freunde des Weltfriedens nicht ruhig an ihr Werk schreiten können, so lange es nicht nur Leute gibt, die den Krieg als etwas in der Weltordnung Begründetes, als etwas niemals aus der Welt zu Schaffendes ansehen, sondern sogar solche, die ihn als etwas Hohes, Schönes, der Entwicklung der Menschheit im Ganzen Förderliches preisen. Diese Leute müßten so vollkommen und so für alle Zeit zur Ruhe verwiesen werden, wie etwa Wahnsinnige, welche die Pest als etwas in der Weltordnung Begründetes, der Menschheit im allgemeinen Förderliches betrachten und sich daher weigern würden, an der Sanierung pestverseuchter Gegenden mitzuarbeiten, Pestkulturen auszurotten – oder die gar aus einer perversen ästhetischen Freude Pestbazillen in die Welt versenden würden. Dieser Vergleich scheint übertrieben und irgendwie verletzend zu sein. Daß es so empfunden werden kann, ist nur ein neuer Beweis dafür, daß der Phrase von der Herrlichkeit und der läuternden Kraft des Krieges noch immer eine gewisse dogmatische Kraft innewohnt.

Damit diese Organisation ins Leben treten könne, ist es notwendig, die Feinde der Friedensidee nicht nur zu bekämpfen, sondern vor allem sie kennen zu lernen. Diese Feinde sind:

1. Die Philosophen des Krieges (Krieg ist Politik mit anderen Mitteln).
2. Die Quietisten (es war immer so, muß daher immer so bleiben).
3. Die Snobs (der Krieg, die Courage, das Abenteuer etc. ist irgendwie elegant).
4. Die Phrasendrescher (die von dem läuternden Einfluß des Krieges sprechen).

Nehmen wir an, einige Menschen würden durch persönliche Kriegserlebnisse tatsächlich besser und einige Neurastheniker würden durch ihre Erlebnisse gesund. Das scheint eine etwas zu teure Bezahlung für die Opfer, die sämtlichen übrigen auferlegt sind.

Man sagt, erst nach einem Krieg käme ein Volk auf seine eigene Höhe. Unwahr. Selbstverständlich sind die Menschen im allgemeinen nach einem Krieg nicht besser geworden, auch nicht begabter. Es gibt nur unendlich viele, denen es ökonomisch schlechter, einige, denen es ökonomisch wohler ergeht.

Außerdem fehlt es an der notwendigen Gegenprobe.

Wer beweist mir, daß es nicht allen Völkern ohne Kriege besser ginge?

Notwendig ist auch der Kampf gegen die Literatur, die den Krieg verherrlicht. Alles, was innerhalb des Krieges lobenswert, der Verherrlichung würdig ist, läßt sich auch innerhalb anderer Gebiete erreichen. Mut, Aufopferung, Abenteuer usw.

Charakteristisch genug, daß alle, auch die, die von der großen Zeit sprechen, auch die, die Einzelheiten feiern, auch die, die den Krieg mit Willen herbeigeführt haben, daß sie alle das Ende herbeisehnen.

Nun jammert Ihr alle in Verzweiflung über den Wahnsinn des Krieges. Ja, seid Ihr nicht mitschuldig alle, beinahe alle? Dadurch, daß Ihr das, was Ihr heute als Wahnwitz betrachtet, in der Zeit des Friedens durchaus als etwas Vernünftiges ansaht, wie über etwas Vernünftiges darüber spracht, ihm in der Ökonomie Eures Denkens durchaus keinen Platz innerhalb der wahnwitzigen und der verbrecherischen, sondern innerhalb der gerechten und vernünftigen Elemente einräumtet. Ihr spracht tatsächlich vom Krieg als von der Politik mit anderen Mitteln, wie von irgend etwas, das innerhalb der Welt genau so seine Berechtigung hätte wie Verhandlungen, ja wie der Frieden selbst, wie über irgend etwas, das auch bei anständigen, vollsinnigen Menschen als etwas Erlaubtes, ja oft genug als etwas Hohes oder gar etwas Unabwendbares in Betracht käme.

Und Ihr, die Ihr zu Beginn des Krieges jubelnd ins Feld hinauszogt und begeisterte Briefe nach Hause schriebt und heute, wenn Ihr nicht indes gefallen oder Krüppel oder irrsinnig geworden seid, das Ende herbeisehnt und Euren Ekel, Euer Grauen, Euren namenlosen Zorn ob der sinnlosen Menschenschlächterei in die Welt schreit, habt Ihr damals, als Ihr begeistert hinauszogt, wirklich nicht gewußt, was der Krieg ist? Habt Ihr nicht gewußt, daß in dem Wort Krieg wie in einer durchsichtigen und zerbrechlichen Schale alle jenen andern Worte enthalten sind: Mord, Verstümmelung, Raub, Plünderung, Seuche, Blindheit, Läuse, Vergiftung, lebendiges Verbrennen, Ersticken, Verdursten und noch hundert andere, die nun plötzlich, da die Schale endlich zerbrochen ist, wie böse Insekten durch die Luft fliegen und die Atmosphäre verdunkeln?

Und Ihr alle, die Ihr jetzt seufzen und stöhnen und fluchen und nach den Schuldigen suchen und die Schuldigen hängen wollt – seid Ihr nicht alle schuldig, da Ihr doch Eure ganze Existenz, die Erziehung Eurer Kinder, das Leben des Alltags, Eure ganze Weltanschauung darauf gegründet habt, daß der Krieg etwas Erlaubtes, ja etwas Vernünftiges, ja etwas Notwendiges, ja – man glaubt es heute nicht mehr und doch war es so, und man konnte es tausendmal hören und lesen – daß er etwas Schönes, Hohes und Läuterndes sei, – habt Ihr nicht aus der Geschichte der Welt eine

Geschichte der Schlachten gemacht, des Kampfes, statt eine Geschichte des Geistes?

Und Eure Könige, von denen nun jeder die Verantwortung abwälzen möchte, daß er auch nur die geringste Schuld an dem Furchtbaren trage, gehen sie nicht alle trotzdem im Gewand des Krieges umher und haben auch im tiefsten Frieden so getan, statt in der Gewandung des Bürgers?

Und alle die Offiziere von Beruf, die jetzt auch ein Ende des Mordens wünschen, haben sie nicht ihre Existenz darauf aufgebaut, daß von Zeit zu Zeit ein solches Morden anbefohlen werde, ja haben sie sich nicht danach gesehnt, und nicht etwa um des Vaterlandes willen, sondern zu Gunsten ihrer Karriere, aus Abenteuerlust, aus Langeweile?

Und die Diplomaten, von denen nun jeder unschuldig sein möchte, haben sie in ihren Beratungen nicht immer wieder erwogen, ob in diesem oder jenem Falle die Ehre der Nation oder die guten Geschäfte der Nation überhaupt noch durch friedliche Verhandlungen aufrecht erhalten oder weitergeführt werden könnten und ob es nicht unerläßlich sei, zur Wahrung des Prestiges oder zur Erweiterung der Grenzen oder zur Verbesserung des Handels zum Schwert zu greifen? Sogar die Schiedsgerichte, von denen sie sprachen, sollten nicht richten und entscheiden, sondern es sollte vorbehalten bleiben, ob eine Nation, ein Volk, ein Staat sich dem Urteil eines solchen Schiedsgerichtes zu fügen willens sei oder nicht.

War dies alles vorher im Lauf der Welt begründet, war dies alles sinnvoll und erwägenswert, kurz, war der Krieg etwas Vernünftiges, so lang er als Möglichkeit betrachtet wurde, wie kann, wie darf er als Wirklichkeit Unsinn und Wahnsinn scheinen?!

März 1916

Ihr wollt den Krieg menschlicher machen?

Da müßte man ja die Menschen menschlicher machen. Und das scheint unmöglich.

Nicht die Grausamkeit, die doch immer nur gewissermaßen als eine akute Krankheit auftritt, sondern die Gleichgültigkeit ist das furchtbare, weil gefährlichere und unüberwindlichere Übel. Denn gleichgültig sind wir im Grunde alle mehr oder weniger. Diese Gleichgültigkeit hat sich wahrscheinlich im Kampf ums Dasein entwickelt, da nur durch sie das Leben, das Weiterleben überhaupt möglich wurde. Die Mitleidigen im wahren Sinn des

Wortes (nicht die Sentimentalen) mußten aussterben. In Wirklichkeit sind wir alle ohne Mitleid. Was kümmern uns hunderttausend, die ein Erdbeben in Australien vernichtet? Was kümmern uns die zwanzigtausend Feinde, die gefallen sind? Was kümmern uns die zehntausend gefallenen Landsleute, wenn wir ganz ehrlich sein wollen, die Landsleute, die wir nicht kennen, die uns nichts bedeuten? Unser Herz sieht gerade zehn Schritte weit. Ja, unser Sohn, unser Bruder, unser Neffe, unser Freund, meinetwegen unser guter Bekannter, um den tut es uns leid, aber der Herr X. aus Schärding, der als schwerverwundet auf der Liste steht – schlägt unser Herz darum stärker? Ja, der Krüppel, der eben an uns vorbeihinkte, der Blindgeschossene, den sie eben vorüberführen, der treibt uns vielleicht die Tränen ins Auge, aber weinen wir tausendmal mehr, wenn wir von tausend Krüppeln lesen? – Nein, nicht einmal soviel, wie wir beim Anblick des einen geweint haben. Wir sind völlig ohne Vorstellungsgabe. Eher haben wir noch Phantasie. Die Phantasie ist zuchtlos und geht ins Irre; daher sind wir ihr gewachsen. Wir haben das Recht, an ihre Bilder nicht zu glauben. Aber die konkrete Vorstellung wehren wir ab, wahrscheinlich auch darum, um überhaupt weiterleben zu können. Wieviel sind gestern gefallen? Vierzigtausend. Entsetzlich! Am nächsten Tag kommt die Korrektur: es waren einundvierzigtausend. Schlägt unser Herz um diese tausend lauter? Und hierin liegt ein Teil der Erklärung, daß nichts geschieht, daß in einem höheren Sinne nichts geschehen kann, was die Welt von Grund auf änderte. Denn ich rede nur von denen, die eine Art von Gewissen haben, die des Mitgefühls nicht ganz bar sind und die sogar den redlichen Willen haben, die Welt zu ändern. Diese Leute, es ist nicht daran zu zweifeln – ganz abgesehen von dem, was jedem privat begegnet –, leiden auch unter dem allgemeinen Übel und Grauen. Aber wie unbestimmt, wie vage, wie unsäglich schwach ist dieses Mitleid. Nun aber bedenke man, daß die große, die ungeheure Mehrzahl der Menschheit so gut wie gefühllos ist, was die Allgemeinheit anbelangt, daß die ungeheure Mehrzahl der Menschen um Ehre, um Ruhm, um Karriere, für einen Orden, um Geld zu verdienen, in jedem Augenblick bereit ist, Tausende, Hunderttausende Menschen in der jämmerlichsten Weise zugrunde gehen zu lassen, wenn sie nicht selber darunter sind, ja manche nehmen sogar dieses Risiko auf sich, worin sie eben durch jenen Mangel an Vorstellungsgabe unterstützt werden.

März 1916

Zu Rollands Gesammelten Aufsätzen *Au-dessus de la mêlée.*

Ich finde in ihnen den stärksten Beweis für meine Forderungen, daß zwischen denjenigen, die zu den Bedingungen und Möglichkeiten eines künftigen Weltfriedens das Wort ergreifen wollen, über die Vergangenheit, insbesondere über die Ursachen dieses Krieges nicht mehr diskutiert werden dürfe.[7] *März 1916*

Welcher Tod ist der beneidenswertere Heldentod? Der durch eine gezielte oder durch eine abgeirrte Kugel? Der durch Flecktyphus oder durch eine Granate? Der des Jünglings, der noch ein Leben vor sich hätte? Oder der des Familienvaters, der unversorgte Kinder zurückläßt? *1916*

Das einzige positive Moment, das immer wieder als Beweis dafür angeführt wird, daß wir in einer großen Zeit leben, ist der Umstand, daß eine Anzahl von Menschen in die Lage gesetzt wird, gewisse Eigenschaften, von denen man in normalen Zeiten nichts erfahren hätte, oder die in solchen Zeiten überhaupt nicht zur Entwicklung gekommen wären, also Tapferkeit, Opferfreudigkeit aufleuchten zu lassen. Wenn man nun bedenkt, daß dasselbe auch mit den schlechten Eigenschaften der Fall ist, von allen übrigen Übeln des Krieges gar nicht zu sprechen, so muß man sagen, daß jenes bestenfalls ästhetische Vergnügen, einen Schneidergesellen als Helden zu bewundern, doch etwas allzu teuer bezahlt wird. Sehr sonderbar, daß gerade diese gewissermaßen ästhetische Betrachtungsweise des Krieges von denjenigen Leuten geübt wird, die eine ungeheure Verachtung für das Ästhetentum zur Schau zu tragen pflegen. *1916*

Der Einwand, daß Kriege immer dauern werden, weil die Menschen in berechenbarer Zeit nicht anders werden, ist hinfällig. Man hätte diese selbe Einwendung hinsichtlich der Inquisition, der Hexenverbrennung, der Folter machen können, und es ist ganz unzweifelbar, daß die Menschen als solche heute um nichts besser sind als sie vor Hunderten von Jahren waren. Aber nicht daß sie brutal, grausam, neidisch, rachsüchtig sind ist das Wesentliche. Das Wesentliche ist, daß sie schwach sind – im Sinne von Beeinflußbarkeit. Nur so ist auch das zu verstehen, was von vielen oberflächlichen Beobachtern als der läuternde Einfluß des Krieges betrachtet zu werden pflegt, nämlich die Fälle von Selbstaufopferung, Tapferkeit, usw. (hierüber an anderer Stelle). Nicht die Menschen sind zu bessern, sondern die Organisationen. Bei diesen Organisationen kommt es auch keineswegs auf Solidaritäten oder Verbrüderung an, wenigstens nicht im sentimentalen Sinn, sondern nur auf das Ersichtlichmachen desjenigen, was für den einzelnen praktisch oder gar vorteilhaft ist. Von hier aus ist eine eventuelle Bewegung einzuleiten. *1916*

Die Feinde.

1. Die Dogmatiker, die den Krieg als Schicksalsnotwendigkeit erklären (Wurzel: Geistesträgheit).

2. Die Philosophen (ihr Motto: Krieg, Politik mit anderen Mitteln).

Unterabteilungen: Schwätzer, Feuilletonisten, Literaten.

Wurzel: Oberflächlichkeit, Dummheit, Wichtigtuerei.

3. Die Snobs, für die der Krieg etwas im wesentlichen Reaktionäres, etwas Elegantes vorstellt, ähnlich wie das Frommsein und das Monarchischsein. Wurzel: Feigheit, Bedürfnis unterzukriechen. *1916*

Ein Völkerrecht? Laßt uns den Traum begraben.
Und träumen wir ihn neu, wenn wir ein Volksrecht haben.
Denn Traum im Wahn des Kriegs sind Volks- wie Völkerrechte.
Und unser nur die Wahl: Verräter oder Knechte.
Drum sagt: was wollt ihr sein! – *1916*

Niemals ist wirklich für eine Idee Krieg geführt worden; weder für eine nationale noch für eine religiöse. (Das läßt sich nicht nur in diesem Krieg nachweisen). Aber die Ideen werden immer vorgeschützt, als Banner vorangetragen, sozusagen als Fahnen der Seele. Man kann natürlich jede Phrase zu einer Idee ernennen. Dies gehört zu den Hauptaufgaben des Politikers, der das Gleichgewicht auch dadurch wiederherstellt, daß er aus jeder Idee eine Phrase macht. *1916*

Der Haß gegen die Leute, die sich am Krieg bereichern und von ihm leben, hat die Abneigung gegen diejenigen allzusehr in den Hintergrund treten lassen, die ihre Existenz auf die Möglichkeit, die Erwartung, das ununterbrochene Inbetrachtziehen des Krieges gegründet haben: die Militärs und die Diplomaten. Durch sie wird auch der Friede ewig mit Kriegsgedanken vergiftet. *1917*

Ich kannte eine Dame, die von den Mittelmächten zur Entente abschwenkte, weil ein Herr am Nebentisch rauchte und sie einmal gehört hatte, daß Engländer in Gegenwart von Damen niemals rauchen. *1917*

Nicht auf die Grenzregulierungen kommt es an, sondern darauf, daß eine Zeit kommt, in der es vollkommen gleichgültig ist, wo die Grenzen verlaufen, wo Grenzen nur mehr eine administrative Bedeutung haben, ganz in der gleichen Weise, wie heute etwa eine Grenzlinie zwischen zwei italienischen Städten, die vor Jahrhunderten im Kampf miteinander gelegen sind, nicht mehr die Bedeutung hat, daß die Bürger dieser Städte einander hassen und totschlagen dürfen und sich manchmal einbilden, es tun zu müssen. *1918*

Niemals ist um irgendeine Idee Krieg geführt worden, es hat sich nie um etwas anderes als um Machtkämpfe gehandelt, doch waren die Ideen als Vorwände, geglaubte oder ungeglaubte, niemals zu entbehren.

Es ist eine historische Fälschung, daß der 30jährige Krieg ein Religionskrieg war. Beweis dagegen, daß schon wenige Jahre nach Beginn Protestanten im Heere des Kaisers und Katholiken bei seinen Gegnern kämpften. Und in der zweiten Hälfte war das perzentuelle Verhältnis geradezu verschoben.

Es läßt sich nicht nur beweisen, daß die Ideen, um die Kriege geführt wurden, den Völkern oder den Heeren vorgespiegelt wurden, es läßt sich sogar beweisen, daß die Führer, die Entfeßler selbst entweder nicht an die Idee geglaubt haben, für die sie angeblich kämpften, oder daß sie Monomanen waren.

Hier spielt natürlich die insbesondere bei Politikern zu hoher Vollendung ausgebildete Kunst, die eigene Seele gebietsweise freiwillig ins Dunkel zu versetzen, eine große Rolle. *1919*

Sie schreiben und gebärden sich nicht etwa als hätte Deutschland diesen Krieg angezettelt, sondern als hätte Deutschland überhaupt den Krieg erfunden.

Geschichtliche Unkenntnis kommt ihnen zustatten.

Trotzdem dürfte selbst dem größten Ignoranten nicht unbekannt sein, daß Krieg geführt wurde, so lange die Welt steht und daß er – dies ist das Wesentliche – immer als Möglichkeit, wenn schon nicht als Notwendigkeit in Betracht kam.

Niemals galt es schon an sich als eine ungeheuere Schurkerei, einen Krieg anzufangen oder ihn gar zu erklären (wenn es auch wahrscheinlich immer eine war). Kriegerisch, kampfesfreudig, Heldenhaftigkeit und andere Worte ähnlicher Bedeutung galten keineswegs als Schmähungen (wenn sie vielleicht auch immer dafür hätten gelten sollen).

Aber freuen wir uns immerhin, daß die Menschheit in ihrer ungeheueren Mehrzahl für den Augenblick (lange wird es ja nicht dauern) zu einer richtigen Auffassung ethisch vom Wesen des Krieges und psychologisch vom Wesen des Heldentums gekommen zu sein scheint. Keinesfalls bestand diese Auffassung im Jahre 1914.

A priori darf und durfte die Welt also nicht einen Staatsmann oder einen Regenten schon deswegen für einen ungeheueren Verbrecher erklären, weil er in einem bestimmten Augenblick das tat, was bis dahin einige tausend Menschen getan hatten, die in der Geschichte als Helden ihres Volkes, als Patrioten, als große Politiker fortleben; – nämlich einen Krieg anzufangen oder zu erklären.

Die Frage ist nun: hat Deutschland diesen Krieg erklärt oder angefangen?

Daß es ihn erklärt hat, ist zweifellos, daß es ihn angefangen hat, bedarf des Beweises. Dieser Beweis kann natürlich nicht dadurch geführt werden, daß man die Ursachenkette, also in diesem Fall gewissermaßen die Weltgeschichte an einem beliebigen Punkte einsetzen läßt, und alles vor diesem Punkte Liegende einfach vernachlässigt, vergißt, ausschaltet.

Ebenso gewiß ist es, daß Deutschland Schuld daran ist, wenn der Krieg gerade am 1. August 1914 ausbrach, ebenso gewiß ist es, daß es nicht allein Schuld an dem Kriege trägt und ebenso gewiß, daß der Krieg unter anderen Umständen etwas später, vielleicht schon am 1. September, allerspätestens aber etwa drei Jahre darauf ausgebrochen wäre.

Will man deswegen diesen Krieg einen Präventivkrieg nennen, so sollte Deutschland diesen Vorwurf ruhig hinnehmen, und vielmehr beweisen, daß das Wort Präventivkrieg an sich keinen Vorwurf zu bedeuten hätte, in ethischem Sinn, sondern nur im Sinne politischer Unklugheit.

Es gab in Deutschland eine Kriegspartei, wie in jedem anderen Land. Die alldeutsche Partei hat überall ihre Analogien.

Richtig ist der Vorwurf, daß das österreichische Ultimatum zu scharf gewesen ist.

Falsch, daß der Krieg ohne dieses Ultimatum nicht ausgebrochen wäre.

Richtig, daß Deutschland und Österreich auf den Vorschlag eines Schiedsgerichts hätten eingehen müssen.

Unrichtig die Annahme, daß dieses Schiedsgericht nach Recht und Gerechtigkeit entschieden hätte.

Über allen Zweifel erhaben, daß die bei diesem Schiedsgericht zweifellos erfolgende Demütigung Österreichs und Deutschlands die Kriegspartei in den Ententeländern gestärkt hätte.

Rußland hätte weiter gerüstet, die französischen Milliarden hätten weiter gewirkt, die strategischen Bahnen wären besser ausgebaut gewesen, der Krieg wäre in dem Augenblick ausgebrochen, in dem Rußland und Frankreich ihn gewünscht hätten.

Spräche noch nicht die Ermordung Jaurés[8] deutlich genug für den Riesenanteil der französischen Schuld, der Umstand, daß bis zum heutigen Tag die Verhandlung gegen den Mörder noch nicht stattgefunden hat, steigert diese Beweiskraft ins Ungeheuere.

Warum hat Wilson, der Gerechte, noch nicht den Wunsch ausgesprochen, daß König Peter von Serbien und die Könige von Italien und Rumänien zugleich mit Kaiser Wilhelm vor Gericht gestellt werden?

Warum hat ihn noch niemand in Deutschland ausgesprochen?

Warum hat Kurt Eisner, der die Schuldbeweise für Deutschland aus den Archiven hervorgeholt hat, nicht den Wunsch ausgedrückt, daß im selben Augenblick auch die französischen Staatsarchive geöffnet werden? Und seine edle Geste bis zu der Erfüllung dieses Wunsches verschoben?

Es ist eine üble Verwandtschaft, die sich im Nachtrab der Gerechtigkeit bemerkbar macht – Renegatentum. *1919*

Nichts beschämender für die Nation, für das Volk, für den Bürger, als die sogenannten Blau- etc. Bücher. Erst wenn ungeheure Entscheidungen getroffen sind, erfahren wir, daß Konversationen, Beratungen zwischen einer ganz geringen Anzahl von nichtigen, müßigen, meinetwegen selbst bedeutenden, aber doch in jedem Falle fehlbaren Menschen ausschlaggebend gewesen sind.

Später ist dann alles natürlich historische Notwendigkeit gewesen. Aber auch eine historische Notwendigkeit hat ihre individuellen Ursachen, und wir dürfen nicht vergessen, daß es in der Ideenwelt sozusagen keine großartigere Karriere gibt, als die des politischen Ereignisses, das zur weltgeschichtlichen Tatsache wird.

Die sogenannte historische Notwendigkeit ist auch nichts anderes als das Kausalitätsgesetz, das für das Kleinste und Größte in gleicher Weise gilt. Entweder müssen wir alles als unausweichlich, als notwendig ansehen, oder nichts. Sind wir der Ansicht, daß der Wille eines einzelnen mächtig genug ist, die Reihe der Notwendigkeiten abzulenken, so haben wir das Recht, diesen Willen überall zu suchen; ebenso im Privatleben des einzelnen, wie im Laufe der sogenannten weltgeschichtlichen Ereignisse.

Es wiederholen sich die Anekdoten von den Feinden, die einander in den Schützengräben gegenüberliegen, einander in den Schießpausen Zeichen geben, sich in der neutralen Mitte begegnen, Zigaretten und Nahrungsmittel austauschen, einander die Hände drücken (einmal sollen sich zwei weinend um den Hals gefallen sein) und dann in ihre Gräben zurückkehren, um sich gegenseitig totzuschießen, ohne Haß. Sie haben sich kennengelernt.

Hinter ihnen steht die Artillerie. Die Kanonen schießen auf Unbekannte, Unsichtbare, ins Leere gewissermaßen, in eine undifferenzierte Masse, ohne Haß.

Wieder hinter ihnen die Stäbe in den Hauptquartieren. Ihnen ist das Ganze vor allem ein mathematisches Problem. Immer mehr schwindet der Begriff des Einzelmenschen; es handelt sich um ein Spiel mit Figuren, die zufällig Menschen sind. Auch hier nicht Haß von Mensch zu Mensch.

Noch weiter hinter ihnen die Diplomaten. Hier werden Geschäfte gemacht mit Geld, Macht, Ruhm, Fragen der Karriere. Selten unter ihnen ein Staatsmann, der ins Weite blickte. Auch hier kein Haß. Und noch weiter hinten der Hof, die Regierungen. Man ist miteinander verschwägert. Vorgestern hat man einander umarmt. Es gab Trinksprüche, Freundschaftsversicherungen, gestern noch hat man sich gegenseitig beschworen und versprochen, alles für die Erhaltung des Friedens zu tun. Und heute soll der Haß da sein? Eifersucht, dieselbe, die auch vorgestern, gestern da war – und übermorgen nach dem Friedensschluß, nach den Trinksprüchen und Umarmungen wieder da sein wird.

Dort, wo der Krieg eine ernste Sache ist, wo es um Leben und Tod geht, gibt es keinen Haß. Je mehr er zum unverantwortlichen Spiel wird, um so eher findet er Entwicklungsmöglichkeiten.

Primär ist er niemals.

Wo ist innerhalb dieses Aufbaus, dieser Aufstellung der Platz für die Presse? für die öffentliche Meinung? Sie ist das Unfaßbare, das nirgend und überall Befindliche, ein geheimnisvolles Gemisch von Echtem und Verlogenem, von Ursprünglichem und künstlich Gemachtem, zugleich bedeutungsvoll und unwesentlich, etwas, wovon Entschlüsse manchmal abhängig gemacht werden müssen und was andere Male übersehen und verlacht wird, gefährlich und gleichgültig zugleich.

Wo also ist der Haß –?

Gewisse Epochen lassen ihre ganze Grauenhaftigkeit besonders darin erkennen, daß innerhalb ihrer zum größten Unrecht werden kann, was sonst das erste Gebot aller Sittlichkeit scheint, nämlich: die Wahrheit auszusprechen.

Epochen, in denen die Wahrheit nicht nur gefährlich werden kann für diejenigen, die sie aussprechen, sondern auch für diejenigen, die sie hören, sind im Innersten ungesund.

Der Staat ist keine Angelegenheit der Diplomatie, sondern der Bürgerschaft; insbesondere aber darf er nicht die Angelegenheit einer Diplomatie sein, die seit Jahrhunderten, gewissermaßen durch Inzucht, degeneriert ist. So kommt es, daß jeder Staat, Republik genau so gut wie Monarchie, absolut regiert wird, in dem Sinn, daß das Schicksal der Länder stets nur von einzelnen gemacht wird und daß die Volksstimme, wenn sie sich auch manchmal das Gegenteil einbildet, oder wenn man ihr das Gegenteil vorspiegelt, jeder wirklichen Bedeutung entbehrt.

Man sagt, er ist den schönen Heldentod gestorben. Warum sagt man nie, er hat eine herrliche Heldenverstümmelung erlitten? Man sagt, er ist für das Vaterland gefallen. Warum sagt man nie, er hat sich für das Vaterland beide Beine amputieren lassen?

(Die Etymologie der Machthaber!)

Das Wörterbuch des Krieges ist von den Diplomaten, den Militärs und den Machthabern gemacht. Es sollte von denen richtiggestellt werden, die aus dem Krieg heimgekehrt sind, von den Witwen, den Waisen, den Ärzten und den Dichtern.

Das Schwierigste bei der Betrachtung der Schuldfrage hinsichtlich der Entstehung eines Krieges ist immer: die Weltlage in den richtigen Rahmen zu spannen, zu wissen, bis zu welchem Kettenglied der Kausalität man vordringen darf, ohne sich ins Grenzenlose zu verirren. Historisch betrachtet existiert kein Staat, der völlig ohne Schuld wäre – das ist bei diesem Krieg genau so wie bei jedem anderen. Nichtsdestoweniger muß man an irgendeinem Punkte einsetzen, um zu einem klaren Bild zu gelangen. Für künftige Friedensverhandlungen aber wird es notwendig sein, die Schuldfrage vollkommen auszuschalten. Denn ist sie einmal angebrochen, so würde man notwendig immer weiter zurückgehen müssen, nicht nur bis zu den Fehlern österreichischer und deutscher Politik in den letzten Jahrzehnten, sondern auch auf Mißverhältnisse z. B. zwischen Österreich und Rußland im Krimkrieg, auf die Verhandlungen des Wiener Kongresses, ja selbst bis auf die Teilung Polens, an der Katharina, Friedrich der Große und Maria Theresia gleich schuldig waren und in der man, wenn man will, auch eine der Ursachen der Rivalität zwischen Österreich und Rußland finden kann. Geht man noch weiter zurück, so wird man finden, daß die Revanchegelüste Frankreichs nicht zu rechtfertigen sind, da ja Elsaß und Lothringen erst von Ludwig XIV. dem Deutschen Reich entrissen wurden, geht man weiter und noch weiter zurück, so kommt man auf die Zeit, wo Frankreich und Deutschland überhaupt noch eines und die Staaten, die heute existieren, weder ideell noch politisch vorgebildet waren. Man könnte sagen: alles politische Geschehen ist Schuld. Denn ganz natürlich beruht alle politische Entwicklung auf dem Recht des Stärkeren. Das sogenannte Völkerrecht bedeutet nichts als einen Versuch, gegenüber diesem seit Jahrtausenden immer geübten Recht des Stärkeren ein ethisches auszuspielen, und seine Anwendung muß natürlicherweise versagen. Das Völkerrecht kann, wenn es seinem Sinn überhaupt entsprechen soll, nur als ein Volksrecht wiederaufleben oder vielmehr dann erst wirklich zu leben beginnen. Das internationale Recht kann nie real werden, wenn nicht das Recht der einzelnen Völker vollkommen sichergestellt ist; und nie noch hat es sich so sehr wie jetzt gezeigt, daß von einem solchen Recht noch keine Rede sein kann, schon deswegen, weil sich das Volk seiner ihm auf dem Papier zustehenden Rechte in ernsten Momenten der Geschichte teilweise aus Überzeugung, teilweise aus Suggestibilität, teilweise aus Feigheit sofort selbst entäußert.

Die sogenannte Schicksalsnotwendigkeit.

Wir vergessen immer wieder, daß dasjenige Ereignis, das uns, nachdem es geschehen, als das absolut Notwendige, also im Geist der Geschichte gelegene oder von Gott gewollte (je nach der Weltanschauung) erscheint, bevor es eintrat, auch nichts anderes war als eine von tausend Möglichkeiten. Natürlich mußte es geschehen nach dem Gesetz der Kausalität, aber häufig genug lag die letzte Ursache nicht auf der großen Linie, sondern diese letzte Ursache kam auf einem Seitenweg daher, kann also wohl auch als Zufall bezeichnet werden, wenn natürlich auch der Zufall nichts anderes ist als die Notwendigkeit, die außerhalb der von uns hauptsächlich beobachteten Linie liegt. Man darf also sagen, daß alles was geschah, metaphysisch, d.h. unter Mitwirkung sämtlicher von Urbeginn wirkender Kausalitäten, also von Gott aus, oder vom Schicksal aus, mit Notwendigkeit geschehen ist, daß aber der Logik nach jedes Geschehnis nur die vom Zufall ausgewählte eine Möglichkeit unter tausend Möglichkeiten bedeutet.

So müssen wir denken, wenn wir nicht fatalistisch alles, was kommt und noch kommen soll, als das Unausbleibliche, das Schicksalhafte, das Gottgesandte hinnehmen, wenn wir uns überhaupt das Recht vorbehalten wollen, uns gegen das, was uns ungerecht, unsinnig und nicht als endgültige Lösung erscheint, aufzulehnen. Andernfalls müßten wir für den schlimmen Ausgang genau so dankbar sein wie für einen guten und dürften uns eines Sieges so wenig freuen wie wir uns einer Niederlage schämen dürften.

So wie das Weiterbestehen der religiösen Dogmen aller Konfessionen und die fortdauernde, offizielle Herrschaft der Kirchen den Forscher nicht hindern wird, auf naturwissenschaftlichem Gebiete weiter zu arbeiten, auch wenn er immer wieder zu Resultaten kommt, die jenen Dogmen widersprechen und er keineswegs seine Zeit damit verlieren darf, einen speziellen Kampf gegen alle jene Dogmen zu führen, die zu ihrer Zeit aus der Welt verschwinden werden, wie sämtliche Dogmen aus der Welt verschwunden sind und durch neue abgelöst wurden, – ebenso darf die Männer, die auf den Weltfrieden, ja auf den ewigen Frieden, besser gesagt auf das Unmöglichwerden des Krieges hinarbeiten, die Herrschaft des Kriegsdogmas an ihrer Arbeit nicht hindern. Das Dogma lautet: Der Krieg ist eine Schicksalsnotwendigkeit; er ist in der Organisation der menschlichen Natur begründet. Dieses Dogma ist falsch. Der Krieg ist nicht in der menschlichen Natur begründet, sondern im Wesen der Staatenbildung und in dem Verhältnis der einzelnen Staaten zueinander. Das Individuum als solches will niemals den Krieg – zumindest nicht in dem Sinn, daß hiedurch Neuordnungen in der staatlichen Organisation der Welt herbeigeführt werden –, ausgenommen diejenigen, für die der Krieg eine Gelegenheit ist, ihrer persönlichen Abenteuerlust, ihrem Ehrgeiz, ihrer Habsucht Befriedigung zu verschaffen und in deren Interesse es liegt, bewußt oder unbewußt, mit ihrer oder gegen ihre eigene Überzeugung, das Dogma von der Schicksalsnotwendigkeit der Kriege aufrechtzuerhalten. Die ganze Arbeit der Friedensfreunde muß dahin gehen, den Einfluß dieser Leute zu brechen, was bei ihrer Minderzahl keineswegs aussichtslos erscheint. Der Krieg, selbst wenn er mit einem Siege endet, liegt stets nur im Interesse einer verschwindenden Minderheit. Alle Fragen, die angeblich nur kriegerisch zur Entscheidung gebracht werden können, das sind also Grenz- (meist nur dynastische Macht-), Handels- und Ehren- (Prestige-) Fragen, sind stets auch auf einem andern Wege in Ordnung zu bringen. So wird die Friedensarbeit, historisch gesehen, nichts anderes zu bedeuten haben, als eine weitere Etappe auf dem Weg, den die Demokratie bis zu ihrem endgültigen Sieg über den Absolutismus im weitesten Sinn zu gehen hat. Dies aber scheint mir der Sinn der ganzen Weltgeschichte. Wir sind erst am Anfang.

So lang nur ein Mensch da ist, dem der Krieg Vorteil bringen kann, und dieser eine hat Macht und Einfluß genug, diesen Krieg zu entfesseln, ist jeder Kampf gegen den Krieg vergeblich.

Dringt der Friedensgedanke nicht in allen europäischen Staaten zugleich und völlig durch, so bedeutet er nur eine Gefahr. Akzeptieren z.B. neun Staaten die Friedensidee, und ist das Ganze soweit geregelt, daß diese unter keiner Bedingung Krieg zu führen geneigt sind, so hat der eine Staat, der Krieg führen will (oder besser gesagt, die Regierung, die so mächtig ist, daß sie ihr Volk in einen Angriffskrieg hetzen kann, denn das Volk will niemals einen Krieg) gewonnenes Spiel, so wie ein Bewaffneter gegen neun Unbewaffnete im Vorteil ist und sie natürlich dazu zwingen wird, gleichfalls zu den Waffen zu greifen.

Also ist die Verständigung zwischen allen Staaten unerläßlich.

Daß das durch Friedenskongresse nicht erreicht werden kann, besonders wenn Könige in diesen Kongressen sitzen, brauchte nicht erst erwiesen zu werden. Eher könnte man an ein Friedensparlament denken, das natürlich ununterbrochen tagen müßte. Sofort erhebt sich die Frage: Wo soll es tagen? In welcher Sprache soll verhandelt werden? Wie ist es möglich, daß Angehörige irgendeines Staates, die in ein solches Parlament gewählt würden, sich gewissermaßen auf Lebenszeit expatriieren usw. Für diese Parlamentarier dürfte der Krieg so wenig in Betracht kommen, wie etwa in einem der bisherigen Parlamente in Streitfällen ein Duell zwischen den Parteiführern als Ausweg auch nur in Erwägung gezogen werden dürfte. Ebenso wie in den innerstaatlichen Parlamenten, müßte durch Abstimmung alles entschieden werden, und die überstimmte Partei müßte sich fügen.

Die Fragen, um die es sich handeln kann, zerfallen in drei Gruppen: Grenz-, Handels-, Ehrenfragen. Also Fragen des dynastischen Ehrgeizes, der Konkurrenz, des Prestiges.

Die Ehre eines Staates kann aber, wie die des einzelnen, niemals durch andere, sondern nur durch ihn selbst verletzt werden.

Die Handelsfragen ließen sich dadurch schlichten, daß der Fleißigere, Tätigere, Begabtere den Vorteil haben sollte. Auch hier kommt es nicht zu Duellen zwischen den Schustern, die einander ihre Kunden streitig machen. Warum sollte es bei den Völkern durch Blut entschieden werden, ob Michel oder John Bull seine Waren beim Nachbarn absetzt?

Ungeheure Schwierigkeiten, aber alle aufgehoben durch die eine unbestreitbare Tatsache, daß die ungeheure Mehrheit nirgends in der Welt den Krieg will und daß diese Mehrheit am Ende recht behalten muß gegenüber der kleinen Minderheit, die ihn will oder braucht und von denen wieder nur eine verschwindende Minderheit im Ernstfall unter den Nachteilen, Gefahren und Greueln des Krieges zu leiden hat.

Irgendwo in der Welt steht eine verkorkte Flasche. Darin wirbelt, zuckt, brodelt es in steter Bewegung. Und überall ist große Angst, daß die Flasche zerspringen und der glühend flüssige Inhalt sowie die fliegenden Splitter viel Unheil anrichten könnten. Nach einem merkwürdigen Gesetz aber ist das Recht, diese Flasche zu entkorken, nur einer bestimmten Gruppe von Leuten anheimgegeben, und die Gefahr des Verletzt- und Getötetwerdens durch den ausströmenden Inhalt der Flasche steigt um so höher, je entfernter von der Flasche man sich aufhält. So daß gerade diejenigen, die sich um das Gebrodel und Gezische am wenigsten kümmern und denen es gleichgültig ist, ob die Flasche entkorkt wird oder verschlossen bleibt, viel schwererem Leid durch die Entkorkung ausgesetzt sind als jene anderen.

Große Zeit, das ist diejenige, in der die Entdeckungen und Erfindungen, die in der kleinen Zeit gemacht worden sind, zur Tötung und Verstümmelung von Menschen sowie zur Vernichtung der in der kleinen Zeit entstandenen Werte und Werke ausgenützt werden.

Sobald ich einen im Feld Erblindeten kennengelernt haben werde, der auch um den Preis seines Augenlichtes nicht darauf verzichten würde, diese große Zeit tätig und leidend mitgemacht zu haben, erst dann werde ich glauben, daß es wirklich eine große Zeit gewesen ist.

Man spricht von dem läuternden Einfluß des Krieges auf den einzelnen in dem Sinn, daß der Krieg Eigenschaften zu Tage fördern soll, die sonst verborgen geblieben wären.

Solche Eigenschaften spielen in der Seelenökonomie keine Rolle. Es ist ganz gleichgültig, ob der Buchbinder X., der Schuster Y., der Bankbeamte Z. seine Brust den feindlichen Kugeln mutig darbietet. Wenn er heimkehrt, wird er ganz der gleiche sein, der er gewesen ist, und wird alle jene Eigenschaften, die keinen Zusammenhang mit den Erlebnissen des Krieges haben, die guten wie die schlechten, weiter betätigen.

Der wirkliche Held findet im Alltagsdasein hundertfache Gelegenheit, sich zu betätigen.

Man soll die Bedeutung der beruflichen Kühnheit, der Gelegenheitstugenden nicht überschätzen. Jeder Arzt z.B. setzt sich im Laufe seiner Existenz tausendfachen Lebensgefahren aus. Trotzdem gibt es unter Ärzten perzentuell nicht mehr edle und nicht mehr mutige Menschen als unter den Advokaten beispielsweise. Berufstugenden haben für die Entwicklung der Menschheit nichts zu bedeuten, fast so wenig wie Berufslaster. Es gibt eine berufliche Schamlosigkeit der Dirnen, eine berufliche Frömmigkeit der Geistlichen, eine berufliche Kühnheit der Soldaten. Daß auch die Gelegenheit alle diese Tugenden zur Erscheinung oder mindestens zur Entwicklung bringen kann, ebenso wie alle

Laster, weist darauf hin, daß die Keime entweder erst vom Sturm der Ereignisse in die Seelen getragen wurden, oder daß in ihnen eben alle Tugenden und Laster im Keime schon von Geburt an vorhanden sind.

So lange der Krieg als eine Möglichkeit überhaupt in Betracht kommt, d. h. also, so lange es Berufszweige gibt, die auf die Möglichkeit eines Krieges gestellt sind, ferner so lange es auch nur einen Menschen gibt, der durch den Krieg seinen Reichtum vergrößern oder solchen erwerben kann und der zu gleicher Zeit die Macht hat oder den Einfluß, einen Krieg herbeizuführen, genau so lange wird es Kriege geben. Und hier ist die Frage des Weltfriedens anzupacken, nirgends anders. Weder in religiösen, noch in philosophischen, noch in ethischen Motiven. Diese spielen absolut keine Rolle. Weder die Vernunft, noch das Mitleid, noch die Ehre dürfen wir mit der geringsten Aussicht auf Erfolg anrufen. Es handelt sich ausschließlich darum, die Ordnung der Welt so umzugestalten, daß kein Mensch, auch nicht ein einziger, weder in Freundes- noch in Feindesland, die geringste Aussicht hat, seine persönlichen Verhältnisse durch einen Krieg zu verbessern. Unmöglich? So lange das unmöglich ist, hat die Friedensbewegung nicht die entfernteste Aussicht auf Erfolg. Mit Tiefsinn und mit Sentimentalitäten werdet Ihr weder die Herzen der Diplomaten, noch die der Attachés, noch die der Generäle, noch die der Heereslieferanten rühren.

Es wird sich darum handeln, daß unter den Millionen, die jetzt ihr Leben für Ideale aufs Spiel setzen, so für nationalistische, kapitalistische, bestenfalls für die Verteidigung des Vaterlandes, sich später einige wenige finden, die gewillt sein werden, das Leben für etwas, das sogar noch höher ist als die Verteidigung des Vaterlandes, für die Befreiung der Menschheit aufs Spiel zu setzen.

Die Motive alles Geschehens stecken tief in der menschlichen Natur. Was wir gewöhnlich als Ursache anerkennen, sind beinahe immer Vorwände, die ausgenützt werden. Kein Franzose würde einfach durch die Überzeugung, daß Elsaß eigentlich zu Frankreich gehört, kein Russe durch die Überzeugung, daß Rußland den Weg durch die Dardanellen frei haben muß, kein Engländer durch die Erwägung, daß Deutschland ein gefährlicher

Handelskonkurrent ist – keiner von diesen würde unmittelbar durch diese Erwägungen und Überzeugungen sich dazu verstehen, sich einen kleinen Finger abschneiden zu lassen, viel weniger sein Augenlicht, sein Leben, sein Hab und Gut, das Leben seiner Kinder hinzuopfern. Gewissermaßen wird der Krieg als Abstraktum im Sinne einer Idee geführt. In eine individuelle Gefahr begibt sich der einzelne stets nur aus individuellen Motiven, aus Abenteuerlust, aus Ehrgeiz, allermeistens aber unter einem gewissen Zwang und aus Herdentrieb.

Es wäre gegen die Frömmigkeit oder Gottergebenheit oder Gläubigkeit (oder wie wir diesen Seelenzustand immer nennen wollen) von keinem Standpunkt etwas einzuwenden, wenn die mit diesem Zustand behafteten Leute ihre Frömmigkeit nicht nach Willkür oder Bedarf auf- und niederzuschrauben verstünden. In jeder Diskussion kann man diese Erfahrung machen. Ein Beispiel. Einer sagt zu mir: Die Rede von Bethmann-Hollweg war ein Unsinn. Hätte er sie nicht gehalten oder eine andere statt ihrer, so könnten wir bald Frieden haben. Ich: Mag sein, aber auch der ganze Krieg ist ein Unsinn. Darauf der andere: Das können wir nicht wissen. Das ist uns verborgen, da können wir nicht hineinblicken. Darauf ich: Entweder haben wir das Recht, irgendetwas, das uns bei unserem beschränkten Verstande ein Unsinn scheint, sei es nun irgendeine Einzelheit oder irgendein großes Ganzes, zu kritisieren, also einen Unsinn zu nennen, oder wir haben dieses Recht nicht. Jedenfalls ist es vollkommen unmöglich, eine Abgrenzung festzustellen und uns in dem einen Fall als zu einer Kritik berechtigt, im anderen als inkompetent zu erklären. Wir können nicht hineinblicken – zugegeben. Aber wie uns der tiefere Sinn dieses Kriegs verborgen bleibt, so bleibt uns auch der tiefere Sinn irgendeines im Verlaufe dieses Krieges vorkommenden Details, wie z.B. jener Rede Bethmanns verborgen, und wir können nicht wissen, was Gott oder das Schicksal oder die Vorsehung in dieser scheinbar unsinnigen Rede (die anderen wieder sehr sinnvoll scheinen mag) für unserem Menschenauge dunkle Zwecke verfolgt hat. Oder wir gestehen uns die Fähigkeit zu, hineinzublicken, dann wüßte ich nicht, an welcher Stelle dieses Recht der Kritik, also auch der Auflehnung, seine Grenze finden sollte.

Diskussionen müssen während ihres ganzen Verlaufs unter den gleichen logischen, man könnte sagen logisch-religiösen Gesetzen stehen. Aber selbst die Frömmsten nehmen sich das Recht heraus, gelegentlich in einer Einzelheit sozusagen anderer Ansicht zu sein als der liebe Gott. Sie deuten zum mindesten an, daß irgend etwas auch anders hätte kommen können und daß dieses andere besser gewesen wäre. (Es verschlägt nichts, daß sie dann zur Sicherstellung etwa hinzusetzen: unerforschlicher Ratschluß oder dergleichen.) Die Unfrommen, die Aufrührer, die Empörer hingegen ertappen sich zuweilen auf der Vermutung (insbesondere dort, wo ein Ausgang ihre persönliche Meinung bestätigt) oder auf der Ahnung, daß der Weltenlauf nicht durchaus unsinnig ist, sondern daß irgendwo Gerechtigkeit, Vernunft, also ein Gott zu walten scheint. Wie aber soll man annehmen, daß Gott, vor dem alles gleich groß oder gleich klein ist, wohl für das Ganze, nicht aber für das Einzelne Interesse hat, daß er den Unsinn des Details duldet, während er doch für den Sinn des Ganzen besorgt ist? Das ist um so unvorstellbarer, als nach dem Gesetz der Kausalität alles zu gleicher Zeit Ursache und Folge bedeutet und auch das scheinbar geringfügigste Detail für das Ganze von der ungeheuersten Wichtigkeit sein kann, wie ja auch ein Staubkorn den Gang einer Riesenmaschine verlangsamen, ja vollkommen aufzuhalten imstande ist.

Das Individuum als solches will nie den Krieg. Es will die Tat (im guten oder üblen Sinne), die Gefahr, das Abenteuer, den Ruhm, die Ehre und benützt den Krieg als Mittel und zwar als das unverantwortlichste Mittel zu seinem Zweck. Denn all dies, Tat und Abenteuer, Gefahr und Ehre ist auch auf andere Weise zu bekommen, nur bedarf es dazu eines größeren geistigen Aufwands und vor allem einer gewissen Selbständigkeit des Denkens. Vor allem des Entschlusses.

Das Individuum als Staatsbürger will zuweilen Krieg, dann aber nur als Verteidigungsmaßregel. Und da der Bürger jedes Staats gelehrt wird, daß sein Krieg ein Verteidigungskrieg sei, so will er im allgemeinen den Krieg, so lang er eben dauert.

Das Individuum als wehrpflichtiger Soldat will niemals den Krieg, denn wollte es ihn, so bedürfte es ja nicht der Wehrpflicht.

Die Solidarität der Mächtigen ist viel stärker als die der Völker. Sie geht durch die Jahrhunderte einher, und es besteht (in gewissem Sinne) eine stärkere Zusammengehörigkeit zwischen den römischen Caesaren, den Königen von Frankreich und den Zaren als zwischen den gleichzeitig lebenden Proletariern zweier Nachbarvölker. Die Solidarität der Mächtigen ist eine solche der Idee, die der Völker eine solche der Not.

Epoche Karl V.

Er kann nicht Krieg führen, weil er kein Geld hat.

Einzig reelle und erlaubte Basis des Militarismus.

Einfall der Könige. Geld steht uns nicht immer zur Verfügung, aber wir haben die Macht; also erfinden wir etwas Neues: die allgemeine Wehrpflicht. Das kommt uns billiger. Lassen wir uns die Soldaten von den Bürgern bezahlen, die Söhne, die wir in den Tod schicken, von ihren Vätern.

Wir haben nicht das Recht dazu? So erfinden wir das Gottesgnadentum.

Unsere Soldaten wissen nicht, wofür sie in den Tod gehen? So erfinden wir das dynastische Gefühl.

Was für armselige Leute, die dieser Krieg tatsächlich etwas Neues gelehrt hat. Sie wissen so wenig von den Menschen als sie jemals wirklich Geschichte verstanden haben. Und technische Fortschritte, sowie die Notwendigkeit mit höheren Ziffern zu rechnen, verwirren ihre Köpfe so sehr, daß sie nicht wiedererkennen, was seit Beginn des Menschengeschlechtes sich immer wiederholt hat und sich doch immer gleich geblieben ist.

Der einzelne hat niemals den Krieg gewollt; er will vielleicht Kampf, Abenteuer, Unterhaltung, auch Gewinn, Ruhm, Gefahr, – manchmal will er auch den Tod eines andern, das Elend des anderen, er will Mord, Raub, Plünderung (was vielleicht gerade im Krieg mit dem verhältnismäßig geringsten persönlichen Risiko zu erreichen ist). Er will in den allerbesten Fällen Sieg, Triumph, Erhöhung des Vaterlandes auf Kosten anderer Leute, die in einem anderen Lande leben. Kein Mensch wird behaupten, daß jemals ein einzelner für sich selbst Verwundung, Qual, Hunger, Krankheit, Elend, Vernichtung wünscht. Er würde also auch den Krieg nicht wünschen, wenn er fähig wäre sich vorzustellen, was alle diese Dinge – Verwundung usw. – für ihn als einzelnen zu bedeuten haben. Gerade diese Unfähigkeit wird von denjenigen Leuten, die nur Gewinn oder Ruhm oder Sensation (nicht einmal Abenteuer oder gar Gefahr) wünschen, dazu benützt, um der Masse zu suggerieren, daß sie den Krieg als solchen wünscht, als Kampf von Heer zu Heer und von Volk zu Volk. Und als Motive für diesen ihren angeblichen Wunsch werden ihnen vorgetäuscht sogenannte verletzte nationale Interessen oder eine Gefahr, in der ihr eigenes Land und damit sie selbst und ihre Familien schweben, und endlich die Vorteile einer Expansion des eigenen Landes aus Prestige- und Geschäftsgründen; – und wenn man mit allen diesen Gründen bei den leidlich Vernünftigen doch nicht ausreicht, kommen die Ideologen mit der historischen Notwendigkeit. Diese aber ist von allen Fiktionen die lächerlichste und manchmal niederträchtigste. Die Geschichte geht in jedem Fall ihren Gang, und was immer geschehen wird, muß nachher als historische Notwendigkeit proklamiert werden. Zum mindesten hat man noch niemals etwas von historischen Überflüssigkeiten gehört. Und warum beten sie denn eigentlich zu Gott? Gäbe es eine historische Notwendigkeit – und dieser Begriff fügt sich ja auch in die religiöse Ideologie –, so müßte sie doch von aller Zeiten Anfang an feststehen. Denn daß solche historischen Notwendigkeiten mit historischen Unnotwendigkeiten abwechseln, läßt sich weder mit historischer noch mit religiöser noch auch mit einfach logischer Anschauung im allergeringsten vereinigen. Historische Notwendigkeit, das ist nichts anderes als Al fresco-Kausalität; und kein Geschehnis ist mit mathematischer Sicherheit vorauszusagen, *ehe* es wirklich geschehen ist, und Gott selbst könnte es nicht voraussehen und um so weniger, je mehr er eben Gott wäre.

Das Militär könnte ohneweiters ohne Krieg leben. Sie kämen ganz gut mit den Manövern aus. Nur die Diplomaten brauchen ihn dringend.

Laßt die Soldaten regieren, so wird es mit den Kriegen vielleicht bald ein Ende haben, mindestens so lange, bis die Diplomaten wieder ans Ruder gekommen sind.

Bekenntnis

Ich liebe mein Vaterland nicht, weil es mein Vaterland ist, sondern weil ich es schön finde. Ich habe Heimatgefühl, aber keinen Patriotismus.

Ich bin nicht stolz auf irgend jemanden, weil er der gleichen Rasse angehört.

Ich trete für niemanden ein, weil er zufällig derselben Familie entstammt wie ich*.

Ich habe auch gewiß kein Standesbewußtsein und bin gar nicht beschämt, weil es auch unter den Dichtern Lumpen (und Heuchler) gibt.

Ich war niemals der Kamerad von irgendwem, weil er zufällig dieselbe Charge bekleidet hat, nie der Kollege von jemandem, weil er auf derselben Schulbank saß wie ich.

Ich liebe auch nicht die Menschheit als Ganzes; nur einige wenige einzelne Menschen.

Ich fühle mich mit niemandem solidarisch, weil er zufällig derselben Nation, demselben Stand, derselben Rasse, derselben Familie angehört wie ich. Es ist ausschließlich meine Sache, mit wem ich mich verwandt zu fühlen wünsche; ich anerkenne keine angeborene Verpflichtung in dieser Frage. Ich habe Mitbürger in jeder Nation, Kameraden in jedem Stand und Brüder, die keine Ahnung von meiner Existenz haben. *1904*

Vaterland

Ich liebe dieses Land, dessen Wälder und Auen mir vertraut sind.

Die Sprache lieb' ich, die mein Vater sprach.

Ist dies Tugend?

Doch wie kann ich einen staatlichen Komplex lieben, der sich allmählich bildete, durch Eroberungslust, durch Heirat der Ahnen meiner Herren; wie kann ich diesen Herren lieben, von dem ich nichts weiß, als daß er mein Herr ist, nicht mein Leben und Gut zu schützen, sondern neues Land zu erwerben für seine Söhne mit meinem Blut. – Nein! nennt ihr das Vaterland, so lieb' ich's nicht und keiner liebt's.

Es ist ja auch wahrhaftig so unsinnig, daß man sich nicht anders helfen konnte, als indem man dieses närrische Gefühl, das keiner wirklich hegt, zur Tugend stempelte.

Und denkt doch: wird dieses Stückchen Land, das mich gebar, vom großen Ganzen abgerissen, und behalt' ich das große Ganze lieb, so bin ich ein Verräter! *1904*

Nichts ist dem mittelmäßigen Menschen wohltuender, als wenn er es in der Macht hat, ein Wort schon durch den Ton verächtlich zu machen. So gibt es eine ganze Anzahl von Worten, die im Laufe der letzten Jahre aus harmlosen Buchstabenfolgen von einer ganz bestimmten Bedeutung zu Worten niedrigeren Ranges degradiert worden sind. Schuld daran sind die Journalisten, die Feuilletonisten.

Wir wollen die guten alten Worte wieder ehrlich machen.

Worte, die diese sehr charakteristische Laufbahn durchgemacht haben, sind unter andern: Liberalismus, Skepsis, Psychologie. Jeder Zeitungsjunge fühlt sich berechtigt, diese Worte mit einer Art von Hohn anzuwenden, als wenn die Begriffe, die damit ursprünglich bezeichnet worden sind, nicht durchaus achtbare wären. Die Mißbräuche, die – wie auf jedem Gebiete – innerhalb der Politik mit dem Begriff des Liberalismus, in der Philosophie mit dem Begriff der Skepsis, in der Kunst mit dem Begriff der Psychologie getrieben worden sind, bieten dem Oberflächlichen ebenso wie dem Unehrlichen willkommenen Anlaß, den Mißbrauch als die Regel, als den Brauch hinzustellen und die Aufmerksamkeit der Leser, der Zuhörer, von der ursprünglichen Bedeutung jener Worte wegzulocken. Daß Liberalismus nichts anderes bedeutet, wenigstens zu Beginn der so bezeichneten politischen Bewegung nichts anderes bedeutet hat, als das Bestreben, die Menschen in jeder Beziehung zu befreien (gegen Übergriffe der Mächtigen zu schützen, jeden nach seiner Façon selig werden zu lassen etc.), daß Skepsis nichts anderes bedeutet, als den Vorsatz nichts auf Treu und Glauben hinzunehmen, sondern zu prüfen, ehe man entscheidet, daß Psychologie einfach die Lehre von der Seele ist, das wird übersehen, vergessen: und gewisse nebensächliche Eigenschaften, die bei untergeordneten Adepten liberaler Politik, skeptischer Philosophie, psychologischer Literatur zu Tage treten, werden als charakteristisch, als wesentlich angenommen.

Es ist uns wohl bekannt, daß der Liberalismus schlechtweg zu einer gewissen billigen, flachen, ja rührsamen Weltanschauung und zur Phrasenhaftigkeit, daß die Skepsis zu einer gewissen wohlfeilen Zweifelsucht, zu einer Art von Gescheitersein um jeden Preis, endlich zu einer gewissen Trägheit in der Menschenbeurteilung und zu Egoismus und Ungütigkeit führt – und es ist uns endlich bekannt, daß ein Überwiegen des psychologischen Elements bei minder begabten Literaten zu einem selbstgefälligen, tüfteligen Beharren auf Einzelheiten, auf Unwichtigkeiten verführt. Aber es wird nicht schwer fallen, überall – also auch innerhalb der hier gekennzeichneten direkt kontradiktorischen Anschauungsformen – in gleicher Weise das Mißliche und Gefährliche, ja das Lächerliche zu entdecken, wenn man statt des Wesentlichen das Nebensächliche als Charakteristikum hervorzuheben sucht. Warum aber versucht man heute derartiges nicht, oder zumindest nicht in dem Maße, gegenüber dem Konservatismus in der Politik, gegenüber dem Optimismus in der Philosophie (es gibt sonderbarerweise kein dem Skeptizismus in entsprechender Art gegensätzliches Wort, da man das Wort Glaube innerhalb des Philosophischen kaum wird gelten lassen können), gegenüber der pragmatischen Darstellung in der Literatur (womit ebensowohl das oberflächlich Erzählende als das Pathetisch – Theatralische bezeichnet werden soll)? All dies hängt zusammen mit jenem mächtigsten Element moderner sozialer Entwicklung und Gliederung, die man mit einem weit über dessen ursprünglichen Sinn hinausgehenden Wort *Snobismus* nennen darf. Der Snobismus bedarf der politischen Atmosphäre des Konservatismus, der philosophischen des Glaubens und des Optimismus; und gar im Literarischen hat er keinen gefährlicheren Feind als die Seelenkunde. *15. 1. 1915*

Die Revolution des Proletariats konnte man letzten Endes gelten lassen; mehr als das, sie war eine Notwendigkeit, wofür der beste Beweis ist, daß sie kam – eine Notwendigkeit, wenn auch, oder obwohl sie oder weil sie nicht gelang. Aber schlimmer ist, daß diese Revolution des Proletariats sich selber proletarisiert hat, in einer kläglicheren Weise als es die französische 1789 tat. Jene begann doch immerhin als eine Revolution des Geistes. Um Befreiung handelte es sich, um Befreiung des Geistes, und diese

Uridee wirkte immer noch nach, selbst als die Jakobiner wüteten. Unsere Revolution aber ist aus dem Ressentiment geboren: nicht der Wunsch, die eigenen Verhältnisse zu bessern war das Primäre, sondern der Drang, Rache zu nehmen an denen, die es so lange besser gehabt hatten. In Rußland kam diese unreinste Idee sozusagen am reinsten heraus*. *1918*

Parteiführer sind in sehr vielen Fällen Renegaten ihres früheren Milieus; insbesondere bei den Sozialdemokraten und bei den Kommunisten ist das deutlich zu beobachten. Man könnte wahrscheinlich psychoanalytisch beweisen, daß eine große Anzahl solcher Parteiführer durch Verrat an ihrem früheren Milieu den Haß gegen den Vater abreagiert. *1918*

Den Staat aus seiner vertrackten Anonymität heraustreiben, was nur durch Revolutionen und dergleichen gelingt. *1918*

Zwang – Sklaverei
Mission – Genie
Dazwischen Bürgerlichkeit – Pflicht. *1921*

Im Kino hat man jetzt zuweilen das Vergnügen, sogenannte Zeitaufnahmen, Aufnahmen mit der Zeitlupe zu sehen. Scheinbar einfache Bewegungen und Gesten werden dadurch, daß man die Einzelaufnahmen mit außerordentlicher Langsamkeit sich abrollen und in eine Anzahl von Teilbewegungen sich auflösen sieht, in seltsam lächerlicher, grotesker, ja auch unheimlicher Weise verändert. Ein Sprung vom Trampolin in die Tiefe, den wir statt in einer halben Sekunde in einer halben Minute ablaufen sehen, reizt uns irgendwie zum Lachen. Ein Tanzschritt, ebenso aufgelöst, zeigt uns vielleicht seine Schönheit, seine Grazie, in einer neuen unvermuteten Weise; freilich kann es auch geschehen, daß er durch die Verlangsamung an Reiz verliert. Schon mehr dem Grotesken nähert sich der Eindruck eines Shimmy tanzenden Paars*; das Treiben in einem Seebad. Insbesondere wenn wir vorher eine Normalaufnahme mit den herumtollenden Kindern, den Spaziergängern, den fröhlich Badenden gesehen haben, und nun aus all diesen Individuen und Gruppen eine gewissermaßen unsichtbar gefesselte, scheinbar gelähmte Gesellschaft geworden ist, schleichende, kriechende, schwebende, schlaggerührte Subjekte, dann wird uns beinahe unheimlich zumute. Eine Bewegung in [Einzelvorgänge] auflösen heißt nicht sie erklären, sondern ihren Sinn zerstören, indem man ihren Rhythmus fälscht. Es gibt eine Verlangsamung, in der der Sinn der Bewegung völlig verloren geht, besonders für den Ungeduldigen.

Man sollte nun einmal versuchen, solche Aufnahmen mit der Zeitlupe auch von Phrasen, besonders politischen Phrasen zu machen. Dazu ist der Apparat noch nicht erfunden. Wir müssen den Verstand zum Ersatz heranbemühen. Und das ist nicht jedermanns Sache.

Ein Beispiel. Der Minister eines fremden Staats fühlt sich durch die vielleicht nicht taktvolle Rede eines Abgeordneten in einem benachbarten Staat in seiner Eitelkeit verletzt und gibt seinem Zorn Ausdruck in den Worten: Wenn sich die Regierung nicht entschuldigt, so werde ich dreißigtausend Soldaten über die Grenze spazieren lassen.

Das klingt, das hat Rhythmus, das dringt ein. Machen wir nun eine Zeitlupenaufnahme, wodurch die Gedankengänge dieser scheinbar klaren und großartigen Phrase bloßgelegt werden, Gedankengänge, die vielleicht sogar dem Sprecher der Phrase selbst nicht ganz zu Bewußtsein gekommen sind. Die Zeitlupe ergibt folgendes Bild.

Der Abgeordnete eines benachbarten Staates, der sich jetzt unmöglich wehren kann, weil er kein Heer besitzt, hat sich unehrerbietig über mich geäußert. Ich habe es glücklicherweise in der Macht, mich zu rächen. Ich besitze Energie, eine ungeheure Masse Getreue steht hinter mir, ich kann es mir erlauben zu drohen. Überdies verbessere ich meine Stellung durch das Deklamieren einer solchen Drohung. Sie klingt stolz und tapfer, obwohl nicht die geringste Tapferkeit dazu gehört, sie auszusprechen. Es ist evident, daß sich jener andere Staat nicht rühren kann und daß die Entschuldigung daher stattfinden wird.

Sollte man sich wider Erwarten weigern, so werde ich die Soldaten über die Grenze schicken und die beleidigte Ehre meiner Person und des Vaterlandes, das ich jetzt repräsentiere, rächen. Das heißt, ich werde dreißigtausend Soldaten, die sich nichts Besseres wünschen, die damit beinahe so gut wie gar nichts riskieren, dazu benützen, um hunderttausend vollkommen unschuldige Menschen, die sich nicht wehren können, zu drangsalieren, in jeder Weise zu schädigen, sie ihrer Freiheit, ihrer Selbstbestimmung zu berauben, Leute darunter, die nicht das geringste von der Sache verstehen, von der Rede jenes Abgeordneten vielleicht nichts wissen, sie möglicherweise nicht billigen würden. Falls irgendeiner von diesen Hunderttausend sich dem Terrorismus meiner Soldaten widersetzen sollte, werde ich auch keinen Anstand nehmen, ihn einkerkern oder umbringen zu lassen. Sollte daraus ein Krieg entstehen, so werden eben wieder Tausende und Tausende vollkommen unschuldig erschossen, verstümmelt, geblendet werden, so und so viele werden verhungern, es wird Witwen und Waisen geben usw. Daß unter all diesen Opfern keineswegs jener Abgeordnete und überhaupt kein Mitglied der Regierung sein wird, gewiß nicht *ich*, ist selbstverständlich. Aber auch von meinen Anhängern und Freunden und natürlich auch von Leuten, die sich keineswegs mit mir und meiner Ansicht identifizieren, werden viele ähnliches zu leiden haben wie unsere Feinde. Ich selbst werde jedenfalls das allergeringste Risiko tragen. Der Beifall, der mich umbraust, tut mir wohl. Ich weiß freilich, daß auch von den Leuten, die mich umjubeln, keineswegs alle innerlich mit mir übereinstimmen und daß eine große Anzahl nur aus Opportunismus an meiner Seite steht. Meine Phrase ist also weder tapfer, noch großartig, sondern im Grunde eigentlich feig und niederträchtig. Viele von denen, die mir zujubeln, wissen das; aber die werden sich wohl hüten, es zu sagen.

Dergleichen Aufnahmen mit der Zeitlupe ließen sich von den meisten politischen Phrasen anfertigen und zwar in den verschiedensten Maßen. Es ist nur zu befürchten, daß in den meisten Ländern diese Apparate als unpatriotisch verboten werden dürften.

Der beste Patriot wird immer der sein, der seinem Vaterland am meisten genützt, nicht der, der es am heißesten geliebt hat.

Der Gemeinschaft, innerhalb der man lebt, nützt man aber nur, indem man innerhalb des Kreises seiner Fähigkeiten so intensiv als möglich arbeitet.

Daher ist ein namenloser Fabrikarbeiter ein besserer Patriot als ein General, der nie im Feld gestanden ist, manchmal auch als einer, der viele Schlachten mitgeschlagen hat.

National sein heißt nicht, seine Nation mehr lieben als eine andere, sondern innerhalb seiner Kreise zu arbeiten und unbewußt seine Nation zu fördern.

Denn der Vorteil einer Nation gegenüber einer anderen besteht in der größeren Arbeitsfähigkeit, Arbeitsleistung und dem größeren Erfolg derjenigen, die ihr angehören. Man braucht daher sein Vaterland nicht zu lieben, um ein guter Patriot zu sein.

Es ist nicht nötig, sein Vaterland zu lieben, um als Patriot seinem Volk zu dienen; es genügt, Talent zu haben [und] zu arbeiten.**

Wenn man von Klerikalen spricht, so muß man sehr wohl diejenigen unterscheiden, die es ihrer Weltanschauung und ihrem Gehaben nach wirklich sind von solchen, die es nur richtig finden, daß die andern Menschen im Sinne dieser Weltanschauung leben und handeln. Dies gilt im übrigen für alle politischen Parteien.

Die schicksalhaften Unglücksfälle der neuesten Geschichte tragen die Namen dreier Menschen: Poincaré, Wilson und Lenin: Der Snob, der Feuilletonist, der Dogmatiker. Neben ihnen ist jeder andere, der in dieser Zeit mitgespielt hat, nur als ein kleines Malheur zu bezeichnen, z.B. Wilhelm II.

Politik, ein Wort vieldeutig wie Religion. Was kann sie alles bedeuten?

Vor allem Atmosphäre eines Landes, landschaftlich, ökonomisch, historisch bedingt. Überdies beeinflußt durch das Vorhandensein von bestimmten Persönlichkeiten.

Politik – das augenblickliche Verhältnis zwischen Regierung und Bürger, der Bürger untereinander, des Landes zu seinen Nachbarn und anderen Völkern.

Politik, die Verwaltungsmethoden usw.

Und so kann auch Mangel an politischem Interesse allerlei bedeuten.

Mangelndes Interesse am Gang der Geschichte, an ökonomischen Zuständen des Landes usw. Doch auch an den ephemeren Veränderungen, wie sie der Tag mit sich bringt.

Politisches Interesse kann hoher und niederer Art sein. Wird leicht überschätzt.

Kann auch einfach Mangel an Altruismus bedeuten, insofern uns das Schicksal der andern, soweit es durch Politik nicht bedingt ist, interessiert.

Anarchie wäre der wünschenswerteste Weltzustand, wenn die Menschen Maschinen oder Götter wären. Aber dann müßte sie nicht erst gepredigt werden. Sie wäre eben da.

Aber ob es auch eine wünschenswerte Welt wäre? Ich möchte nicht in ihr leben. Nicht einmal um den Preis, selber ein Gott zu sein.

Die Deutschen haben die Feierlichkeit des langsamen Verstandes.

In der Natur des Witzes offenbart sich der Charakter der Nationen.

Wie auch von sonst klugen Menschen aus Bequemlichkeit und wohl auch aus Feigheit die törichtesten Schlagworte nachgeplappert werden, wie sie vor allem in der trüben Atmosphäre gewisser Übergangsperioden zu entstehen pflegen, ist wahrhaft erschütternd. Eines der dümmsten von diesen Schlagwörtern, deren sich die Tageskritik mit besonderer Freude bemächtigt hat, ist dieses von der Verpflichtung des Dichters, nur aus seiner Zeit heraus und für seine Zeit zu dichten, wobei es wieder charakteristisch ist, daß diese Forderung an keinen anderen Künstler, weder an den Maler noch an den Musiker gestellt wird, sondern eben nur an den Dichter allein. Man verlangte vom Musiker nicht ausschließlich Militärmärsche, vom Maler nicht ausschließlich Kriegsbilder während des Weltkriegs, und sogar jetzt während der Revolutions- oder Friedenszeit verlangt man vom Musiker keine roten Symphonien und vom Maler ausschließlich Illustrationen zum Klassenkampf.

Es ist schwer zu entscheiden, wann sich die Dummheit in Schurkerei und wann die Schurkerei sich in Dummheit verkleidet hat. Darum wird es immer schwer sein, die Politiker gerecht zu beurteilen.

Daß plötzlich der Kollektivismus, die kollektivistische Weltanschauung in der Kunst einen höheren Rang besitzen soll als der Individualismus, ist eine jener albernen Phrasen, die durch die moderne literarisch-politische Mode in die Welt gebracht worden sind.

Der Kollektivismus ist naturgemäß beschränkter und unfruchtbarer als der Individualismus. Es wird auch nur dasjenige Werk des Kollektivismus als Kunstwerk in Frage kommen, das individuell konzipiert ist.

Der Kollektivismus bedeutet natürlich eine große Erleichterung für unzählige Dilettanten.

Das Individuum vergewaltigt am Ende nur sich selber; der Kollektivismus versucht wenigstens, alle zu vergewaltigen, er ist dem Wesen nach diktatorisch.

Das Individuum läßt auch dem Kollektivismus seine Rechte.

Einigermaßen schematisch ausgedrückt, gäbe es zweierlei Methoden, um die Zufriedenheit der Menschen zu erhöhen: entweder indem man versucht, die Zahl oder das Maß ihrer Bedürfnisse einzuschränken oder indem man ihre Bedürfnisse so weit wie möglich zu befriedigen trachtet. Nun ist das erstere immer nur von Fall zu Fall möglich, umso mehr als Zahl und Maß und sogar Art der Bedürfnisse zu wechseln pflegen; das letztere aber, die Befriedigung der Bedürfnisse, ist in beschränkter Frist überhaupt kaum durchführbar, ohne daß man zugleich oder noch vorher die Lebenslage einer Reihe von anderen Menschen, die bisher besser gestellt waren, ungünstiger gestaltet. Aus dieser Erkenntnis oder diesem Gesetz entwickelt sich leicht eine Neigung, vor allem einmal diesen andern Leuten Übles zuzufügen, als wären diese allein oder doch vorwiegend schuld an der schlechteren Lebenslage der andern. Darum hat die Feindseligkeit gegenüber der Gegenpartei immer das stärkere und echtere seelische Element bedeutet als das Solidaritätsgefühl mit der eigenen Partei.

Revolution, das ist eine Unternehmung, in der einige hundert oder tausend Unschuldige oder wenigstens Unrichtige umgebracht werden, damit irgendein Schuldiger oder wenigstens ein Unrichtiger zur Macht gelangt.

Der Staat hat sich um Ordnung im Innern, um Gesundheitspflege und Sicherheit nach außen zu kümmern. Sobald er sich Einfluß auf ethische, künstlerische und philosophische Fragen anmaßt, macht er sich nicht nur lächerlich, sondern durch die ihm eingeborene Macht wird er zu einer Gefahr für die Moral, Kunst und Philosophie.

Machen wir uns nicht mitschuldig an der Lügenhaftigkeit der Welt, insbesondere am Komödienspiel der Politik, wenn wir uns immer wieder anstellen, als hätten wir innere Ansichten, Überzeugungen, Ideen zu bekämpfen, da wir doch wissen, daß uns nur Parteiinteresse, Gedankenlosigkeit und Bosheit gegenüberstehen.**

Ich liebe die Vorkämpfer nicht, die, wenn es zu Kampf kommt, in der Etappe bleiben. Für die selbstverständlichste aller Forderungen sollte man es halten, daß Menschen, die eine Überzeugung oder gar eine Idee propagieren, im Sinn und im Geiste dieser Idee leben. Daß also solche Menschen, die für eine völlig gleichmäßige Verteilung aller Güter sind, sich des relativ Überflüssigen entledigen und es unter die Armen verteilen; ferner, daß Menschen, die sich nationalistisch gebärden, zum Kriege gegen ein anderes Volk predigen und Vorbereitungen treffen, sich als erste selbst einer persönlichen Gefahr aussetzen, ehe sie die andern in eine solche Gefahr schicken, die eventuell ganz anderer Ansicht sind.

Die Erfahrung aber lehrt, daß ein lächerlich geringer Prozentsatz diese Forderungen erfüllt und daß gerade die lautesten und unermüdlichsten Prediger und Schreier damit genug getan zu haben glauben, daß sie predigen und schreien, worauf sie sich allen weiteren Verpflichtungen, Unannehmlichkeiten und Gefahren zu entziehen wissen, als bedeute eben das Schreien einen Enthebungsschein für das Handeln.

Es liegt im Wesen der Revolutionen, daß sie von Pedanten mißverstanden, von Bösewichtern mißbraucht und von der Masse als Schicksal hingenommen werden.

Der *Staat als politischer Begriff* in die Wirklichkeit gestellt, ist immer ein Ungeheuer. Als Individuen gedacht, wäre England ein herzenskalter, heuchlerischer Bösewicht; Deutschland ein taktloser, überlauter Junker; Frankreich ein eingebildeter, phrasendrescherischer Geck; Italien ein eleganter, romantischer Bandit; Österreich ein verlogener, tückischer Lausbube – selbst wenn Minister oder diplomatische Vertreter oder parlamentarische Wortführer in manchem Einzelfall als anständige Menschen gelten mögen.

[PHILOSOPHIE, ETHIK]

Wer den pythagoräischen Lehrsatz nicht erfinden *müßte*, hat überhaupt kein mathematisches Talent.

Wissenschaften, die man lernen, Wissenschaften, die man erfinden muß. *1913[?]*

So weit schauen als möglich, aber von dort, wo man hingehört. Die Augen schärfen, aber nicht den Standpunkt wechseln. *1915*

Positive Gewißheiten gibt es nur wenige in der Welt und verschwindend gering ist die Menge der erweisbaren und erwiesenen Tatsachen gegenüber denjenigen, die wir mit geringerem oder höherem Recht anzweifeln dürfen. Aber es gibt negative Gewißheiten, mit deren Hilfe sich immerhin ein Weltbild aufrichten und umreißen läßt. Eine Voraussetzung ist hierbei natürlich unerläßlich: das Vertrauen in unsere Sinne und das Vertrauen in unseren Verstand. Sind unsere Sinne auch beschränkt und unser Verstand keineswegs unfehlbar, so müssen wir doch annehmen, daß Sinne und Verstand uns nicht geradezu narren, wie es uns die sogenannten Frommen immer einreden wollen.

Für den konsequenten Deterministen steht der Glaube an eine Willensfreiheit mit den naturwissenschaftlichen Kenntnissen in absolutem Widerspruch.

Aber diese Erkenntnisse sind eben nur naturwissenschaftlicher Art. Es gibt andere, die wir meinethalben Ahnungen nennen wollen; das Wort Glaube gibt zu Mißverständnissen Anlaß. Nicht die Ahnungen als solche sind Realität, wohl aber das Bedürfnis, die Sehnsucht, der Zwang zu ahnen.

Die an die Willensfreiheit glauben, fassen wieder das Bereich des Willens häufig allzu weit und geben dem Determinismus eben nur so viel Raum, wie ihnen gerade genehm ist.

Man kann Determinismus und Willensfreiheit nebeneinander stellen, nicht aber aneinander messen. Determinismus und Glaube an die Willensfreiheit könnten im besten Frieden miteinander leben. Der eine ohne den anderen ist Fatalismus, der andere ohne den einen Übermut.

Wenn wir neue Götter haben, müssen die alten notwendig Götzen gewesen sein?

Zwischen zwei Wundern schwebt die Welt. Plötzlichkeit und Allmählichkeit.

Absolute Güter: Leben, Gesundheit, Liebe. Relative Güter: Tugend, Ehre, Geld.

Die Dinge in der Nacht des Nichtgeschautwerdens harren des Menschenblicks, in dessen Licht sie sich baden.

Die Bestrafung des mittelbaren und noch mehr des fakultativen Mordes müßte die Forderung eines ethischen Zeitalters sein.

Es ist unzulässig, daß zum Exempel ein Wirt, der – vollkommen klar darüber, hierdurch das Leben eines ihm unbekannten oder gleichgültigen Menschen zu gefährden – ihm verdorbenes Fleisch vorsetzt, eine ganz geringfügige Strafe erleidet, ja selbst, wenn der Gefährdete das Leben wirklich verliert, keineswegs als ein bewußter und ebendarum besonders feiger Mörder, sondern nur wegen fahrlässiger Tötung bestraft wird.

Nicht nur die Absicht des Tötens, auch das bewußte Außerachtlassen der Vorsicht, der pflichtigen Rücksicht genügt zum Wesen des Mordes.

Ein ebenso schlimmes und feiges Verbrechen ist der mittelbare Mord, dadurch verübt, daß der zum Tode Bestimmte mit Bewußtsein einer Gefahr ausgesetzt wird. (Die Helden, die nicht nur an ihren Feinden, sondern auch an ihren Freunden zu Mördern werden. Die [unachtsame] Wärterin, der unvorsichtige Arzt.)

Wonach ist der Wert eines Menschen zu bestimmen?

Nach der Zahl und der Weite von Erkenntnissen? Seinem Streben?

Wie ist seine Fähigkeit zu erkennen?

Nach dem Maß des Glücks, das er zu geben vermag (geistigen oder körperlichen)?

Nach dem Wert derjenigen Menschen, denen er Glück bringt?

Nach dem Wert der neuen Weisheiten oder Wahrheiten, die er entdeckt hat?

Nach der Fülle der Tatsachen, die er gefunden, die er vermittelt hat?

(weiter zu führen).

Wahrheiten sind immer zweifelhaft; sicher aber ist die Möglichkeit der Verständigung über die uns faßbaren konkreten Vorstellungen und zwischen Denkenden auch über Begriffe. Gewisse Dinge bezweifeln, das heißt nicht die Sachen sich schwer, sondern sie sich leicht machen. Gewisse physikalische Gesetze sind feststehend, so fest, wie daß die Planeten sich um Fixsterne drehen. An dieser Wahrheit würde sich nichts ändern, auch wenn einmal ein Planet, diesem Gesetz entwachsen, in den Weltraum stürzte oder wenn durch ein kosmisches Ereignis die ganze Welt auf einmal unterginge. Solches in den Kreis unserer Berechnungen ziehen wäre aber geradezu unsittlich.

Wenn zwei Menschen von der Sonne sprechen, meinen sie das gleiche Himmelsgebilde. Wenn zwei Menschen den Baum grün und die Rübe rot nennen, so ist ihre Verständigung eine Wahrheit, nicht die rote und grüne Farbe an sich.

Ein Mensch schwebt frei im Raum. Einer, meinetwegen Millionen, haben es gesehen, glauben, es gesehen zu haben, schwören, es gesehen zu haben – ein Wunder ohnegleichen, daß unter Abermillionen Menschen unter ganz besonderen Bedingungen ein Mensch die Schwerkraft überwunden hat – ein Wunder. Gut.

Aus dem Boden, der gestern noch unfruchtbar war, sprießt ein seltsames Gebilde, wunderschön anzusehen, violett und duftend, nicht ein Gebilde, hunderttausend Billionen. Und alle Menschen sehen es. Und jeden Frühling sehen die Menschen es wieder.

Und weil es millionen Mal geschieht und alle es sahen – ein geringeres Wunder? Nein, ein millionenfaches und dazu noch ein unbezweifelbar wahres und dazu noch einbeglückendes und ewiges.

Wer Materie sagt, sagt Geist, ob er will oder nicht. Denn sie wäre überhaupt nicht vorstellbar ohne Geist. Und wer Geist sagt, sagt Materie, denn ohne Materie könnte er es nicht sagen, nicht einmal denken.

Wer Grenze sagt, sagt Unendlichkeit und wer Unendlichkeit sagt, sagt Grenze. Denn es läßt sich ebensowenig leugnen, daß jenseits der Grenze wieder das Etwas ist, und wäre es selbst das Nichts, so wäre es ein Etwas mit Hinsicht auf die Grenze.

Duldsamkeit gegenüber der Unduldsamkeit, das ist von allen Verbrechen das schlimmste. Unduldsamkeit ist das geringere.

Man spricht so oft von Freigeistern, niemals aber von Freiseelen. Und dabei ist freier Geist und freie Seele keineswegs dasselbe. Die freien Geister bringen die Welt vorwärts, die freien Seelen reinigen die Atmosphäre der Welt.

Ob man überhaupt das Recht hat, sich eine freie Seele zu nennen, wenn man nicht vor allem ein freier Geist ist?

Ist eines die Vorbedingung des andern?

Ist Freiheit in beiden Fällen das gleiche?

Was man den heiligen Geist nennt, hat wenig mit dem Geist zu tun. Der Ausdruck heilige Seele würde dem, was gemeint ist, eigentlich näher kommen. Andererseits denkt man bei Heiligkeit immer mehr an die Seele als an den Geist und vergißt, daß die Heiligkeit des Geistes etwas gerade so Hohes bedeutet wie die Heiligkeit der Seele.

Mit dem aber, was wir im Gegensatz oder in Ergänzung zu Seele Geist nennen, hat die Religion, vor allem aber die Kirche wenig zu tun und will auch nicht viel mit ihm zu tun haben. Der Geist ist im kirchlichen Sinn überheblich, zweiflerisch, revolutionär; und doch, ein Geist, der nicht selbständig denkt, ist überhaupt ein Unding. Und jedes Denken wird aufgehoben, wenn man ihm nicht das unbeschränkte Recht des Weiterdenkens zugesteht.

Der Geist kann nicht nur rezeptiv gedacht werden. Das Wesen des Geistes ist Fortschritt, nicht im liberal-politischen, sondern einfach im logischen Sinn. Wer nicht weiterdenkt, denkt überhaupt nicht.

Reinlichkeit steht zu Reinheit in einem ähnlichen Verhältnis wie Gutmütigkeit zur Güte. Beides – Güte wie Reinheit – liegen schon auf dem Wege zur Heiligkeit. Beide sind ohne Selbstüberwindung nicht denkbar. Selbstüberwindung, auch ohne ersichtlichen augenblicklichen Zweck geübt, ist die Tugend an sich. Und sie vermag die Widerstandskraft für eine nächste Prüfung zu stärken, wo Wesentlicheres auf dem Spiel stehen mag, sowie auch das hohe sportliche Bemühen über Rekord und Sieg hinaus seine sittliche Bedeutung hat.

Ein Epigone der Vergangenheit zu sein, das mag angehen. Eine wahrhaft klägliche Rolle spielen die Epigonen des gestrigen Tags oder auch des heutigen. Denn auch solche Käuze kommen vor.

Verspätete Vorläufer und Epigonen der Mitgeborenen –.

Die Gelehrten nennen etwas erklärlich, sobald sie gewisse Analogien mit anderen, früheren, bekannten [Tatsachen] entdecken, die doch in Wirklichkeit nicht minder unerklärlich sind als diese neuen, an die wir uns eben gewöhnt haben.

So heißt es irgendwo z.B. (Lippmann, Weltschöpfung und Weltanschauung): »Daß die mit negativer Elektrizität geladenen Elektrone, deren Masse etwa 1800 Mal kleiner ist als ein Wasserstoffatom, sich nicht mit dem positiven Kern verbinden, ist ebenso erklärlich wie der uns schon bekannte Umstand, daß die Erde nicht in die Sonne hineinfällt. Bei der Erde entstehen durch ihre Rotation Zentrifugalkräfte, die der Anziehungskraft der Sonne das Gleichgewicht halten, und beim Verhältnis vom Monde zur Erde ist das gleiche der Fall . . . Ebenso ist ein Atom . . . ein Planetensystem im Kleinen. Die Planeten kreisen wie die Elektrone um den positiv geladenen Kern des Atoms.«

Ebenso erklärlich? Das eine ist so wenig erklärlich wie das andere. Wir sehen zwar das gleiche Gesetz im Mikrokosmos wie im Makrokosmos, erklärlich ist keines. Wir sehen die Einheit der rhythmischen Gesetze und finden den gleichen Geist und den gleichen Willen im Atom wie im Planeten walten.

Aber dadurch, daß sich Unerklärliches milliardenmal wiederholt, oder daß sich Analogien innerhalb des unendlich Großen und des unendlich Kleinen finden, wird das Rätsel nicht zur Selbstverständlichkeit, das Geheimnis nicht zur Lösung und das Unfaßliche nicht zum Erklärlichen.

Jede Erkenntnis (Erfahrung) wird in unserer Seele vom hellen Licht des Zweifels umleuchtet; der Schatten, den sie in diesem Licht wirft, heißt Glaube.

Daß es Naturgesetze gibt, die zu erklären wir außerstande sind – die Entstehung der Welt aus dem Chaos ebensowenig wie das Wachsen eines Grashalms –, das weiß der Rationalist so gut wie der Mystiker, der Zweifler so gut wie der Gläubige – und mehr weiß keiner.

Der Rationalist versucht, so weit wie möglich mit dem Verstande vorzudringen und je rationalistischer er angelegt ist, umso mehr weiß er, daß er bis auf die letzten Gründe vorzudringen nicht vermag.

Der Mystiker gibt das Vordringen auf, lange noch, ehe es notwendig wäre, er macht nicht einmal von dem bißchen Verstand Gebrauch, das ihm Gott geschenkt hat.

Unserem Verhältnis zur Wahrheit liegt der Irrtum, die Fiktion, ja man könnte sagen die Lüge zugrunde, daß wir sie (die Wahrheit) an sich für wünschenswert, als einen Ausdruck ethischer Vollkommenheit ansehen, was gar nicht der Fall ist.

Wahrheit, insofern sie nichts ist als Richtigkeit, hat keinerlei ethische Bedeutung.

Etwas, was wir als Wahrheit erkannt haben oder auch nur erkannt zu haben glauben, zu bekennen unter Gefahren für unseren Vorteil oder für unser Leben selbst, das ist ein Beweis persönlichen Mutes, nichts anderes, keinesfalls kann es als einen Beweis für die Wahrheit als solche gelten.

Philosophie ist auch Glaube, ja im letzten Sinne Dogma; auch dort, wo sie in Zweifel ausläuft – und dort vielleicht am meisten.

Denn wenn die Linien des Denkens nicht ewig unverbunden in hoffnungsloser Parallele weitergehen sollen, kommt einmal der Schnittpunkt, in dem sie einander treffen – und wir wollten so töricht sein, in diesem Schnittpunkt den Schlußpunkt zu sehen?

Schluß ist immer Willkür; unabhängig von unserem Willen laufen jene Linien weiter bis in die Unendlichkeit, wo sie einander doch treffen, so sehr sie scheinbar in verschiedenen oder gar entgegengesetzten Richtungen gegangen sind.

Ob die Philosophie den freien Willen behauptet oder den Determinismus, ob sie ein allerhöchstes Wesen annimmt, das allwissend und allmächtig ist oder ein ewiges Gesetz, nach dem alles sich vollzieht, oder ob sie das ganze Weltgeschehen als sinnloses Spiel des Zufalls ansieht, das in jedem Augenblick, ohne Eingreifen einer höheren Macht oder eines vorgefaßten Plans oder durch die Laune einer höheren Macht, geändert werden kann – ob der Philosoph die persönliche Unsterblichkeit der Seele annimmt oder einen ewigen Weltgeist, in dem die Individualität wieder aufgeht oder ein absolutes Hinschwinden der Seele mit der Materie, in die das Individuum gehüllt war, oder als die, die bei Lebzeiten auftritt – all das hat mit Wissen nicht das geringste zu tun, all dies ist nur Glaube, und je überzeugter der Philosoph ist, umso mehr nähert sich sein Glaube dem Dogma.

Wenn die heutigen menschlichen Existenzen euch so wenig wert sind, daß ihr sie unbedenklich für eine künftige Generation hinzuopfern bereit seid, wie dürft ihr uns übel nehmen, daß wir diese künftige Generation, von der wir noch gar nichts wissen und deren Wünsche wir nicht kennen, hinopfern für die heutige, von der wir zumindest wissen, daß sie eine Realität bedeutet.

Und nehmen wir nun an, es wäre euch tatsächlich gelungen, diese nächste Generation um den Preis der unsern zu beglücken – wenn nun das Schicksal irgendein Elementarereignis oder gar den Weltuntergang schickte und die nächste Generation das ihr bestimmte Glück gar nicht erlebte – was dann!

Aus der Logik, der Verantwortlichkeit und der Präzision ins Geschwätz, ins Leere, ins Gespenstische, ins Unverantwortliche flüchten, das nennen wir irrtümlicherweise metaphysisches Bedürfnis.

Könnten wir nicht für eine Weile die Worte: Gott und andere von ähnlich unbestimmtem Charakter aus dem Wörterbuch unseres geistigen Verkehres streichen, bis einigermaßen Ordnung geschafft sein würde?

Es geht doch nicht an, daß die Menschen auf Grund gegenseitigen, so oft absichtlichen Mißverstehens einander verspotten, verhöhnen, beschimpfen, prügeln, totschlagen – und weniger noch geht es an, daß sie sich aus gleichem Grund fromm, freigeistig oder gar geistreich erscheinen.

Sich selbst aufopfern, das könnte am Ende auch eine geringe oder gar lächerliche Idee zu einer großen oder edeln machen. Andere opfern, insbesondere ohne eigene Gefahr, macht auch die größte Idee zu einer geringen, wenn nicht gar zu einer Infamie.

Wer einmal völlig begriffen hat, daß er sterblich ist, für den hat eigentlich die Agonie schon begonnen.

Es geschieht viel mehr Rechtes und Richtiges auf der Welt, als wir zugestehen möchten. Was uns irre macht, ist der Umstand, daß das Rechte beinahe niemals aus dem rechten Grund, am wenigsten aber aus Rechtsgefühl oder aus Gerechtigkeit heraus geschieht.

Verlangt ihr wirklich von einem Satiriker, daß er darauf verzichte zu verletzen, zu verleugnen und zu vernichten – um einer so zweifelhaften oder wenigstens so gleichgültigen Sache willen, wie es die Gerechtigkeit ist? Die wird ihm doch von keinem gedankt, nicht einmal von demjenigen, den er geschont hat. Denn dieses Opfer weiß nichts von dem Pfeil, der an ihm vorbeiging und nichts von dem, der über ihn weg in die Luft gesandt wurde.

Nichts auf der Welt ist unmöglicher als Gleiches mit Gleichem zu vergelten. Denn selbst wenn irgendeine Handlung, von außen betrachtet, mit irgendeiner anderen ein Gleiches zu bedeuten scheint, – es ist ja doch nicht der gleiche Augenblick, in dem sie geschieht, du bist der Gleiche nicht mehr, so wenig wie die anderen, und du stehst auf einem neuen Punkt der sich kreuzenden, unendlich vielen Kausalitätsketten, also in einer neuen Welt. Darum ist jede Art von Rache genau besehen immer ein Denkfehler.

Einem Bedürftigen oder auch Tausenden von Bedürftigen helfen – das hat mit Güte noch wenig zu tun; in jedem Fall zu tun verstehen, was nicht einem einzelnen in einem bestimmten Augenblick, sondern was ihm für die Zukunft, insbesondere aber was der Allgemeinheit zum Nutzen gereicht, wäre es selbst auf Kosten von einzelnen, darauf kommt es an.

Aber solche Entscheidungen zu treffen vermag nur der Weise. Und darum kann nur der Weise gütig sein, und wer nur gutmütig ist, der ist meistens nicht einmal das, sondern nur gedankenlos oder bequem.

Welch müßige Frage, ob die Materie früher da war oder der Geist, oder ob sie zugleich da war, da es doch in der Ewigkeit kein Früher, kein Später, keinen Anfang und kein Ende gibt. Materie ist geradeso geheimnisvoll oder so göttlich wie der Geist. Vorstellbar ist für uns freilich nur die Materie, aber daß wir die Fähigkeit besitzen, sie zu ahnen, hierin schon ist der Geist wirksam.*

Was wir rückhaltlose, schonungslose Aufrichtigkeit nennen, das pflegt entweder die perfideste oder die naivste Form der Lüge zu bedeuten.*

Welche Überschätzung der Tat an sich gegenüber dem Gedanken. Um wieviel fruchtbarer sind Gedanken als Taten. Die Tat an sich hat immer nur Unruhe, der Gedanke, wenn er wirklich einer war, immer einen Wert in die Welt gebracht. Charakteristisch genug, daß es gerade die Literaten sind, die immer wieder die Tat gegenüber dem Gedanken auszuspielen lieben.

Wenn sich der Tod, zwar unaufhaltsam wie stets, doch mit abgewandtem Antlitz uns nähert, so sprechen wir von Genesung.

Man muß den Mut haben, auch Selbstverständlichkeiten auszusprechen.

Eine Plattheit ist keineswegs dadurch widerlegt, daß man sie als Plattheit erkennt. Die meisten Wahrheiten sind Plattheiten, und man beschimpft sie nicht so sehr deswegen, weil sie Plattheiten, sondern weil sie unwiderlegbare und oft unbequeme Wahrheiten sind.

So wie auch das Atom noch aus Elektronen besteht, und diese Elektronen vermutlich auch noch aus kleineren Elementen, ebenso besteht auch die Ruhe sozusagen noch aus Bewegungen; und auch das scheinbar Konstante hat seinen Rhythmus.

Je mehr der Determinist überzeugt ist von der Alleinherrschaft der Kausalität, umso mehr müßte er auch denjenigen verstehen, der an den freien Willen glaubt, da ja auch dieser Glaube für den Deterministen eine Notwendigkeit bedeuten müßte.

Jeder Versuch, eine Idee praktisch bis in ihre letzte Konsequenz durchzuführen, ist ein Beweis, daß man sie selber nicht ganz verstanden hat.*

Nach Goethe muß man das Unmögliche postulieren, um überhaupt das Mögliche anzustreben. Statt dessen ziehen es die Menschen im allgemeinen vor, zwar das Unmögliche zu postulieren, aber meist zu dem Zweck, um sich damit der Verpflichtung überhoben zu wissen, auch nur das Mögliche anzustreben.**

Für jede Art von Wahrheit gibt es nur ein Kriterium: das Opfer.

Er hat nicht die Dinge, er hat nur die Worte. Doch nein, wenn er sie wirklich hätte, so hätte er ja die Dinge auch. Die Worte haben ihn. Die Worte spielen mit seinem Geist, nicht der Geist mit Worten. Zuweilen kommt es vor, daß die Worte durch seinen Mund auch Wahres, sogar Tiefsinniges aussprechen.

Schmerzlicher, als daß wir niemals die Wahrheit zu hören bekommen, ist, daß wir sie auch beim besten Willen niemals aussprechen können. Denn was wir auch sagen, der andere hört ja die Wahrheit nicht, die wir ihm vermitteln wollten. Was von unseren Lippen kam und was in des anderen Seele dringt, ist niemals das gleiche. Es ist schon im nächsten Augenblick nicht dasselbe mehr: es kommt auf so viel an, was mit deiner Wahrheit und mit deiner Wahrheitsabsicht nichts mehr zu tun hatte: es kommt darauf an, was der andere hören wollte, wie er zu dir steht und so weiter.

Und die Wahrheit um ihrer selbst willen ist kein Wert, so wenig wie ein Geldstück in einem Land, wo es keinen Kurs hat.

Drei Fragen:

1) Ist es überhaupt möglich, einen Begriff präzis zu definieren?

2) Ist es im Interesse der Menschheit wünschenswert, daß alle Begriffe präzis definiert werden?

3) Wird eine solche Definition im allgemeinen oder von Fall zu Fall aufrichtig gewünscht?

Zur ersten Frage: Die präzise Definition eines Begriffs ist nicht möglich, nur eine Allegorisierung, eine Umschreibung oder eine Tautologisierung. Aber durch redliche Bemühung gelingt es in der Mehrzahl der Fälle, sich über die Begriffe, auch über die schwierigsten, soweit zu verständigen, daß Umrisse [erkenntlich werden].

Zur zweiten Frage: Relativ präzise Definition ist immer wünschenswert – mit der geringfügigen Einschränkung, daß durch solche Definitionen manches anregende, dialektische Geistesspiel verloren ginge.

Zur dritten Frage: Präzise Definitionen werden von den wenigsten Menschen ernstlich gewünscht, oft auch von solchen nicht, die sich darum bemüht glauben. Denn sie spüren instinktiv, daß präzise Definitionen das Maß der menschlichen Verantwortung steigern würde. Und das ist es, wogegen sich nicht nur die Masse, sondern auch der einzelne im Tiefsten zur Wehr setzt.*

Die Angst vor Verantwortung ist fast größer als die Angst vor dem Tod, nur wird man sich ihrer seltener bewußt.

Auch die edelsten Gefühle, wenn sie sich an sich selbst genügen lassen und nicht ihrem Sinn gemäß in Handlungen und Taten fruchtbar zu werden vermögen, haben die Neigung zu faulen, und bald erfüllen sie die Umwelt mit einem Duft von Verwesung, wie wir es eben in dieser Zeit mit dem erhabenen Gefühl der sogenannten Menschenliebe erlebt haben.

Vergangenheit, auch bei treuestem Gedächtnis, Zukunft, auch bei prophetischen Gaben, beide sind nur ein Traum, wenn auch die eine Wirklichkeit war und die andere Aussicht hat, es zu werden; in ihrem Verhältnis zur Gegenwart sind sie um nichts realer als Träume. Dem Ungeduldigen aber ist auch die Gegenwart nicht mehr, und so ist er sogar um jene bescheidene Realität betrogen, die dem Menschen immerhin gegönnt ist – den Augenblick.

Wie sollte es nur möglich sein, daß ein Philosoph den andern anerkennt. In dem Augenblick, wo er das aus vollem Herzen täte, müßte er ja seine eigene Überflüssigkeit einsehen.

Mein Respekt vor dem Tugendhaften sinkt im umgekehrten Verhältnis zu den Vorteilen, die jener Tugendhafte seinen Tugenden verdankt; und meine Achtung vor den Sündern steigt im geraden Verhältnis zu den Gefahren, denen er sich durch seine Sünden auszusetzen pflegt.

Auch an der Wahrheit, die einer ausspricht, können wir keine rechte Freude haben, wenn wir fühlen, daß jener sie vielleicht gar nicht ausgesprochen hätte, wenn er es für vorteilhafter gehalten hätte, sie zu verschweigen.

Schicksal –? Eine Baumwurzel, über die du stolperst, ist es ebenso sehr wie der Mörder, der dir mit seinem Dolche auflauert.

Was aber ist deine Pflicht? Die Forderung des Tages, antwortet Goethe.

Dein Recht aber? Die Forderung des vorigen.
Und deine Ehre? Die Forderung des nächsten.

Flachköpfe – der Rationalist, der Materialist, der Zweifler? Es kommt immer nur auf den Kopf an, ihr Metaphysiker, ihr Idealisten, ihr Gläubigen!

Zwei Spiegel einander gegenüber: für den Kurzsichtigen bedeutet es Verwirrung, für den Weitsichtigen Unendlichkeit.

Wer mit Würde zu empfangen versteht, hat seine Schuld schon zur Hälfte beglichen. Aber das befreit ihn keineswegs von der Verpflichtung, die andere Hälfte mit hundert Prozent Zinsen zu bezahlen.

Man steht im Leben immer wieder vor der Wahl, es sich selbst leicht und den andern schwer zu machen – oder umgekehrt. Aber *hat* man denn die Wahl?

Man sollte sich hüten, Witze von der anderen Seite anzusehen oder auch nur weiterzudenken. Man ahnt nicht, wie traurig sie werden.

(Beispiele: Ehewitze, Schwiegermutterwitze, vor allem die Todeswitze, die immer die wirksamsten sind ⟨aus metaphysischen Gründen⟩.)

Wollen –? Undeutbares Wort.
Manches *müssen* wir wollen –
manches *dürfen* wir wollen –
manches *können* wir wollen.
Aber was *wollen* wir wollen?

Nur was wir wollen *müssen*, wollen wir wirklich. Und dies, ist es noch ein Wollen, ist es nicht schon ein Müssen?

Wenn von tausend Möglichkeiten immer wieder eine sich zur Wirklichkeit entzaubert oder entzaubern muß, hast du noch kein Recht, sie eine Notwendigkeit zu nennen. Eine Möglichkeit muß siegen. Es war selten die beste, nicht einmal die wahrscheinlichste und kaum jemals die notwendigste.

Metaphysische Antinomien: Unfähigkeit, die Unendlichkeit zu erfassen – und zugleich die Unfähigkeit, sich eine begrenzte Welt vorzustellen.

Psychologische Antinomien: Überzeugung, daß mit dem Tod der Person alles vorbei ist – und doch Sehnsucht, über den Tod hinaus zu wirken.

Oder die Überzeugung von der Nichtigkeit aller äußeren Ehren – und zugleich streben danach.

Die Verleumdung ist nicht ganz ohne ethische Bedeutung. Sie schätzt die Möglichkeiten höher ein als die Tatsachen.

[GLAUBE, RELIGION]

Wenn ihr Christus schon als göttliche Erscheinung verehrt, um wieviel tiefer müßt ihr die Kniee erst vor einem Menschen beugen, dem es vielleicht gegeben war, die göttliche Gestalt eines Christus aus seinem eigenen Geist zu erschaffen.

Ein allgerechter Gott ist nur denkbar, wenn man zugleich ein Jenseits mit persönlicher Unsterblichkeit annimmt.

Denn nach unseren menschlichen Begriffen (und wenn wir begrifflich denken, können wir eben nur in menschlichen Begriffen denken, sonst wäre jede Verständigung von Mensch zu Mensch unmöglich) gibt es in unserm Diesseits nichts, was wir als göttliche Gerechtigkeit bezeichnen dürften. Es verträgt sich z.B. mit unseren menschlichen Begriffen von göttlicher Gerechtigkeit so wenig, wenn wir ein zweifellos unschuldiges Kind qualvoll leiden sehen, als wenn wir einen abgefeimten Schuften eine köstliche Existenz führen und ein seliges Ende finden sehen. Und auch wenn wir annehmen, daß die Sünden der Väter tatsächlich an den Kindern gestraft werden, so würde das nur einen neuen Beweis gegen das Walten einer göttlichen Gerechtigkeit bedeuten; eher könnten wir es noch fassen, wenn Gott die Sünden der Kinder an den Vätern rächte.

Doch wir können niemanden hindern zu glauben, daß im Jenseits der Schuldige seine Strafe und der unschuldige oder gar edle Mensch seinen Lohn erhalte. Erfahrungstatsachen für das Bestehen einer solchen göttlichen Gerechtigkeit existieren nicht. Daß Menschen an sie dennoch glauben, entspringt nur dem Wunsche nach dem Vorhandensein einer solchen Gerechtigkeit und der Verzweiflung über die Ungerechtigkeit, die wir auf Erden überall in ungeheuerstem Maße walten sehen.

Das was, respektive das, worüber wir etwas wissen, macht gewiß nur einen geringen Teil aus von dem, worüber wir nichts wissen und worüber wir zum größeren Teil niemals etwas wissen werden. Aber darum auch das geringe Wissen, das wir uns im

Laufe der Jahrhunderte erworben anzuzweifeln, zu verhöhnen oder geradezu aus der Welt zu leugnen, ist gegen jede Vernunft. Leugnet man auch die – meinetwegen relativen – Erkenntnisse, die uns aus dem Gebrauch unserer Sinne und unseres Verstandes erwachsen, so ist es besser, jedes Forschen, ja jede Diskussion ein für alle Mal zu unterlassen. Auf diesen Standpunkt stellen sich die sogenannten Gläubigen, wenn sie von dem Hochmut der Wissenden sprechen, als wäre ihr Glauben etwas anderes als die Einbildung eines Wissens, für dessen Realität sie sich auf Erleuchtung, Offenbarung, Gnade berufen mit einer Unbelehrbarkeit, einem Hochmut und meistens auch mit einer Intoleranz, wie wir sie bei den Forschern nur in seltensten Fällen und da meistens auf Einzelheiten beschränkt finden.

Das Göttliche, das Unfaßbare und doch im Gegensatz zu manchem andern sogenannten Göttlichen nicht aus der Welt zu Leugnende – Realitäten trotz ihres scheinbar irrealen Gehalts – sind Musik, Mathematik, Gewissen.

Die erste – Schönheit, für die jede Erklärung versagt.

Die zweite – eine aprioristische Gesetzmäßigkeit, die außerhalb aller Erfahrungen steht, Brücke in die Unendlichkeit.

Das dritte – das absolut sichere Gefühl, daß wir Recht oder Unrecht tun, auch in Fällen, wo ein Nutzen oder ein Schaden weder für uns noch für andere nachzuweisen ist. Also das Gefühl von Recht und Unrecht an sich.

Gibt es einen Gott, so ist die Art, in der ihr ihn verehrt, Gotteslästerung.

Den Begriff des Ketzers hat erst das Christentum in die Welt gebracht, vorher kannte man nur den Heiden, der eigentlich nur ein Fremder war, aber kein Bösewicht, eher bedauernswert als der Vernichtung würdig. Erst wenn einer Ketzer sagt, klingt Verachtung, Haß, Drohung mit. Von allen hochmütigen Worten, die das Christentum – oder besser die Kirche – erfand, ist es das böseste, gottloseste und törichteste dazu.

Auch der Gottloseste hat immer noch seinen Glauben, und der Frömmste noch hat seinen Zweifel. Ob und wie Glauben und Zweifel in ein und derselben Seele sich zu verständigen wissen, darauf kommt es an; das gibt die Beziehung zur Welt, – Religion.**

Wenn die Pfaffen von Gotteslästerung sprechen, so meinen sie damit immer nur eine Gefährdung ihres Machtdünkels oder ihrer Macht. Die wahren Priester aber wissen, daß es Gotteslästerung überhaupt nicht gibt, so gut wie der wahre König weiß, daß das nur lächerlich ist, was die Höflinge Majestätsbeleidigung zu nennen pflegen.**

Das Ernstnehmen gewisser Probleme, die in Wirklichkeit keine sind, bedeutet einen Zeitverlust, der in der Entwicklung der Kultur eine viel bedeutungsvollere Rolle spielt als man gemeiniglich zugesteht. Es geht wahrhaftig nicht an, daß man sich vor der Betrachtung neuer Erkenntnisse, vor der Behandlung wesentlicher neuer Fragen immer wieder mit den törichtesten Dogmen, mit Vorurteilen, mit sogenannten religiösen Bedenken, mit dem wahnwitzigsten Aberglauben auseinanderzusetzen hat, daß man sich zu einer Verbeugung vor den Leuten verpflichtet fühlt, denen man zumindest ihre ehrliche Überzeugung zubilligen möchte, auch wenn man weiß, daß es mit der Überzeugung und auch mit der Ehrlichkeit nicht weit her ist.

Es ist genau so, als wenn man im alten Griechenland vor jeder naturwissenschaftlichen oder philosophischen Diskussion genötigt gewesen wäre, den Gläubigen zu beweisen, daß Minerva nicht wirklich aus dem Haupte Jupiters entsprungen sein könne, daß diese Auffassung eigentlich nur einen symbolischen Sinn habe. In jener Zeit aber hat man es den Menschen nicht mehr als Tugend angerechnet, wenn sie entweder eine vollkommene Unsinnigkeit tatsächlich glaubten, oder hat ihnen gar das Recht eingeräumt, sich über die anderen Leute erhaben zu fühlen, die zwischen Allegorie und Realität zu unterscheiden wissen.

Es sollte bedenklich stimmen, daß im allgemeinen die sogenannten Frommen schon einfach um dieses sogenannten Glaubens willen belobt werden, so wie die Patrioten um ihrer Vaterlandsliebe, ohne daß ein weiterer Beweis für jenen Glauben oder für den Sinn dieses Glaubens oder gar ein Opfer gefordert würde. Daß man aber diejenigen verdächtigt oder gar verfolgt, die ihre Vaterlandsliebe nicht als Banner voraustragen oder die es vorziehen, ihren Glauben (denn jeder hat irgendeinen) als ihre Privatsache zu betrachten, ohne daß sie Proselyten zu werben suchen – das ist das schlimmste und unsinnigste von allem.

Was man an Lobsprüchen für die sogenannten Gottsucher, für

die gläubigen Seelen, manchmal auch für die Patrioten in sonst leidlich vernünftigen Referaten und Artikeln zu lesen bekommt, das wird einer späteren Epoche unfaßbar erscheinen. Und vor allem wird man fragen, was denn eigentlich einer tun, wie sich einer gebärden müßte, daß man von ihm behaupten könnte, er sei kein Gottsucher oder kein Gläubiger. Sollen wir wirklich nur diejenigen gläubig heißen, die das Unglaubwürdige, das Unwahrscheinliche, das Törichte glauben? Nur derjenige als Gottsucher gelten, der seinen Gott dort sucht, wo er ihn mit Millionen anderen zu teilen hätte?

Der sogenannte Kampf der Weltanschauungen beginnt in Wirklichkeit erst jenseits aller religiösen Fragen, nicht nur aller politischen. Er spielt sich dort ab, wo es keine Partei, kein Parteigezänk und keine Unduldsamkeit gibt.

In keiner Zeit noch ist das Wort Gott so oft ausgesprochen worden als in dieser, und noch niemals hat es von Gottsuchern so gewimmelt wie heute. Noch niemals war so viel von religiösem Gefühl, seinem Mangel und seinem Vorhandensein die Rede. Religiöses Bedürfnis – nein, Schwatzlust, und zwar Schwatzlust ohne viel Risiko und viel billigem Ruhm ist ja fast ein Talisman gegenüber einer gewissen Sorte – ach sein wir nicht allzu vorsichtig – ein Talisman überhaupt gegenüber jeder Kritik.

Unsere Seele ist ewig, ja, aber nicht mehr in gleicher Weise die unsere. Das, was in uns Seele war, ist ewig, wie auch das, was in uns Körper war, ewig ist, wie überhaupt alles ewig ist, da innerhalb der Unendlichkeit nichts verloren gehen kann.

Sowie irgendeine Zelle ihres Lebens in einem zugrundegegangenen Zellenkomplex sich nicht mehr zu erinnern vermag, wie sie vor der durch unseren privaten Tod veränderten Zusammensetzung gewesen ist, so weiß auch jene Seele, die durch unseren Tod zur Allseele zurückkehrte, von ihrem früheren Dasein nichts mehr. Nicht das Leben, aber das Ich ist mit dem Tode vorbei. Was immer daraus wird, ist für dieses Ich, das sich bei Lebzeiten darüber Gedanken macht, gleichgültig. Und selbst wenn ein Ich in unserem Sinn, also ein bewußtes, übrigbliebe, weiterlebte, könnte es dem Ich, das es früher gewesen, nur mit Gleichgültigkeit gegenüberstehen, und ganz gewiß dem religiös eingestellten Ich.

Wenn der heilige Franziskus von Assisi vom Bruder Vogel und vom Bruder Schmetterling spricht, so vermögen wir es, ihm nachzufühlen, wenn sich der gute Geschmack vielleicht weniger gegen die Sentimentalität dieser Ausdrucksweise als gegen das gerührt-selbstgefällige Nachbeten und die Übertreibungen seiner Jünger wehrt. Aber immerhin hat er es vermieden, Bruder Floh zu sagen, und auch seine talentvollsten und edelsten Bewunderer dürften für den Bruder Pestbazillus keine besondere Zärtlichkeit aufbringen.

Das nichtigste und leerste Wort gerade in seiner Vieldeutigkeit ist das Wort Glaube. Wenn wir überhaupt verstehen wollen, was darunter gemeint ist, so müssen wir drei Stufen des Glaubens oder der Gläubigkeit unterscheiden.

Die erste: der Glaube, daß alles, also auch Qual und Schmerz und Unglück, dessen Sinn wir absolut nicht zu erfassen vermögen, (Krankheit eines unschuldigen Kindes, mörderische Elementarereignisse, offenbar an einem Wehrlosen verübtes Unrecht) doch einen Sinn haben muß; daß also Gott seine uns verborgenen Zwecke nicht anders erreichen kann oder erreichen will, als dadurch, daß er auch unschuldige Menschen grausam leiden läßt.

Die zweite Stufe, daß Gott jedes einzelne Schicksal, das größte wie das kleinste, nach seinen Wünschen und Absichten zu irgendeinem Guten lenkt, wenn dieses Gute sich auch erst in einem jenseitigen Leben zu entfalten vermöchte.

Die dritte Stufe: der Glaube, daß es Offenbarungen gibt, durch die sich die Gottheit den Sterblichen kundgibt und zwar, je nach den Konfessionen in verschiedener Art, in ethnologisch wechselnder Maskierung.

All diese verschiedenen Arten von Gläubigkeit haben mit unserer uns gleichfalls von Gott eingegebener Logik nichts zu tun, denn auch unter den weisesten Menschen ist diese Gläubigkeit in allen ihren Erscheinungsformen zu finden, und so bleibt uns nichts übrig, als hier entweder krankhafte partielle Störungen des Denkvermögens oder angeborene Seelenzustände anzunehmen.

Alle die Leute, die so bereit sind, bei den andern Frömmigkeit und Schicksalsergebung zu erwarten, ja zu fordern, sind sofort dabei, an ihrem Gott irre zu werden, wenn ein Unglück, wie sie es täglich dutzende Male in einiger Entfernung beobachten können, ohne daß sie persönlich darunter zu leiden haben, sich in ihrer nächsten Nähe oder gar an ihnen selbst zuträgt. Und was noch sonderbarer ist, es besteht eine gewisse Neigung bei den Frommen, auch dieses Irrewerden an Gott und am Glauben verzeihlich zu finden, ja geradezu wieder als eine religiöse Erscheinung zu deuten.

Was die Gläubigen glauben oder zu glauben vorgeben oder zu glauben sich einbilden, ist an und für sich in keiner Weise wunderbarer als was der relativ Wissende glaubt oder zu glauben pflegt. Es ist nur minder wahrscheinlich und unbewiesen. Der Gläubige beruft sich auf die Offenbarung, die ihm keineswegs von Gott übermittelt wurde – es sei denn, er wäre selbst ein Heiliger oder Prophet –, sondern doch wieder nur von solchen Menschen, denen diese Offenbarung wieder von andern übermittelt wurde.

Es ist durchaus nicht einzusehen, warum uns solche Offenbarungen a priori glaubhafter oder gar verehrungswürdiger erscheinen sollen als jene anderen Offenbarungen, die uns durch unsere Sinne, durch unser Denken geworden sind und die wir Erkenntnisse nennen.

Um diesen zu mißtrauen, wie es die Gläubigen gerne tun, besteht gerade für Gläubige keinerlei Anlaß, da doch sie vor allem annehmen müssen, daß uns unsere Sinne und unsere Denkfähigkeit gleichfalls von Gott kommen, und sie doch nicht annehmen dürfen, daß Gott mit den Leuten, denen er solche Gaben verliehen, nur seinen Spaß treibt.

Gerade die Gläubigen müßten in dem, was wir Wissen nennen (alle Unzulänglichkeit, alle Irrtümer, alle Überheblichkeit zugegeben), eine Offenbarung Gottes ebenso erblicken, wie in all dem andern, was sie im besondern göttliche Offenbarung zu nennen pflegen, und für die es überhaupt keinen andern Beweis gibt als den Glauben daran.

Wissenschaftliche Entdeckungen lassen sich nachprüfen und wollen nachgeprüft werden, und kein Gelehrter, kein Forscher wird es jemals wagen, sich auf seine mühselig erworbenen Erkenntnisse als auf göttliche Offenbarungen zu berufen, an denen zu zweifeln Sünde wäre. Die Gläubigen aber wagen es, jeden Versuch einer Nachprüfung als lästerlich zu schmähen, wenn sie auf Erscheinungen und Dogmen bezogen wird, die sie als Offenbarung bezeichnen.

Der Zweifler – der Gläubige: sollten wir nicht andere Bezeichnungen für sie wählen? Statt Zweifler wäre nicht besser: der Fragende? (Denn der Zweifler ist keineswegs ungläubig, er weiß nur nicht, was er glauben soll. Da jede Religion andere Glaubenssatzungen hat, müssen sich alle außer einer, wahrscheinlich sogar jede, in einem Irrtum befinden.) Statt des Namens der Gläubige, sollten wir lieber sagen: der Leichtgläubige – dies im allerbesten Fall. Oder der Abergläubische, der Gedankenfaule, der Schwachsinnige oder der Schwindler? (Hochmütig ist der Gläubige in jedem Fall. Er sieht mit Verachtung, ja mit einer Neigung zu verdächtigen auf den sogenannten Zweifler herab.)

Glaube kann nichts anderes bedeuten als die Überzeugung davon, daß das Leben als solches mit all seinen Unbegreiflichkeiten, mit all seinen Grauen und mit all seinen Wundern einen Sinn hat. Jedenfalls ist der Glaube eine Sache, die mit dem Geist absolut nichts zu tun hat, er ist nur eine Angelegenheit des Gemütes, das mit dem Charakter zwar verwandt ist, aber doch wieder davon geschieden sein muß. Dieser Glaube gibt dem Leben im allgemeinen, keineswegs dem Leben an sich, aber doch dem Leben des Gläubigen einen Sinn.

Es gibt nur eines, was wir mit vollkommener Sicherheit wissen: daß wir um uns, über oder unter uns ein Element, ein Unbekanntes, ein Unfaßbares fühlen, das unserer Einflußnahme vollkommen entrückt ist. Wir wissen aber nicht, inwiefern wir selbst der Einflußnahme dieses Unfaßbaren ausgeliefert sind.

Du magst deinen neuen Glauben ebenso hoch halten, wie du deinen früheren gehalten hast, du bist indes in jedem Falle ein schlechterer geworden als du warst, denn du bist nun ein Renegat.

Und wenn du zu deinem neuen Gott ebenso andächtig betest als zu jenem, den du verließest, der neue Gott ist darum kein besserer als der frühere war, du bist aber ein schlechterer geworden.

Wenn ihr den Knaben züchtigt, der den Schmetterling aufspießt und ihn dann zappeln läßt, fürchtet ihr denn nicht, daß er sich auf euern Gott berufen könnte, von dem ihr allen Ernstes annehmt, daß er einen Menschen zuerst aufs grausamste foltert, um ihn erst nach geraumer Zeit, wie ihr selbst sagt, durch den Tod zu erlösen?

Die bange Frage, die Christus am Kreuz zum Himmel stöhnte, ist allgemein bekannt geworden. »Gott, mein Gott, warum hast du mich verlassen?« Aber kennt ihr auch die Antwort, die Gott ihm gegeben? Es gibt darüber verschiedene Versionen: Die eine: Wie, du fragst mich und hattest doch die Kühnheit, dich für den Messias auszugeben?

Eine zweite: Wenn du doch immer hofftest, daß ich dich im letzten Augenblick vom Kreuzestod erretten würde, warum gabst du dich für den Helden aus, der durch seinen Opfertod die Menschheit erlösen wollte?

Die dritte: Warum ich dich verließ? Weil ich von allem Anbeginn wußte, daß du mich fragen würdest.

Eine vierte: Weil du die Verwegenheit hattest, dich für meinen Sohn auszugeben.

Eine fünfte, die am meisten Wahrscheinlichkeit für sich hat: Warum ich dich verließ? Weil es nicht meines Amtes ist, mich um das Schicksal jedes Narren zu kümmern.

Ein fünfjähriges Kind will zur Mutter immer »Mutti« sagen. Die Mutter, besoffen, schlägt sie [*sic*] tot. Das hat sich neulich hier zugetragen.

Wenn mir nun einer sagen kann, wie sich ein solcher Vorfall mit dem Begriff eines allmächtigen, allgütigen, allwissenden Gottes in Einklang bringen läßt, so will ich ein frommer Mann werden.

Aber ich fürchte, man wird mir höchstens antworten, daß wir armen Menschen eben zu nichtig seien, um Gott und die Gründe seines Handelns zu verstehen und daß seine Allgüte, seine Allmacht und seine Allwissenheit überhaupt etwas ganz anderes bedeuten, als wir unter diesen Worten begreifen.

Nun gut. So würde ich vorschlagen, zur Vermeidung von Mißverständnissen andere Ausdrücke zu wählen. Umsomehr, als ja diese drei Worte und Eigenschaften in unserem Sinn auf den Gott, zu dem wir beten, in keiner Weise zutreffen.

Ist Gott der Traum der Menschheit? Er wäre zu schön. Ist die Menschheit der Traum Gottes? Er wäre zu abscheulich.

Die Gläubigen gestatten sich ohneweiters, an der Wahrheit und Verläßlichkeit wissenschaftlicher Entdeckungen zu zweifeln. Ja, sie tun sich auf diese Zweifel noch etwas zugute und verhöhnen die Gelehrten und Forscher, die, mit der immerhin gebotenen Skepsis, an ihre Beobachtungen, Erkenntnisse, Errungenschaften glauben. Sie empören sich aber und empfinden es als Hochmut, wenn nicht gar als Gotteslästerung, wenn andere Menschen an der Tatsache der sogenannten Offenbarung zweifeln, die sich von den wissenschaftlichen Erkenntnissen zum mindesten dadurch unterscheidet, daß auch die Gläubigsten der Gläubigen nicht imstande sind, sie nachzuprüfen, und daß sie keinem von ihnen auf direktem Wege geworden, sondern nur vom Hörensagen bekannt geworden ist.

Eine Gestalt wie Jesus aus der Phantasie zu erschaffen war eine wunderbarere Leistung als alle Wunder sind, die Jesus gewirkt hat, nur vorausgesetzt, daß sie geschehen sind.

Warum also ihr Gläubigen, seid ihr so ungehalten über die Leute, die an den Dichter der Jesusgestalt zu glauben eher geneigt sind als an die Gestalt Jesu selbst? Ihr Irdisches, sei es das eines Dichters, sei es das eines Jesus, ist lange dahin. Ihr Unvergängliches, wessen es auch sei, strahlt durch die Jahrhunderte.

Gott an die Menschheit.

Ihr mißversteht mich.

Ich kann nicht für euch alle sorgen, nicht nur ihr Menschen, auch die wilden Tiere und ebenso die Bazillen sind meine Geschöpfe.

Ich weiß nicht, warum ihr das Recht der Bazillen auf ihr Dasein als weniger im Sinne der Schöpfung anseht als das eure.

Vor mir sind alle lebendigen Geschöpfe gleich.

Ihr tut euch zuviel auf euer Bewußtsein zugute oder auf das, was ihr so nennt. Ihr wißt nicht, ob nicht die anderen Geschöpfe auch eines haben, das freilich dem euern nicht gleicht. Ist aber nicht euch Menschen das Leid der anderen Geschöpfe geradeso gleichgültig wie das eure jenen zu sein scheint, den wilden Tieren so gut wie den Bazillen?

Das Glaubensproblem ist im Grunde so einfach, daß man durchaus aus einer Charakterfrage, besser aus einer Seelenzustandsfrage, eine geistige zu machen sucht, die sie doch niemals werden kann und darf.

Als ein Geistiges kommt das Glaubensproblem überhaupt nicht in Betracht. Hier gibt es nur Tautologie, Wortstreitigkeiten und kindliche Mißverständnisse.

Die Frage ist immer wieder die: Kommt für Gott oder das Schicksal das Individuum überhaupt in Betracht, so daß Er oder Es persönlich lenkt, eingreift und fallweise das Kausalitätsgesetz aufzuheben imstande ist?

Übrigens geht auch der Gläubigste in seinem Glauben nicht weiter, als daß er eine solche Aufhebung des Kausalitätsgesetzes, nie aber so weit, daß er auch die Kategorien von Raum und Zeit aus der Welt zu denken vermöchte.

Der Glaube hat viele Stufen.

1. Es gibt Menschen, die glauben.
2. Menschen, die sich einbilden zu glauben.
3. Menschen, die anderen vorspiegeln, daß sie glauben.

Schon der Glaube an sich hat seine verschiedenen Grade.

Der einfachste: das Gefühl, daß irgend etwas Unfaßbares, von uns völlig Unabhängiges existiert, das dazu von uns absolut nicht zu beeinflussen ist.

Der Glaube, daß dieses Unfaßbare an unserem Schicksal teilnimmt, ja zu beeinflussen ist durch Andacht, Gebet, gute Werke, sogar durch Einhaltung gewisser Formen.

Der Dogmenglaube ist der Glaube an die Offenbarungen einer bestimmten Religion (also der Juden an den Berg Sinai, der Christen an die unbefleckte Empfängnis, der Griechen an die Geburt Minervas aus der Stirne Jupiters).

Die Gründe des Vorspiegelns: Feigheit, Bequemlichkeit, Snobismus.

Ich hätte nichts gegen Gläubigkeit einzuwenden; wenn der Gläubige sich nicht so gern über diejenigen erhaben fühlte, denen es an Gläubigkeit mangelt. Dieser Stolz widerspricht geradezu dem Sinn jeder Gläubigkeit, ja hebt ihn geradezu wieder auf. Und doch ist es beinahe leichter, seine Feinde zu lieben als die, die anderer Ansicht sind.

Moral ist die Logik innerhalb des Sittlichen. Logik die Moral innerhalb des Geistigen. Darum ist der Böse in seinem Geist immer auch dumm und der Dumme in seiner Seele immer bös.

Kein Philosoph und kein Heiliger ist jemals seinen Weg bis zu Ende gegangen. An irgendeinem Punkte seiner Wanderung, ob er nun müde oder mutlos geworden, ruht er aus, baut einen Altar und verrichtet seine Andacht, als wenn er am Ziele wäre. Doch der Weg, unbekümmert, geht jenseits des Altars weiter und verschwindet in dem Dämmern der Unendlichkeit.**

O Meister, wäre dein Genie doch aromatisch genug, um den penetranten Duft deiner Jünger zu überduften!

Wem der Himmel zu fern ist, der mag sich mit seiner Andacht vor einem Altar bescheiden. Wahre Gebete fliegen hoch über jenen Altar zu Gott.

Manche Leute sind gerade noch aufgeklärt genug, um an Gespenster nicht zu glauben, aber immerhin in Zweifel, ob nicht vor hundert Jahren noch welche existiert haben.

Wir sollen uns vor Gott beugen? So geht doch erst aus dem Weg, ihr Pfaffen, damit wir besser sehen können, wovor wir uns beugen sollen.

Religionsfeinde? Es ist, wie wenn man sagte: Unendlichkeitsfeinde, Ewigkeitsfeinde. Aber ihr meint ja mit Religionsfeinden doch nur die Feinde der Dogmatiker und der Pfaffen und ihr vergeßt, daß diese Leute mit der Religion, wie wir sie verstehen, überhaupt nicht das allergeringste zu tun haben. Es sind sozusagen subalterne Beamte der Gottheit.

Mit Wunder bezeichnen wir das Unglaubwürdige einer Erscheinung, die mit den uns bekannten Naturgesetzen in unaufgeklärtem Widerspruch steht. Doch das eigentliche Wunder ist das Naturgesetz selbst – das ist das Unerklärliche an sich und doch ein für alle Mal Vorauszusetzende. Wir aber nennen Wunder das Seltene, Einmalige, eigentlich Niemalige.

Zweifel ist vielen Frommen ein lästerliches Wort, denen Frage noch ein erlaubtes bedeutet. Und doch ist in Hinsicht auf die ewigen Dinge Frage und Zweifel genau dasselbe. Indem wir zweifeln, fragen wir; indem wir fragen, stellen wir fest, daß wir zweifeln. Das einzige, woran wir tatsächlich nicht zweifeln, ist, daß wir niemals etwas Bestimmtes wissen werden. Darin sind sich Gläubige und Skeptiker vollkommen einig.

Wer als Ungläubiger mit einem guten Katholiken in eine religiöse Diskussion sich einläßt, erlebt immer wieder den Augenblick, da er sich einem gegenüber befindet, der sich im Besitze der Gnade, als Missionär – oder gar als Verzeihender gebärdet.

Daß Christus die Menschheit erlöst habe, ist nicht einmal eine Irrlehre, es ist eine der törichtesten Phrasen, die je die Welt verdunkelt haben.

Wovon hat Christus durch seinen Opfertod – und war es ein Opfertod, ein freiwilliger Opfertod, so müssen wir wohl einen Teil der Schuld an diesem Tod von dem Konto der Römer und der Juden abstreichen – wovon hat er die Menschheit erlöst? Von Schuld? Von Leid? Von Tod? Ist seit Christi Sterben das Maß der Schuld, des Leidens und des Todes auf Erden geringer geworden? Weiß mancher Fromme durch den Opfertod Christi sich selbst von seiner Schuld befreit, oder weiß er durch die Beichte seine Seele entlastet, oder meint er, wenn der Priester ihn in aller Form absolvierte, daß das Maß seiner gerechten Schuld vor Gott geringer geworden ist?*

Und das Leiden? Nur die Wissenschaft durch lebensrettende Operationen, durch Entdeckung von schmerzstillenden Mitteln hat das Maß des körperlichen Leidens um ein Geringes verringert – lauter Fortschritte, die lange nach Christi Opfertod eingetreten sind.

Und inwiefern hätte Christus die Menschheit vom Tod erlöst? Wenn wir die persönliche Unsterblichkeit als gewiß annehmen, wie es manche Fromme und ganz besonders wenn sie es mit Recht tun, dann wäre es vollends unsinnig anzunehmen, daß sie erst durch Jesus in die Welt gekommen sei, denn sie muß schon existiert haben, ehe Jesus seinen Opfertod gestorben ist.

Neulich las ich in einer Kritik über ein philosophisches Buch als besonderes Lob für den Verfasser die Gläubigkeit gerühmt, mit der er sich an die Natur hingebe.

Ich fragte mich, wie es denn möglich sei, sich an die Natur ungläubig hinzugeben, und was überhaupt damit ausgedrückt sei, daß einer an die Natur glaube und ein anderer nicht.

Man kann in einem persönlichen Sinn Gott leugnen, aber doch

nicht die Natur. Aber wenn man die Existenz der Natur anerkennt, so erkennt man auch den Schöpfer Gott an.

Man kann Beziehungen verschiedener Art zur Natur haben: sentimentale oder gleichgültige, künstlerische oder wissenschaftliche, aber man kann nicht anders, als sie glauben, was mit Frömmigkeit in dogmatischem Sinn natürlich nicht das Geringste zu tun hat.**

Wie wenig sicher die Gläubigen sich eigentlich ihrer Sache fühlen, insbesondere aber diejenigen, die aus dem Glauben einen Beruf, wenn nicht gar ein Geschäft machen, dafür ist der einfachste Beweis, daß sie den Glauben zu einer Tugend gestempelt haben.

Worte noch so klug und noch so wohlgesetzt, sie bleiben Geschwätz, wenn sie nur von der Freude am Wort eingegeben sind und nicht vom Glauben an die Sache.

Ohne den Begriff Gott könnten wir am Ende auskommen. Leider nicht ohne das Wort.

Der Gläubige, wenn er sich dem Zweifler überlegen fühlt, der Zweifler, wenn er über den Gläubigen spottet – setzen sie sich nicht beide in Widerspruch mit sich selbst?

[PSYCHOLOGISCHES]

Krankheit – entwürdigend und vereinsamend. Anfangs ein Fremdes, dann besitzergreifend – umschließend. *1911*

Ob es nicht vielleicht höchst vernünftige Menschen gibt, die sich mit Absicht in die undurchdringliche Einsamkeit der Verrücktheit zurückziehen, um alle Fäden zwischen sich und den Menschen abzuschneiden? *1930*

Wir sagen von einem, daß er ein Doppelleben führe; führt er nicht manchmal gerade erst ein ganzes, ein wirkliches, also sein eigenes Leben dadurch, daß er scheinbar zwei verschiedene Leben führt? Und wie viele führen ein halbes Leben, weil sie nicht den Mut haben, ein ganzes zu führen, das anderen wie ein Doppelleben erschiene.

In jeder Polemik hat man nicht nur für seine Überzeugung und gegen eine andere zu kämpfen; wie schön, wie rein wäre das. Man hat auch gegen die Dummheit und die Schurkerei an sich zu kämpfen, die ohne Überzeugung, ohne Kenntnisse, aus unsachlichen Gründen, oft nur aus Streitlust und dabei unbeschwert durch die Last, die eine echte Überzeugung bedeutet, die Polemik führt.

Der Immune ist im gewissen Sinn auch ein Ausgeschlossener.

Eitelkeit ist oft nur ein Ausdruck für das physiologische Bedürfnis des Organismus nach Aufmunterung.

Weltschmerz? Nein, Weltironie.

Seelenmörder verschiedener Art, zynische und sentimentale.

Auch widerwärtige Eindrücke lassen sich genießen.

Die Leute sind am schlimmsten dran, die mehr Temperament haben als Mut.

Während wir träumen, sind wir da nicht vielleicht Gespenster in den Träumen der andern?

Ja, wenn eine Schlacht gewonnen wäre dadurch, daß man den lautesten Trompeter wegschießt!

Das Wichtigste im Verkehr mit Menschen: Ihnen ihre Ausreden wegräumen.

Du willst einen Menschen besitzen? – Kenne ihn.

Recke dich nicht allzu hoch, ohne vorher aufwärts zu schauen; du weißt nicht, wo deine Decke ist.

Auch der erste Schritt gehört zum Wege.

Die Eleganz ist der Geschmack der andern.

Der brennt am heißesten von allen Schmerzen, der fahl vom Feuer der Verachtung schwählt.

Wie eilig ordnet sich Geschehnes ein.

Tage von verschiedener Helle, Nächte von verschiedenen Tiefen.

Sie tummeln ihre Rosse, aber sie reiten sie nicht.

Bei jedem Unglück, das uns betrifft, geben wir, wenn auch unbewußt, einem letzten Anlaß die Schuld und können kaum anders. Denn wenn wir auch nur den letzten berücksichtigen, so müßten wir bis zum allerersten zurückgehen. Und um den zu finden, verlören wir uns allzuweit in die Regionen, wo es keine Schuld und keine Vorwürfe, also auch keine Selbstvorwürfe mehr gibt, und dies ist eine Atmosphäre, in der weder unsere Seele noch unser Geist weiter zu atmen vermöchte.

Bestechlichkeit im weitesten Sinn ist eine allgemein menschliche Eigenschaft; ja, menschliche Beziehungen sind überhaupt nur dadurch möglich, daß wir alle in einem geringeren oder höheren Grad bestechlich sind. Wo wir Liebe, Gunst, Sympathie, ja nur Höflichkeit spüren, sind wir im Grunde schon bestochen, und unser Urteil ist daher niemals völlig objektiv und ist es umso weniger, je mehr wir uns bemühen, unbestechlich zu bleiben.

Die Bestechlichkeit gibt sich keineswegs im rein Persönlichen aus, auch ein Werk, eine Tat, eine Geste kann uns schmeicheln, sei es indem sie unsere Eigenliebe, unsere Ansichten oder unser Weltgefühl bestätigt.

Erst dort, wo wir die Bestechlichkeit der andern wissentlich zu unserem persönlichen Vorteil oder gar zum Nachteil eines andern ausnützen, ist sie vom Übel, aber die Schuld liegt dabei mehr an uns als an dem, von dessen Bestechlichkeit wir profitierten.

Der Geist ist stets bereit, tausend Seelen aufzuopfern auch zu Gunsten eines fernsten Ziels; das Herz, je größer es ist, opfert immer nur sich selbst, auch wenn das Ziel sich schon ganz nahe zeigt.

Kein Mensch ist wahrhaft groß, der in uns nicht den Drang auslöst, ihn symbolisch oder gar mythisch zu sehen.

Kleinere und größere Anfälle von Eitelkeit hat jeder Mensch zu bestehen. Ja, man darf sagen, jeder Mensch leidet mehr oder weniger unter solchen Anfällen. Denn wo die Eitelkeit nicht als allumfassend und als unablässig wirkend vorhanden ist, erleichtert sie nicht, sondern erschwert das Leben. Die wahre Eitelkeit aber ist das schlimmste von allen Lastern, weil es das einzige ist, dem Kontinuität zukommt. Jedes andere, Hochmut, Bosheit, Diebesgelüste, Völlerei – vielleicht weniger dank einem Vorzug als dank einer Schwäche der menschlichen Natur – vermag sich immer nur von Fall zu Fall kundzutun. Die wahre Eitelkeit jedoch ist immer da. Sie ist in allem, was der Eitle sagt und auch in allem, was er verschweigt, in allem, was er tut und auch in allem, was er hinterläßt. Und sie verbreitet einen Seelenduft von solcher Penetranz, daß er durch den Wohlgeruch keiner Tugend zu übertäuben ist.

Das Mißverhältnis zwischen einer Idee und den Menschen, die diese Idee verwirklichen sollen, ist in jedem Falle größer als das zwischen den Menschen, die für diese Idee sterben und denen, die sie verraten.

Auch mit den klügsten Menschen bereitet der Umgang kein Vergnügen, wenn sie immer noch klüger scheinen möchten, als sie sind.

Wie in den Kämpfen des öffentlichen Lebens ist auch in denen des Alltags die Macht bei den Mittelmäßigen: wie dort bei den Mittelmäßigen des Geistes, so hier bei den Mittelmäßigen des Gefühls; denn wer die Dinge und die Menschen ernst nimmt, ist immer der Schwächere.

Die Selbsterkenntnis kann ihre Grenzen beinahe ins Ungemessene erweitern. Die Grenzen der Selbstbestimmung hingegen scheinen unverrückbar. Aber auch sie sind es nicht. Wahrhaft ohnmächtig sind wir nur, wo das Reich unserer Gefühle und Stimmungen beginnt.*

Hypochondrie beruht auf der zwangshaft falschen Einschätzung der Zahl von Wahrscheinlichkeiten gegenüber der Zahl von Möglichkeiten. Wo Gewißheit vorliegt, kann man von Hypochondrie überhaupt nicht mehr sprechen.

In der Vorstellung des Hypochonders spielen die Möglichkeiten eine größere Rolle als die Wahrscheinlichkeiten. Und auch eine geringe Wahrscheinlichkeit wandelt sich bei ihm ohneweiters zur fixen Idee.

Es gibt Eigenschaften, die, an sich kaum bedeutungsvoll, wenn sie nicht genügend gehemmt sind oder gar durch irgendeinen Umstand gereizt werden, andere, ursprünglich wesentliche Eigenschaften des betreffenden Individuums schädigend beeinflussen, ja sie geradezu vernichten können. Eine dieser Eigenheiten ist der Witz, an dem Takt, Anständigkeit, Klarheit, Güte, Gerechtigkeit völlig zugrunde gehen können, wenn er überwuchert. Dadurch unterscheidet er sich vom Humor, der in gewissem Sinne den Witz nicht aufkommen läßt.

Hunderte, Millionen Menschen sind gestorben, und von allen diesen sind nach unkontrollierbaren Angaben nach ihrem Tode seit Erschaffung der Welt kaum hundert oder tausend ihren Angehörigen erschienen. Und im Laboratorium, vor Forschern, wie Richet[9] und Schrenck-Notzing[10] unter Ausnahmsbedingungen, unter allen möglichen Kautelen, bis heute noch kein Dutzend.

Es drängt sich die Frage auf, warum solche Erscheinung erfolgt, wenn überhaupt, warum so wenig? Warum nur unter ganz besonderen, zu diesem Zweck eigens geschaffenen, äußeren Bedingungen vor spärlichen Eingeweihten und Zugelassenen?

Sollten nur ganz wenige Menschen die Gabe haben, die Geister zur Erscheinung oder gar zur Materialisation zu zwingen?

Oder ist es so, daß den Geistern im allgemeinen die Gabe des willkürlichen Erscheinens fehlt und daß sie auf den Ruf der Geisterbeschwörer angewiesen sind?

Was nun die Antworten aus dem Geisterreich anbelangt, die durch Tischklopfen erfolgen, ohne daß eine Stimme ertönt und zu deren Verständnis eine uns etwas läppisch anmutende Übersetzungstechnik nötig sind, so fällt es uns auf, daß sich diese Antworten kaum je durch besondere Intelligenz auszeichnen und, wofern sie eine Prophezeiung aussprechen, selten zutreffend sind, so daß die Vermutung naheliegt, die Geister mokierten sich über ihre Befrager oder sprächen aus tieferen Gründen die ihnen bekannte Wahrheit nicht aus. Es ist ferner bemerkenswert, daß es meistens allgemein bekannte Persönlichkeiten gibt, die sich zum Erscheinen veranlaßt sehen und solche, deren Lebenszeit nicht allzu weit in der Vergangenheit liegt. Menschen, die in der Geschichte überhaupt nicht verzeichnet stehen, melden sich beinahe nie. Und auf tausend Erscheinungen, oder besser Kundgebungen Napoleons kommt nicht eine des Generals Thibault[11], auf tausend Kundgebungen Friedrichs des Großen nicht eine von Leibnitz.

Ferner bleibt sonderbar, daß von den Millionen und Abermillionen Geistern sich nur eine so verschwindende Anzahl kundgibt, und man fragt sich, ob denn nur eine geringe Anzahl bevorzugter Geister existiert, die diese Gabe sich verständlich zu machen überhaupt mitbekommen, sich eine relative Beziehung zu den irdischen Menschen ins Geisterreich gerettet haben, so daß sie einem irdischen Ruf zu folgen imstande sind.

Höchst unwahrscheinlich. Aber wie soll man sich auch in Geister hineindenken und gar in die Gesetze, die über ihnen wirksam sind?

In dieser Hinsicht müssen wir unsere Inkompetenz zugeben. Über die Geisterwelt, ihre Sitten und Funktionen vermögen wir so wenig zu urteilen wie über die von Marsbewohnern.

Was am meisten auffällt: daß noch niemand von einem der Geister ein nur einigermaßen vernünftiges Wort zu hören oder einigermaßen vernünftige Handlung zu sehen bekommen hat; daß, freilich immer mit menschlichem Maß gemessen, selbst die großen Geister mit ihrem Körper, ihrem irdischen Leben auch den Verstand, jedenfalls den Geist verloren haben.

Aber wie gesagt, die Geister stehen über der Kritik, und wir müssen es hinnehmen, daß alle ihre Enunziationen, alle ihre läppischen Kunststücke, alle ihre törichten oder unrichtigen Mitteilungen irgendeinen verborgenen Sinn haben, der uns noch nicht aufgegangen ist.

Zum Schlusse aber finde ich: Selbst die Realität aller dieser Geistererscheinungen bis zu den Materialisationen, bis zur Verständigung durch Tischklopfen als möglich oder gar als wahr zugegeben – innerhalb der ungeheuren Tatsachen der uns bekannten erklärlichen Naturgesetze (erklärlich, d.h. regelmäßig wiederkehrend) und unerklärlicher, jedoch beglaubigter Erscheinungen versinken alle diese Enunziationen und Materialisationen zu völliger Bedeutungslosigkeit; sie sind auch, wenn sie existieren, für die ungeheure Mehrzahl der Menschen, auch für solche, die an sie glauben, ohne jede Beziehung, ohne jede Folge, ohne jeden Einfluß auf menschliche Moral, auf menschliches Denken, auf menschliche Tätigkeit. Das einzige, was positiv ausgesagt werden kann, ist nur, daß es einige Menschen gibt, die an Geister glauben, und einige, die an sie glauben möchten und einige, die so tun, als wenn sie an sie glaubten. Weder das Religiöse, noch das Philosophische, noch das Wissenschaftliche, noch das Alltagsgebiet wird von den Geistern, auch wenn sie existieren, im geringsten berührt oder gar beeinflußt. Ihre Existenz ist, wenn zugegeben, im wahrsten Sinne irrelevant. Und so wahr der Geist als etwas Unfaßbares, doch Unleugbares da ist, und so wahr es Dinge zwischen Himmel und Erde gibt, von denen unsere Schulweisheit nicht träumt, kann ich nicht glauben, daß Geister Verstorbener darunter sind, und so hat nicht einmal die Schulweisheit nötig, von ihnen zu träumen.

Schuldgefühl ohne Annahme eines freien Willens wäre der Unsinn an sich.

Andererseits gibt es ein Schuldgefühl, das wir als unberechtigt, ja als Ungerechtigkeit gegen uns selbst und doch als unabweisbar empfinden.

Zum Beispiel Schuldgefühl gegenüber einer Geliebten, die wir zu lieben aufgehört haben und der wir dadurch einen Schmerz verursachen, weil ein Gefühl geschwunden, dessen Beherrschung sich unserm eigenen Willen mit Naturnotwendigkeit entzieht.

Das wichtigste im menschlichen Verkehr bleibt immer: die Leute bei schlechtem Gewissen zu erhalten.

Das Bewußt-sein tritt in verschiedener Art auf: einfach als begleitender Faktor. Bei manchen Menschen ist diese Begleitung gewissermaßen habituell, ohne besondere Betonung, zuweilen aber wirkt dieses ununterbrochene sogenannte Wachsein des Bewußtseins störend, quälend, in selteneren Fällen steigernd.

Es gibt auch eine Erziehung des Bewußtseins. Dazu gehört auch die Fähigkeit, es von Fall zu Fall, wenigstens relativ, auszuschalten.

Klugheit und Güte ziehen es vor, ohne Maske aufzutreten.

Feigheit dort, wo auch der Mut noch lange kein Risiko bedeutete, ist eine höchst verbreitete menschliche Eigenschaft: sie reicht von einfachen, pathologischen Angstzuständen über den Snobismus zur freiwilligen Kriecherei, zum Byzantinismus. Patriotismus und Frömmigkeit wachsen auf diesem Boden.

Die Leute wollen ein Gefühl der Sicherheit auf Vorrat sozusagen, auch für die entfernteste Möglichkeit einer Gefahr.

Manche meinen, daß sie eine Weltanschauung haben, und sie haben doch nur eine fixe Idee, im besten Fall ein Vorurteil, sei es ein politisches, sei es ein religiöses – kurzum gerade das, was eine Weltanschauung ausschließt.

Die Norm in ihren menschlichen Erscheinungsformen ist immer mehr geneigt, sich dem Negativen als dem Positiven zu nähern. Wenn wir von dem Menschen als solchem sprechen, so wissen wir, daß er eher feig ist als mutig, eher gemein als edel, eher bös als gut.

Urworte, Orphisch
Die Kennworte des Wieners:
Wie komm denn i dazu?
Es zahlt sich ja net aus!
Tun S' Ihnen nix an.

Wir müssen uns entscheiden, ob wir Vorgänger oder Nachfolger sein wollen, so sehr wir tatsächlich beides in einem sind. Aber wir sind es sozusagen nur in materiellem Sinn. Im Geist prävaliert entweder das eine oder das andere, und oft wechselt es auch im einzelnen Individuum in einem Zeitraum von Tagen oder gar Stunden.

Tugenden, die ihre ihnen durch die menschliche Natur gesetzten Grenzen nicht respektieren, können bedenklich, gefährlich, ja zu Lastern werden. So Toleranz, Verständnis und Alliebe, die sich in der Theorie gern zu übernehmen pflegen.

Die schrankenlose Toleranz (Duldsamkeit) wird geradezu zum Verbrechen, wenn sie gegenüber der Intoleranz geübt wird.

Das Verstehen wird zur Gefahr, wenn es in ein plattes Hingehenlassen ausartet.

Und die Alliebe, in ihre letzten Konsequenzen getrieben, wirkt geradezu mörderisch.

Immer wieder verwechselt man Gesinnung mit Konsequenz. Und doch können wir von Gesinnung nicht immer dort sprechen, wo sie sich nicht ändert, sondern öfter dort, wo sie, wenn auch nicht von einem Tag zum andern, doch im Laufe der Zeit Veränderungen unterworfen ist. Ohne falsche Scham, ohne Feigheit die Änderung einer Gesinnung zuzugestehen: darauf kommt es an – nicht auf dauernde, sondern auf echte Gesinnung.

Wir verurteilen eine Tat des Jähzorns, der Rache; aber den, der sie beging, nennen wir manchmal entschuldigend einen Sklaven seiner Leidenschaft. Warum nennen wir nicht den einen Sklaven seines Phlegmas, der eine gute oder sogar notwendige Handlung aus Trägheit unterließ? Ist nicht jeder der Sklave seines angeborenen Temperaments? Nicht um Gegensätze, um Gradunterschiede handelt es sich. Kälte und Hitze sind keine Gegensätze, und den Nullpunkt haben wir nach eigenem Willen hingesetzt.

Den Wesenszug eines Menschen als eine Eigenschaft zu bezeichnen, dazu haben wir erst dann das Recht, wenn er, auf eine ernsthafte Probe gestellt, sich bewährt hat. Den wahrhaft Hochmütigen erkennen wir erst in der Erniedrigung, den Demütigen in seiner Erhöhung, den Frommen im Unglück, den Zweifler, wenn das Schicksal oder Gott ihn gesegnet.

Verlöschende, flackernde, stetig brennende Naturen.

Das hängt nicht immer von der Flamme an sich ab, sondern von unserer eigenen Beziehung zu diesen Naturen.

Die Verschiedenheit ist nicht in ihnen selbst, sondern in unserem persönlichen Verhältnis zu ihnen.

Es handelt sich hier also nicht um immanente Eigenschaften, sondern um Eigenschaften, die erst durch die Beziehung als solche gegeben werden.

Natürlich gibt es aber auch Naturen, die an sich eine Neigung haben zu verlöschen, zu flackern oder stetig zu brennen.

Mehr beinahe zur Selbstentschuldigung, um sich der ihnen dargebrachten Bewunderung nicht schämen zu müssen, pflegen die Menschen auch den abscheulichsten Handlungen hohe Motive, insbesondere das Walten einer Idee unterzulegen. Gerade die größten Verbrecher sündigen unbewußt auch darauf hin.

Es gibt Laster, die ihren Lohn gewissermaßen in sich selbst tragen, und in diesen selbstlosen Lastern gibt sich der Charakter noch verräterischer kund als in den selbstlosen Tugenden, wobei noch zu bemerken ist, daß eine Tugend ohne Selbstlosigkeit überhaupt keine mehr ist.

Zu jenen Lastern gehört Byzantinismus in jeder Form, auch eine gewisse Art von Feigheit, auch Verleumdung einer gewissen Art, von der der Verleumder wissen kann, daß sie in keinem Falle geglaubt wird.

Ein geschickter Akrobat kann von Tag zu Tag geschwindere Purzelbäume schlagen und immer mehr. Das hat aber mit Vervollkommnung oder mit Entwicklung nichts zu tun.

Je näher Menschen einander stehen, ein umso schlechteres Gewissen pflegt einer dem andern gegenüber zu haben, nicht so sehr um das, was er jenem andern Übles getan hat oder ihm zu tun imstande wäre, als vielmehr um das, was er im Grunde seiner Seele über ihn denkt.

Welch ein Lebenskünstler. Er wußte sich eine trügerische Ferne zu verschaffen, indem er die Welt durch ein verkehrtes Opernglas betrachtete, und schon war auch das wunderbare Gefühl der Sehnsucht da.

Zu einem Verrat sind die meisten Menschen pünktlicher zur Stelle als zu einer Tat der Treue. Denn sich bei einem Verrat zu verspäten kann leichter den Kopf kosten, als zu einer Handlung der Treue nicht da zu sein.

Ach, deine Freunde! Der eine fiel von dir ab, der zweite verriet dich, der dritte freilich, der setzte sich für dich ein. Aber bildest du dir wirklich ein, daß dieser letzte dir treu blieb? Dann frage dich nur warum! Aus Gedankenlosigkeit, Eigensinn.*

Manches Individuum, das wir in seiner Nichtigkeit vielleicht gar nicht ertragen könnten, wird für unsere Seele erst durch ein Element der Gemeinheit genießbar und manchmal sogar süffig gemacht.

Gibt es ein kläglicheres Erlebnis, als wenn wir einen Menschen, für dessen Überzeugung wir selbst unter allerlei Gefahren eingetreten sind, diese Überzeugung nicht nur plötzlich selber im Stiche lassen sehen, sondern am Ende noch seinen Hohn ertragen müssen, weil wir ihr treu geblieben sind.

Zuerst pflegt die Lust zu streiten da zu sein und dann erst das Objekt, um das gestritten wird. Es ist wie bei der Liebe und beim Haß. Und wenn der Drang zuerst auch ins Leere greift – nach einem unwandelbaren Gesetz ist bald ein Individuum oder auch eine Masse da, die automatisch die Leere füllt.

Wenn man sich einer Dummheit bewußt geworden ist, ist man darum noch nicht klüger als man vorher war ... Es kann sogar vorkommen, daß eine solche Einsicht im einzelnen die allgemeine Dummheit noch sinnfälliger macht, auch für den Dummen selbst.

Dreifach vermagst du gegen dich selbst zu sündigen: gegen deine Natur, gegen deine Seele, gegen deinen Geist. Niemals bleibt die Strafe aus. Und am unerbittlichsten von diesen dreien rächt sich die Natur – Seele und Geist lassen sich versöhnen.*

Manche Menschen setzen uns durch ihre Urteilsfähigkeit, ihren Geist, ja manchmal selbst durch ihre Güte in Erstaunen, so lange sie selbst nicht persönlich an einer Sache, sei es durch Liebe, durch Haß, durch Eitelkeit, durch Opportunismus äußerlich oder innerlich beteiligt sind. Sobald ein solches persönliches Moment hinzutritt, verschwindet Urteil, Geist und Güte, wie Lichter, die eben noch strahlten, in einer vergifteten Atmosphäre zu erlöschen pflegen.

Zwischen der Drohung, dir bei Unterlassung einer geforderten Leistung Schaden zuzufügen oder dich zu verleumden und dem vielleicht kaum bewußten Entschluß, dir einen wohlverdienten Vorteil, auf den du Anspruch hast, zu unterschlagen oder ein günstiges Wort, das dir gebührt, zu unterdrücken, weil auf Gegenleistung irgendwelcher Art von deiner Seite nicht zu rechnen – zwischen diesen Extremen liegen nur graduelle Unterschiede, die durch das Maß der Verwegenheit eher bestimmt werden als durch die Höhe der Moral. Es gibt auch Erpresser, die ohne Hände geboren wurden.

Die Erinnerung, sagt Jean Paul, ist das einzige Paradies, aus dem wir nicht vertrieben werden können. Manchmal mag das zutreffen. Öfter aber ist die Erinnerung die einzige Hölle, in die wir schuldlos verdammt werden.

Haß, Neid, Rachsucht verbinden zwei Menschen oft unlöslicher miteinander als Liebe oder Freundschaft es jemals zu tun vermögen. Denn Gemeinsamkeit innerer und äußerer Interessen und die Freude an dieser Gemeinsamkeit – worin vor allem das Wesen der positiven menschlichen Beziehungen, Liebe und Freundschaft, beschlossen ist –, ist immer nur relativer Natur und in keinem Falle ein kontinuierlicher Seelenzustand; die negativen Beziehungen aber sind meist absolut und dauernd. Der Haß, der Neid, und die Rachsucht, so könnte man sagen, haben einen leiseren Schlaf als die Liebe. Der geringste Hauch weckt sie auf, während Liebe und Freundschaft auch bei Donner und Blitz ruhig weiter schlafen.

Sich durchschauen zu lassen – das ist keineswegs immer Gleichgültigkeit oder Unvorsichtigkeit. Oft ist es nur eine vornehme Geste, wenn nicht gar die feinste Art, die Menschen irre zu führen.

Mir träumte von seltsamen Begegnungen unsterblicher Seelen in der Unendlichkeit. Napoleon und Friedrich der Große lachten einander so schallend ins Gesicht, daß der ganze Weltraum davon erzitterte. Plato und Nietzsche wandelten an einander in guter Haltung vorbei, doch um ihre Lippen schwebte ein leises Augurenlächeln. Christus und Mohammed aber sahen einander fest ins Aug, blieben ernst, und das Lachen aller Unsterblichen tönte ihnen nach.

Hüte dich vor dem Augenblick, da du anfängst, auf deine Einsamkeit stolz zu werden; im nächsten schon wacht die Sehnsucht nach Menschen in dir auf.

Weiche hundert Schritte ab vom gebahnten Pfad und du findest dich allein. Und wenn du einem begegnest, weißt du nicht, ob er die Einsamkeit sucht wie du oder auf Raub ausgeht.

Wir reden um unsere Gedanken herum, weil wir keinen Gedanken in Worten völlig auszudrücken vermögen, sonst wäre die Verständigung – mindestens zwischen Verständigen – längst erfolgt. Aber wir denken auch um die Worte herum, und das ist das Bedenkliche. Hätten wir die Kraft oder den Mut oder die Möglichkeit, von den Worten vollständig wegzudenken, wir wären weiter als wir sind.*

Der Haß der Größe gegen die Kleinheit ist der Ekel; der Haß der Kleinheit gegen die Größe der Neid.

Die Menschen hausen meistens nur im mittleren Stockwerk ihrer Lebensvilla, dort, wo sie sich behaglich mit guten Öfen und sonstigen Bequemlichkeiten eingerichtet haben. Selten steigen sie in die unteren Räume hinab, wo sie Gespenster vermuten, vor denen ihnen schaudern könnte; selten klimmen sie zum Turme auf, wo der Blick ins Tiefe und Weite sie schwindeln macht. Manche Leute freilich gibt's, die sich just im Keller aufzuhalten lieben, weil ihnen im Dämmern und Gruseln wohler ist als in Licht und Verantwortung, und andere wieder klettern gerne auf den Turm, um den Blick in unergründliche Fernen zu verlieren, die ihnen ewig unerreichbar bleiben. Die unseligsten Subjekte aber sind diejenigen, die zwischen Keller und Turm ruhelos treppauf und treppab rennen und die zum eigentlichen Wohnen bestimmten Räume verstauben und verwahrlosen lassen.

Es ist nicht mehr ein physiologisches, es ist beinahe schon ein physikalisches Gesetz, daß die Schwäche an sich auf den Starken herausfordernd wirkt und dieser, auch ohne dringende Notwendigkeit, den Drang in sich fühlt, den geringeren Widerstand wenn schon nicht zu eigenem Vorteil oder zum Schaden des andern, so doch wenigstens zur Erhöhung seines Selbstgefühls auszunützen. Es sind nicht immer die edelsten, oft sind es nur die sentimentalsten Menschen, die diesem Drang zu widerstehen vermögen.

Würden die Menschen immer nur für das Böse sich rächen, das man ihnen angetan. Aber sie rächen sich auch für das Gute, das man tut, dessen sie sich nicht würdig fühlen, oder für das sie sich den Dank ersparen wollen, und am schlimmsten – weil beinahe unbewußt – rächen sie sich für ihr eigenes schlechtes Gewissen (an dem sie sogar mit einigem Recht dem andern die Schuld geben).

Selbstbeobachtung kann höchst Verschiedenes bedeuten.

Es gibt automatische Selbstbeobachter, Menschen, deren Selbstbeobachtung kontinuierlich wirkt; ihre Zweiteilung ist sozusagen physiologisch.

Andere, denen diese Selbstbeobachtung eine stete Freude oder Eitelkeit ist.

Andere, bei denen sie zwangsweise auftritt und die naive Existenz des Selbstbeobachters stört, ja aufhebt.

Es gibt ferner Leute, die ihre Selbstbeobachtung von Fall zu Fall auszuschalten imstande sind.

Endlich Leute, bei denen diese Selbstbeobachtung von Trieben aus gestört oder vernichtet werden kann.

Selbstbeobachtung kann ebensowohl eine Steigerung als auch eine Verringerung des inneren Lebens bedeuten.

Es gibt auch Dilettanten der Selbstbeobachtung sowie Genies der Selbstbeobachtung.

Seelische Haltung und geistige Haltung sind wohl von einander zu unterscheiden.

Geistige Haltung ist ohne seelische Haltung möglich, das umgekehrte nicht.

Zur geistigen Haltung gehört natürlich auch die seelische. Sie darf aber nicht verwechselt werden mit Pose, die im wesentlichen darauf ausgeht, Haltung vorzutäuschen.

Die seelische Haltung ist bis zu einem gewissen Grade dem Willen unterworfen. Man kann seelische Haltung lernen. Sie ist zuweilen nur eine Formfrage. Sie kann auch bei ungeistigen Menschen bestehen.

Geistige Haltung gehört unbedingt zum Wesen des Geistesmenschen. Der geistige Mensch als solcher kann der geistigen Haltung nicht entbehren.

Sehnsucht macht die Dinge und die Menschen unwirklich. Darum ist alles Erreichte so anders als das Ersehnte. Nicht schlechter oder besser, aber anders. Aber auch zu dem Erreichten steht man oft in einem Verhältnis der Sehnsucht, nicht etwa weil man es nicht ganz, sondern weil man es anders erreicht hatte.**

Seine Gedanken nicht klar auszudrücken ist entweder Leichtfertigkeit, Feigheit oder bewußtes Verbrechen. Dieses letztere ist häufiger als man ahnt. Nicht nur Politiker und Pfaffen, auch Literaten pflegen es zu begehen.

Was hat man am Ende von der Gerechtigkeit? Nichts anderes, als daß auch diejenigen Leute einem Bedauern einflößen, denen man im Grunde alles Böse gewünscht hat.

Wir beurteilen die Menschen allzusehr nach der Art, wie sie sich gerade uns gegenüber benehmen, selbst in den Fällen, wo wir unterrichtet sind, wie ihr Benehmen gegenüber anderen ist. So haben wir eigentlich immer nur eine ganz geringe Anzahl von seelischen Elementen, aus denen wir das Charakterbild eines Menschen beurteilen. Und wie verschieden ist doch das Benehmen selbst der reinsten und ursprünglich wahrsten Menschen je nach der Beziehung, in der sie zu den verschiedenen Menschen stehen. Auch hieraus ist die ungeheure Dunkelheit oder Vielfältigkeit des Begriffes Wahrheit zu erkennen oder wenigstens zu vermuten.

Wo das Talent das einzig wirklich positive Element im Komplex einer Persönlichkeit bedeutet, ist es übel um sie bestellt; schlimmer noch um eine Zeit, die der Persönlichkeit alle übrigen Mängel nachsieht um dieses einen, wenn isoliert vorkommend, immer nichtigen, ja sogar schädlichen Elements willen.

Man mag die Menschen noch so sehr verachten, es läßt sich schwer ohne Leute leben.

Zur Vereinsamung.

Jedes Individuum ist für sich eingeschlossen, eine Welt für sich. Aber das ist eine Banalität. Nicht alle Versuche, Brücken von einem Individuum zum andern zu schlagen, mißglücken, und dem Klugen wird Befreiung von seinem Einsamkeitsgefühl umso sicherer, je tiefer er die Menschen zu kennen sucht. Nur unter Unbekannten ist man allein. Daher sind die Dummen immer einsam, ohne es zu ahnen.

In gewissem Sinne hat übrigens die ganze Kultur hauptsächlich die Aufgabe, die sozusagen tierische Vereinsamung der Individuen aufzuheben.

An der Tiefe des Erlebnisses gemessen, aus dem wir eine Weisheit haben, muß diese selbst immer platt erscheinen; oder ist es weder ein Erlebnis gewesen, noch eine Weisheit geworden.

Wir werden stets geneigt sein, einen Menschen in seinem Verhalten einem anderen gegenüber (insbesondere gilt das für unsere Betrachtung erotischer Beziehungen) entweder für allzu brutal und hart oder für allzu nachgiebig und weich zu erachten.

Dabei sind wir niemals imstande zu beurteilen, welches im Einzelfalle das rechte Maß wäre. Denn es mag einer noch so sehr Menschenkenner sein, Kenner menschlicher Beziehungen gibt es selten, kann es kaum geben, denn auch im einfachsten Fall bedarf es dazu nicht nur des klaren Blickes, sondern auch der Phantasie.

Menschen kennen bedeutet noch wenig, das Wesentliche ist, in menschliche Beziehungen hineinzuschauen. Auch diese heucheln, verstellen, verschließen sich bis zur Undurchdringlichkeit. Und du kennst auch den einzelnen erst ganz, wenn du ihn in seinen vielfältigen Beziehungen zu sehen vermagst.

Der Märtyrer bietet gewiß einen edleren Anblick als der Renegat. Aber ob er nicht oft genug nur der opfermutigere Komödiant gewesen ist?

Die Wurzeln der Pflanze Snobismus sind: Feigheit, Eitelkeit und Dummheit. Da sie nun schon von einer einzigen Wurzel aus genährt werden kann und auch in den vortrefflichsten Menschen eine Spur von mindestens einer der drei vorhanden ist, läßt sich leicht berechnen, wie verbreitet und in wie vielfältigen Formen der Snobismus verbreitet ist. Dazu gibt es aber auch noch einen Kryptosnobismus, der nur für den Kenner offen zutage liegt.

Wie man von der Hand in den Mund lebt, so kann man auch vom Geist in die Seele denken und von der Seele in den Geist fühlen.

Der bedeutende Mensch weist sich durch Leistungen, der große vor allem durch sein Dasein aus. Aber war es seine Art, sich damit zu begnügen, so war er nicht groß.

Es ist kein großer Unterschied zwischen den Handlungen, die wir gewollt und denen, die wir gemußt haben. Wenn wir den Mut oder die Bescheidenheit oder die Jahre hätten, die gewollte Handlung immer bis dahin zurückzuverfolgen, wo ihre allerletzte Ursache liegt, so wüßten wir, daß wir auch das Gewollte gemußt haben.*

Im Leben jedes Menschen erscheinen die ihm zugehörigen Typen: Vater, Mutter, Freund, Verräter, Freundin, Geliebte immer wieder unter den verschiedensten Gestalten.

In all ihrem Tun mißtrauen die Menschen mit Recht ihren eigentlichen Gründen oder fühlen nur, daß sie diese letzten Gründe zu kennen kaum je in der Lage sind. So halten sie für alle Fälle immer Vorwände bereit, um anderen, vor allem sich selbst, ihr Tun zu erklären, wodurch sie überdies den Vorteil haben, das Maß ihrer Verantwortung herabzusetzen.*

Die Persönlichkeit ist das ewige Wunder, denn nur sie ist das Unberechenbare, und dennoch ist es ihr Wesen, daß ihr Auftreten, wie und wann immer es erfolgt, als ein absolut notwendiges, ja längst erwartetes wirkt.*

Ein Schlagwort mag noch so albern oder niederträchtig sein, es finden sich immer auch leidlich kluge und leidlich anständige Leute, die es mit Vergnügen nachplappern, wenn es nur gut genug scheint, ihren Nebenmenschen damit etwas am Zeug zu flicken.

Es gibt Menschen, die etwas nicht haben können und sich einbilden, daß sie es nicht haben wollen. Wir sprechen in diesem Fall vom Fuchs, dem die Trauben zu sauer sind. Aber es gibt eine andere, noch lächerlichere Menschenart; das sind: die etwas gar nicht haben wollen und sich einbilden, es haben zu müssen.

Der höchste Grad von Mut: völlige Bereitschaft, für eine Idee, deren Sieg weder dir noch irgendeinem Menschen, der dir teuer ist, den geringsten Vorteil zu bringen vermag, Leid, Qual und Tod auf sich zu nehmen.

Der tiefste Grad der Feigheit: sich vor einem Menschen erniedrigen, ohne daß du den allergeringsten Vorteil erwarten darfst. Selbstlos das eine wie das andere.

Aus sachlichen Gründen kann nur ein Mensch auf Erden dir wirklich verhaßt sein: du selbst. Denn im Haß gegen andere spielt immer etwas Persönliches mit. Und nur ein Mensch kann dir aus persönlichen Gründen wirklich teuer sein: wieder du selbst, denn in der Sympathie für jeden andern spielen auch sachliche Gründe mit.

Daß ein Erlebnis seinen Schatten in die Zukunft wirft, müssen wir als einen gesetzmäßigen Vorgang hinnehmen; schlimmer ist das Erlebnis, von dem ein Schatten zurück in die Vergangenheit fällt, so daß Lebensbezirke, die im Lichte lagen und ihren Glanz lange bewahrt hatten, in ein plötzliches Dunkel sinken.

Teuer genug hat der Mißtrauische die Genugtuung bezahlt, daß er sich niemals durch die Aussicht auf ein falsches Glück betrügen ließ – wenn er sich auch nur ein einziges Mal um ein wahres betrogen hat.

Wer vertraut, wird nur manchmal betrogen; wer mißtraut in jedem Falle: wenn man ihn betrügt und er es weiß – so gut, wie wenn man ihn nicht betrügt, und er sich betrogen glaubt.

Ich hätte dich mißverstanden, mein Freund? Keineswegs. Ich habe dich nur ertappt – auf einer Flüchtigkeit, einem Irrtum, vielleicht gar auf einer Lüge – und du ergreifst die Flucht.

Das Große zu verkennen, das ist nicht immer eine Sache des

mangelnden Verständnisses, sondern auch des Mutes, insbesondere für den, der sich nicht für unfehlbar hält.

Es ist lächerlich genug, eine offene Türe gewaltsam einzurennen. Aber durch eine angelehnte Tür mit Siegermiene zu treten, als hätte man sie durch eigene Kraft eingestoßen, das sieht noch beträchtlich dümmer aus.

Um einen Menschen richtig zu beurteilen, darf man ihn nicht in seinem Verhalten gegenüber anderen betrachten, an die er durch Interessen irgendwelcher Art aktiv oder passiv gebunden ist; sondern gegenüber solchen, von denen er keines Vorteils, weder materieller noch seelischer Natur, jemals gewärtig sein darf.

Wie schwer, wie undankbar ist es, gegen einen Menschen völlig wahr zu sein, den wir schon durch die halbe Wahrheit zu verlieren in Gefahr schweben.

So wert uns die Einsamkeit auch ist, wir sind doch immer recht froh, ein Wesen zu finden, das uns völlig vertraut und nehmen noch lieber auf uns, dieses Wesen zu verraten als es zu enttäuschen.
Man könnte Goethes Wort: »Der Handelnde ist immer gewissenlos« dahin ergänzen: Der Betrachtende ist es gleichfalls, aber dazu noch vorlaut, ohne Risiko.

Man spricht oft von unbewußter Verlogenheit gewisser Menschen. Doch Verlogenheit, die nicht bewußt ist, ist überhaupt keine. Es ist eine zwangshafte, im innersten Wesen begründete Komödienspielerei im Großen oder im Kleinen.

Wer den *Prinzipien* nicht getreu zu leben versteht, die er verkündigt, ist ein Hochstapler und ein umso schlimmerer, je ernsthafter er selbst an diese Prinzipien glaubt.

Es gibt Eigenschaften, insbesondere des Charakters, die an sich überhaupt nichts Positives bedeuten, die nur als *Hilfseigenschaft* Geltung und Sinn haben und die manchmal nur als negative Vorzeichen gedeutet werden können. Dazu gehören: Intensität, Rhythmus, Tempo und noch etliche andere; vielleicht kann man auch den Verstand als solchen dazu rechnen, Pfiffigkeit jedenfalls.

Nur ästhetisch haben die Eigenschaften ihren unbedingt positiven Wert, daher rührt unser Gefallen an Bösewichtern, worin mehr Bewunderung als Gefallen steckt.

Manche Menschen erscheinen uns so widerspruchsvoll, weil wir in ihrer Betrachtung und Beurteilung das *Element des Komödienspiels* zum Teil oder ganz vernachlässigen, welches doch bei jedem Menschen, nicht nur bei den sogenannten Komödianten, Lügnern, Poseuren usw. in irgendeinem, wenn auch bescheidenen Maße vorhanden ist.

Es ist sozusagen eine physiologische Beimischung des Elements Lüge auch in dem wahrsten Individuum, und wäre es auch nur als Geltungs- oder Spieltrieb. Auch die *zwangshafte Lüge* ist häufiger als man glaubt. Immer wieder erleben wir es, daß uns ganz kluge Menschen eine Lüge auftischen, von der sie wissen, daß wir sie unmöglich glauben können.

Nicht jedes Lügen ist eben auch ein *Anlügen.* Es kann Affektation, Pose, auch Höflichkeit sein.

Wo *Talent* im Komplex einer Persönlichkeit das einzig positive Element ist, da sieht es mit der Leistung meistens übel aus. Talent allein bedeutet so wenig, daß es isoliert fast peinlicher wirkt und in gewissem Sinn etwas Gefährlicheres bedeutet als die sogenannte Talentlosigkeit.

Nicht das Geld imponiert den Frauen, sondern nur daß wir sie manchmal damit kaufen können. *80er [Jahre]?*

Das Streben der Weiber nach Emanzipation ist wie ein ewiger Ruf, daß sie von der Natur um drei Unzen Gehirn betrogen worden sind. Sie glauben eben immer, beim Krämer zu stehen. *80er [Jahre]*

Ob nicht jede Frau das natürliche Recht hat, einmal in ihrem Leben auch die Geliebte eines vollkommen schönen Manns zu sein? *80er [Jahre]*

Die Dummheit der Weiber gleicht einer wilden Katze, die im Verborgenen lauert und bei irgendeiner unerwarteten Gelegenheit hervorstürzt und die schöne Ordnung in Garten und Haus zerstört. *90er [Jahre]*

Stromschleifen – elektrische Schleifen, die sich gerade wenn man jemanden sehr liebt, zu andern Frauen hin entwickeln. *90er [Jahre]*

Die Frauen wollen immer unsere letzte Liebe bedeuten, und wir immer ihre erste. (Steht auch bei Wilde.) *90er [Jahre]*

Er behandelte sie mit jener sinnlichen Sentimentalität, die die Weiber für Achtung halten. *90er [Jahre]*

Nichts Süßeres als der Blonden Kuß von einer Braunen sich wegküssen lassen. *90er [Jahre]*

»Ja, gnä Frau, die G'schicht' is halt die: Sie müßten g'haut wer'n.« *90er [Jahre]*

»Ich bin ja doch sozusagen ihre erste Liebe.« »Sie irren sich, junger Freund. Ihre letzte. Das ist ein häufiger Rechenfehler der Frauen, die viel geliebt haben.« *[um 18]90*

Zänkereien in einem Verhältnis stammen in letzter Linie doch immer aus den Voraussetzungen, auf denen es aufgebaut ist. *90er [Jahre]*

Er hat Glück bei Jungfrauen und solchen, die es gerne wieder werden möchten. *90er [Jahre]?*

Sinnlichkeit log uns Liebe vor, der Verstand widersetzte sich der Täuschung – da kam die Phantasie als willkommene Helferin. *90er [Jahre]*

Nichts gibt Frauen eine königlichere Haltung, als das Bewußtsein, daß sie ihr Alter besiegt haben (den Kampf aufgegeben haben.) *90er [Jahre]*

Welcher Mann hat mehr Berechtigung, eifersüchtig zu sein: der, dem scine Frau gesteht, sie möchte gern einem andern angehören, oder der, dessen Frau bewußtlos von einem andern besessen ward? *90er [Jahre]*

Ehediskurs.

Sie: »Mein Lieber, was ich Dir schon lange sagen wollte. 7 und 14 und 5 –«

Er, höflich und helfend: »Macht 26.«

Sie, zuckt zusammen: »Du irrst, es macht nicht 26.«

Er versucht zu erklären: »Doch! 7 und 14 macht 21, und 5 –«

Sie unterbricht ihn: »Und wenn auch, ich finde es höchst unzart –«

Er: »Zu addieren?«

Sie: »Nein. Auf solche Art in einer Frauenseele herumzubohren.« *1916?*

Zu meinen Geliebten, sagte er, stand ich in höchst verschiedenem Verhältnis: die meisten waren mir gleichgültig, einige waren mir aber antipathisch; gehaßt habe ich nur eine, die war die große Leidenschaft meines Lebens. *1922*

Liebe ist eine durch sexuelle Krisen unterbrochene, aber zugleich geförderte Feindschaft . . .

Eine peinliche Abwechslung von Beunruhigung und Langeweile.

Jemand zu seiner Geliebten: Es gibt einen metaphysischen Beweis dafür, daß die Untreue der Frauen schwerer zu nehmen ist als die der Männer.

Wenn ich mir etwa eine Untreue zuschulden kommen ließe, könnte ich sie mir ohneweiters verzeihen. Dir nie.

Du ahnst gar nicht, in wie großer Gesellschaft du dich manchmal befindest, auch wenn du mit deiner Geliebten allein zu sein glaubst. Viele sind mit euch, von denen du nichts weißt: ihre vergangenen – viele, von denen sie selbst nichts weiß: ihre zukünftigen Liebhaber.

Keine Frau, auch die reinste nicht, die nicht in irgendeinem Moment ihres Daseins den Wunsch oder wenigstens die Neugier verspürt hätte, eine Dirne zu sein; nicht die verworfenste Dirne, die sich nicht in irgendeinem Moment gesehnt hätte, eine anständige Frau zu sein.

In einem gewissen Stadium der Ehe muß eine Entscheidung getroffen werden: entweder daß der Gatte sich entschließt, zum Vater seiner bisherigen Gattin oder daß diese sich entschließt, zur Mutter ihres bisherigen Gatten zu werden.

Eher holst du den Vogel im Flug ein, als Liebe, die flieht.

Keinem sollst du dankbarer sein als dem Mann, der die latente Untreue deiner Geliebten in einen echten Betrug verwandelt und so die Spannung löst, an der euere Beziehung sonst langsam dahinsiechen müßte.

In der Liebe der Frauen ist fast immer ein Element des Blutschänderischen enthalten; den älteren Mann lieben sie immer ein wenig wie einen Vater, den jüngeren wie einen Sohn.

In Liebesbeziehungen gibt es zwei Stadien, die ziemlich unmerklich ineinander übergehen: das eine, in dem man sich nach jedem Streit sofort versöhnen sollte, da die Versöhnung doch nur einen Tag zu verschieben ist – und ein zweites, wo man jeden Streit als willkommenen Anlaß zum Bruch benützen sollte, der [sowieso] unausbleiblich ist.

Es gehört zu den Alterserscheinungen – um seiner künstlerischen Berühmtheit willen geliebt zu werden.

Wandelst du mit einer geliebten Frau durch die Straßen einer fremden Stadt, so ist dir, als wärest du seit Jahren dort gewesen. Spazierst du mit ihr in einer längst bekannten Gegend, so glaubst du, daß du dich in einer phantastischen Fremde [befindest].

Die Frauen hassen unsere Kunst, denn sie fühlen wohl, daß sie uns von ihrer Macht befreit. Ab und zu aber gibt es eine Edle, die uns und unsere Kunst eben um dieser Befreiung willen liebt.

Dialog.
 Eigentlich liebe ich nur dich.
 Eigentlich –?! so bist du mir untreu?!

Es ist noch nicht entschieden, was törichter ist: seine Geliebte zu seiner Frau oder seine Frau zu seiner Geliebten zu machen.

Die Frauen vermögen andere Menschen nur durch das Medium der Liebe oder das der Entfernung zu sehen und zu begreifen.

Nicht treuer, nur anhänglicher sind die Frauen als wir.

Alles kann Verführung sein; Gleichgültigkeit, Leidenschaft, ja Schimpf so gut wie Schmeichelei, denn die Verführung ist nie etwas anderes als die Lust verführt zu werden.

Es gehört mit zu den erotischen Bedürfnissen mancher Frauen, daß ihre Freundinnen Erlebnisse haben.

Die Gefühlswerte ändern sich; die Verantwortungs- und Verpflichtungswerte bleiben bestehen, ja können sich steigern. Darum wird die Ehe stets eine irrationale Gleichung bleiben.**

Als Problem. Ist der berechtigter zur Eifersucht, dessen Frau früher einen Geliebten hatte, mit dem sie nun völlig fertig ist, oder einer, dessen Frau als Mädchen geliebt hat, ohne den Geliebten zu besitzen, so daß sie noch immer voll Begehrens ist.

Weiteres Problem. Wenn es theoretisch möglich wäre, eine Frau ihre Vergangenheit gänzlich vergessen zu machen, wäre man auch dann noch auf sie eifersüchtig, – denn man ist ja nur auf die Erinnerung eifersüchtig ... wäre man's auch auf ihre Ungewißheit?

Manchmal ist mir, als kräuselten sich die Wellen deiner Seele; wird's aber ruhig, so seh' ich die Schlingpflanzen auf dem Grunde daliegen, glatt, schleimig und faul.

Die sonderbare Lust, sich mitten im Taumel einer großen Liebe in die Arme einer andern zu stürzen.

»Du bist so dumm, als wenn du einen Schneidergesellen zum Geliebten hättest.«

»Was brauchst du denn in die Kirche zu gehen, wenn du mich hast?«

Ein glühender Liebhaber war er nur, wenn er nicht liebte.

Sie: Als ich meine Hochzeitsreise antrat, war mir entsetzlich zumute. Ich liebte ihn nicht; mir war, als sollte ich geköpft werden.

Sie wurden aber nicht geköpft.

Sie: Nein, erst in der zweiten Nacht.

Impotenz der platonischen Liebe, beruhend auf intellektueller reizbarer Schwäche.

Männer, in deren Wesen das Verlangen so ausschließlich ist wie manche Frauen in ihrem ganzen Wesen nur Hingebung ausdrücken.

Was uns so oft an mancher Frau abstößt, ist der Gedanke an den Mann, der sie verlangt.

Die Frau empfindet es als Triumpf, wenn sie der früheren Geliebten des Mannes begegnet; der Mann als Schmach, wenn ihm der frühere Geliebte seiner Frau erscheint.

Man muß sich mit einer Frau auch in Ideen oder Kunstwerken ein Stelldichein geben können, und wehe, wenn sie auch da zu spät kommt oder gar dich ganz aufsitzen läßt.

O wir Psychologen! Oft genug bringen wir selbst im Herzen eines geliebten Wesens Keime zum Blühen, deren Vorhandensein sie nicht ahnte. Unsere Eitelkeit läßt es nicht zu, daß wir ihr verschweigen, was in ihr vorgeht; dann fühlt sie selbst, daß wir Recht haben, und damit ist der erste Stoß gegeben.

Der Sohn zum Vater: Hast du vielleicht auch meine Mutter ohne Liebe geheiratet? – Gewiß, mein Sohn. – Nun, dann schäm' ich mich, auf die Welt gekommen zu sein.

Zur Geliebten: Heut hast du wieder einmal deinen atavistischen Tag.

Verlegenheit vor einem Weibe. Das erste Mal eine Schmeichelei, das zweite Mal gleichgültig, das dritte Mal lächerlich.

Es gibt Frauen, die etwas Elementares sind wie die Erde.

Es ist ihnen alles gleich wichtig. Der Schmerz über einen verlorenen Geliebten, über ein verlegtes Schmuckstück wirkt auf gleiche Weise. Sie haben dieselben Worte, dieselben Empfindungen dafür. Es fliegt in ihre Seele alles mit gleicher Schwere hinein wie die Erde alles mit gleicher Kraft anzieht. Sie haben auch Recht wie die Elemente. Sie ahnen, daß Beziehungen etwas Zufälliges sind. Schmerz bleibt Schmerz, Freude Freude.

An was für Frauen hast du deine Jugend, deine Kraft verschwendet? An Frauen, denen jeder Stallknecht dasselbe oder mehr hätte geben können. Bewahre dich auf, damit dich bei Frauen, die gerade dich als Persönlichkeit wollen, kein Stallknecht aus Prinzip ergänzen muß.

Die ethische Forderung der Treue beruht auf der Voraussetzung, daß jedem Menschen nur ein begrenztes, für einen bestimmten

Partner gerade ausreichendes Maß von Liebesgefühl, Liebesfähigkeit und Liebesbedürfnis verliehen ist. Aber es erscheint sehr fraglich, ob ein solches Gebot der Ausschließlichkeit in der Natur begründet, und vor allem ob seine Befolgung in jedem Falle vernünftig, ja ob sie auch nur im Interesse des scheinbar geschädigten Partners gelegen wäre. Die Ansprüche eines geliebten Wesens werden nicht dadurch verletzt, daß diesem ein größerer oder geringerer Bruchteil von Gefühl zugunsten einer dritten Person, sondern dadurch, daß es ihm überhaupt entzogen wird. Untreue ohne bestimmtes Objekt ist vielleicht die allerschlimmste. Und gewiß ist manche Beziehung, die im Laufe der Zeit zu ermatten oder gar zu verlöschen drohte, gerade dadurch gebessert, ja vielleicht erhalten worden, daß der freigewordene Bruchteil eines Gefühls sich an einem neuen Objekt erholen oder gar neu entzünden durfte.

Die Ehe ist die Schule der Einsamkeit. Aber man lernt nicht genug in ihr.

Sie hatte eine etwas beunruhigende Art, so z.B. bemerkte sie gelegentlich: »Gestern Abend war ich in einer Stimmung – die Sommerluft, der Sternenhimmel – ach, jeder hätte mich gestern haben können. Aber leider war keiner da.«

Unsinn – Interessantmacherei; ist ja alles nicht wahr. Vor allem – daß keiner da war.

Ob wir einen Menschen, von dem wir uns abgewandt haben, allein zurücklassen oder einsam, das ist eine Sache unseres Herzens. Wir müssen ihm zum Abschied mindestens die Fähigkeit hinterlassen, sich andern Menschen anzuschließen, ja in ihrer Gesellschaft Trost zu finden – und wäre es selbst auf Kosten der guten Meinung, die er von uns gehabt oder des Gefühls, das er für uns gehegt hat.

Ein geliebter Mensch, das bedeutet sieben Mal Schmerz und einmal Freude.

Liebe kommt nicht immer aus dem Gefühl, sondern, öfter als der Liebende selbst ahnt, aus dem Willen, aus der Güte oder aus dem Bewußtsein einer Mission.

Auch wenn wir wirklich verstanden werden, ist es immer nur für einen flüchtigen Augenblick, und wenn wir wirklich geliebt werden, so ist solches auch nicht für länger. Denn das eine hieße, daß zwei Geister, das andere, daß zwei Herzen völlig gleich geworden sind. Und solches kann so wenig dauern, als ein lebendiges Herz einen Augenblick zu schlagen und ein lebendiger Geist einen Augenblick zu denken aufhören könnte.

Es ist ziemlich geschmacklos, von der Treulosigkeit seiner Geliebten zu sprechen. Aber taktloser noch ist es, über ihre Treue zu witzeln.**

Wenn dich die Lust ankommt, in deiner Vergangenheit umherzuwandeln, laß dich niemals von einer Frau begleiten, deren Liebe du dir bewahren willst. Ehe du dich dessen versiehst (ja ohne daß du es recht gemerkt hast), ist sie dir in eine Zukunft entflohen, die nicht dir gehört.

Man muß schon zufrieden sein, wenn die Leute einen annähernd richtigen Allgemeinbegriff von einem haben. Sobald sie anfangen, ins Detail zu gehen, sehen sie doch – und vor allem die Freunde – beinahe nur das Negative.

Stumme Felsen, wie lieb ich euch. Aber ihr mit dem falschen Echo,
wie möcht' ich euch entfliehen! *1911?*

»Und wenn uns ein Zug von Bacchanten begleitet,
Den Weg hinab gehen wir jeder allein.«[12]
Ich bin der letzte, der das bestreitet,
Doch will ich dir einen Schlußvers weihn.
Auch aufwärts spazierten wir einsam alle,
Nur war es uns Wurst in diesem Falle. *8. 10. 1912*

Herr Neidig hat's endgültig festgesetzt,
Dies sei mein Los: heut maßlos überschätzt,
Dann umso rascher nach Gebühr vergessen.
Auf weitre Sicht ist Neidigs Ruhm gemessen.
Noch späte Nachwelt findet seine Spur
Und wär es auch in diesen Versen nur. *1912*

Bring in den Tempel, so erfüllt er sei,
Des Wegs Beschwer' und Einsamkeit mit dir,
So rührt der Dunst der Menge dich nicht an. *1912*

Euch Enkeln weih ich dies, mein Buch der Tage.
Ob Ihr es je empfangt – höchst müßige Frage!
Denn gilbt's auch ungeschaut, was kümmert's mich – ?!
Was für ein Wahn mit mir ins Dunkel schlich
Weiß dann kein Adressat, nicht einmal ich. *Mai 1916*

Fließen die Tränen für dich, die längst zu den Schatten gegangen?
Nein doch. Einer die lebt; – drum in so nutzloser Qual.

Denn so gelassen die Toten im Schein der Erinnerung wandeln,
Trübe gespenstert im Licht – Liebe die starb vor der Zeit.

18. 6. 1918

Für die gewaltige Zeit, so schreibst du, gebreche mir leider,
Unschwer verriet es mein Werk, jegliches innere Organ.
Doch was gilt als Beweis, daß dir ein solches geschenkt ist?
Einzig, daß – seit du auch schreibst – dir kein *Medardus* gelang?

O trübes Lebenseinerlei
Das mir zum dritten Mal geschah.
'S ist wiederum ein Frühling da
Und wieder ist ein Glück vorbei.

Mögt immer mich einen Narren schelten,
'S ist wahr, ich lass auch den Nachbar gelten.

Dem einen gefällt, was ich erfand
Dem andern nicht, das ist mir bekannt.
Gelegentlich schreibt es auch einer hin,
Daß ich ein Genie oder Stümper bin.
Doch warum soll mich das mehr bekümmern,
Seh' ich es im Druck vor mir erschimmern?

Der Kritiker

»Troll dich davon, du nichtiger Geselle,
Es tobt der Krieg, die Welt ist Sturm und Hölle.
Die Männer kämpfen, sterben allerwegen,
Die Frau'n daheim, sie harren, trauern, pflegen.
Aufs höchste Ziel ist jeder Blick gewandt,
An sich denkt keiner, nur ans Vaterland.
Dich aber, scheint es, kümmert das nicht viel,
Du singst dein Lied von Lieb und Tod und Spiel,
Als scherte man sich heute um dergleichen. –
Tod – sei'es darum – doch dann nur Heldenleichen.
Sonst gibt es nichts, was uns den Sinn erregt,
Und so erklär' ich dich als weggefegt.«
So schließt Herr Tropf und wandelt stolz erhaben –

Wohin? Ihr denkt wohl in den Schützengraben?
Auf Feldwach oder in ein Lazarett? –
Oh, daß ich euch enttäuschen muß! Er geht
Vorerst ins Restaurant zum Abendschmaus,
Zum Tarockieren dann ins Kaffeehaus –
Und endlich heimwärts, wo sein eh'lich Weib
Mit Ungeduld erwartet ihren Helden.
Ob's Zank nun gibt, ob holdern Zeitvertreib,
Weiß ich euch nicht mit Sicherheit zu melden.
Doch wen'ger noch ward mir bisher bekannt,
Was Tropf sonst leistet für sein Vaterland.

Mein Kritiker

Der *Anatol* und die *Liebelei* – ?
Nichts als sentimentale Plauderei
Die Frau des Weisen und andere Novellen?
Ich sagt' es seit jeher: Nur Bagatellen!
Beatrice? gar Verse! nun hat er vertan –
Der Weg ins Freie? ein Judenroman.
Der *Kakadu?* bestenfalls Variété –
Das *Zwischenspiel?* wieder nur Liebesweh.
Der einsame Weg und *Das weite Land* – ?
Psychologie und aus zweiter Hand.
Der *Reigen?!* wir wissen ja – Schweinerein.
Marionetten? aha, jetzt gesteht er es ein.
Der Ruf des Lebens? bum, Spekulation.
Medardus? Ausstattungssensation.
Bernhardi, pfui Teufel, ein Thesenstück
Und ohne Weiber! er geht zurück.
Komödie der Worte – die schrieb er ja immer
Nur freilich wird's mit den Jahren schlimmer. –
Was bin ich für ein Mann ihm gegenüber!
Was er auch schreiben mag, ich schreibe drüber.

Ironisch gelt ich Euch? Ich nehm es hin.
Ihr spürt doch nur, daß ich der Klügre bin.

Nicht bis ins Tiefste, daß dich nicht graut,
Darfst du in Herzen und Himbeern gucken.

Im süßen Safte ungeschaut
Sollst Falschheit und Würmer hinunterschlucken.

Zu viele Wahrheit hatt' ich über ihn vernommen,
So mußt ich wohl ein falsches Bild von ihm bekommen.

Preist nicht zu sehr den Rezensent

Preist nicht zu sehr des Rezensenten Wirken,
Der um Dichters Haupt den Lorbeer flicht
Und kühnen Tritts aus heiligen Kunstbezirken
Zugleich verjagt den kunstverlassnen Wicht.
Ein Tor, der für Gerechtigkeit das nahm –
Und nicht aus seines Blicks verschlagnem Glänzen
Erkannt, daß ihm der Tritt von Herzen kam –
Doch nimmer das Bekränzen.

Und weil du Blitz und Donner durchgedacht,
Glaubst du für alle künft'ge Zeit
Dich vor Gewitterangst gefeit?
Gib acht! Noch ist der Himmel weitgespannt und klar,
Doch kaum zuckt ein fernes Wetterleuchten durch die Nacht,
Durchschauert dich Geheimnis und Gefahr.

Voltaire an Fréron

Klang auch dein Spottgesang nicht schön genug
Daß spätre Zeiten dich dafür bekränzen,
Vom Nachruhm träumst du dennoch ganz mit Fug.
Erlischt auch deiner Worte Flackerzug:
Die blutig deiner frechen Stirn ich schlug,
Die Striemen werden durch die Nachwelt glänzen.

Von Lieb und Tod ließ ich ein Lied erklingen –
Sie klagten: weiß er Neueres nicht zu singen?
Ich hellte das Geheimnis dunkler Seelen.
Wird er nicht endlich Wicht'gres uns erzählen?
Nun wagt ich ein politisches Gedicht. –
Er narrt uns nur, das interessiert uns nicht.

Diesmals war's mehr als das gewohnte Schimpfen.
Es war ein Kreischen, Gröhlen, Johlen, Spein –
Und einer, der mich sah die Nase rümpfen,
Rief: Was, empfindlich will der Kerl noch sein?

An die Objektiven

Fordert ihr, daß keiner schelte
Feindes Wesen, Feindes Brauch, –
Gleiches wünscht ich längst; – nur gelte
Solche Milde drüben auch.

Doch so lang in Übermächten
Haß die Heimat rings umstellt,
Fürcht ich: – Ihr, die Nurgerechten,
Stört das Gleichgewicht der Welt.

Freunde

Da im blanken Morgenstrahl
Einer fand den andern
Jungen Sinns in Tau und Tal
War ein heitres Wandern.
Seit ein Mittag, schwül entfacht,
Blüht auf unsern Wegen
Arm in Arm dem Trost der Nacht
Freun wir uns entgegen.

Über die Wiesen wandle ich still
Bunte Falter nicht haschen will –
Wenn sich doch einer ins Netz verfangt
Sei er bedankt.

Daß du jenen verstießest für alle Zeit,
Der dir die Börse gestohlen,
Das find ich nicht sonderlich gescheit;
Der wird's ja kaum wiederholen.
Doch daß du dem andern so blind vertraust, –
Nur weil er bisher noch nichts gemaust,

Das macht mir Sorgen; –
Der stiehlt ja morgen.

Womit, ihr Herrn, in Haß beschmeißt ihr euch?
Was fliegt, ihr Herrn, so zornig zwischen euch?
Ich seh es leuchten, und es stinkt zugleich.
Ein Edelstein, der – ?! Sprich nicht so dumm.
Hier ward ein Kunstwerk zum Politikum,
Das Leuchten hat sein Schöpfer ihm geborgt,
Das andere wird mit Lust von uns besorgt.

Ihr jungen Leute, so grün ihr seid,
Wie seid ihr gegen uns gescheit.
Ihr bildet euch wenigstens noch nicht ein
Durch Erfahrung klug geworden zu sein!

Aus welchen Tiefen steigt so übler Duft?
Ist's hier, wo aller Laster Quellen fließen?
Nicht doch. Du nahst dich nur der dunklen Kluft,
Draus in die Welt sich Tugenden ergießen.

Und immer wieder zweigen sich Parteien.
Und neue Namen müht Ihr Euch zu finden.
Wozu –? Am Ende weiß der Kluge nur von zwei'n:
Von Sehenden und Blinden.

Dies Gedräng von Einsamkeiten
Nennst du Fülle, nennst du Welt?
Diese lauten Heiterkeiten –
Haben sie dein Herz erhellt?

Wer dich nur liebt, der ist darum nicht dein.
Nur wer dich ganz versteht, gehört dir an.

Was ich als Schönstes mir erfand
Von allen Einsamkeiten?
Das ist's: an meines Kindes Hand
Durch Wies und Wald zu schreiten.

Bist du ganz allein, so sind Gestalten und Gespenster um dich.

Der Freund bringt sein eigenes Leben mit; wär er dir noch so zugetan, er vergißt sich selber nie.
Die Geliebte bringt nicht nur ihre Liebe, sondern auch ihren Hass. In dein Schweigen fragt sie: Wo bist du? – oder ist selbst fern.
Nur das Kind. Aus seinen Pulsen strömt Ewigkeit in dich, es ist die einzige Einsamkeit ohne Grauen.

Daß mir doch endlich einer erkläre,
Was dies bedeutet: fromm zu sein.
Oft ist mir, als ob ich selber es wäre –
Und keiner wüßt' es als Gott allein.

Der See ist stille ringsumher,
Kein Windhauch rührt ihn an;
Doch keine Well' ist abends mehr,
Wo sie des Morgens rann.

Der Rezensent spricht:
»Ich hab' sein Werk als wahr und neu erkannt;
So müßt er mir vielleicht als Dichter gelten.
Doch da es nebstbei leidlich amüsant –
Gott sei gelobt – darf ich ihn Plaudrer schelten.«

Auch du wirst einst mit einem letzten Blick
Die Welt, so groß, so klein sie ist, umfangen,
Zum letzten Mal in einem Atemzug das Leben trinken,
Doch dies ist nicht dein Tod.
Und einmal wird, so sehr man dich geliebt,
Die letzte Träne um dich fließen.
Auch dieses ist noch nicht dein Tod.
Doch einmal, so unsterblich du dich wähnst,
Gedenkt ein letzter menschlicher Gedanke dein.
Dann erst stirbst du den sichren, großen Tod.
Und dann erst bist du wahrhaft wieder du.
Kein Bild, kein Name – – Geist, der weiterwirkt.

Gott liebt nicht die, die ihn in Tempeln suchen.
Die liebt er, die auf ungebahntem Weg
Nach fernem Ziele, wo kein Altar steht,
Der dunklen Stimme folgen, die sie ruft.

Vor allem schrickt der Menschengeist zurück,
Was ihn an die Unendlichkeit gemahnet.
Wo er die ungelösten Rätsel ahnet,
Da birgt er scheu den stets verhüllten Blick.

Ein frommer Jüngling macht einen Ausflug zu Rad. Wie er bei einer Kirche vorbeikommt, nimmt er eine Hand von der Lenkstange und schlägt ein Kreuz. In diesem Augenblick verliert er das Gleichgewicht und bricht sich einen Arm. *1890er Jahre*

Ich kannte einen, der am Abend stets an sich selber einen Brief aufgab, nur um am nächsten Morgen zur Postzeit keine Enttäuschung zu erleiden. Aber es ist mir nie klar geworden, ob es ein Narr oder ein Weiser war. *1917*

Parabel

Im Bergland irgendwo ruhte ich auf hohem Wiesenabhang. Die Lüfte hatten so besondere Kraft, daß mir war, als sähe ich tiefer in die Bläue der Unendlichkeit als sonst und vermöchte zugleich das Raunen von Menschenstimmen zu vernehmen tief unten in unsichtbaren Städten. Da schwebten von oben, und holder Glanz floß vor ihnen einher, eine Schar himmlischer Gestalten, wie geschwisterlich vereint, einer immer den Arm um des Nachbarn Nacken geschlungen – schwebten vorbei an mir und ich fragte sie: Woher, Ihr Wundersamen? – Von Gott, erwiderten sie. – Und wohin die Reise? – Zu den Menschen. – Und nennt Euch, Ihr Herrlichen? – Die Ideen. – Und entschwebten und Glanz floß ihnen nach und verlöschte mild. Ich aber, wie ermattet von dem unbegreiflichen Glück einer solchen Begegnung, sank in Schlaf und mir war, als drängen in meinen Traum dumpf aus Menschenfernen Laute der Freude zuerst, die sich allmählich veränderten, bald wurde es Lärm, Schreie ertönten, Schreie der Wut, der Verzweiflung, des Hasses, ein ungeheurer wüster Lärm drang in meine Einsamkeit.

Und als ich die Augen wieder aufschlug, da sah ich von derselben Seite, auf der jene herrlichen Erscheinungen verschwunden waren, die gleichen wieder heranschweben. Doch von ferne schon erkannte ich, daß eine Veränderung mit ihnen vorgegangen war. Ihre Haltung war nicht so frei, so gen Himmel gerichtet wie früher, gebeugten Hauptes schwebten sie heran wie von Gram oder Schande bedrückt, und als sie näher kamen, sah ich, daß ihre Gewandung schmutzig und zerrissen war und in Fetzen um ihren Leib schlotterte. Und doch, es waren dieselben. Ihr Antlitz war das gleiche und der Blick ihrer Augen, so trüb er geworden, der gleiche. Doch wußte ich nicht – waren es Stunden oder Jahrhunderte gewesen, die vergangen waren, seit sie vorbeigeschwebt? Woher kommt Ihr? – fragte ich erschüttert. Von den Menschen, erwiderten sie, und ihre Stimmen klangen gebrochen. Was ist Euch geschehen? – Und sie erzählten: Als wir am Ort unserer Bestimmung eintrafen, wurden wir mit Jubel empfangen. Wir wurden als Führer begrüßt und gewählt. Es blieb uns nichts übrig als anzunehmen. Nun aber begannen die Menschen sich zu teilen, Gruppen bildeten sich, ein Kämpfen hub an und du siehst, wie es uns dabei ergangen ist. – Wie, sie hatten nicht mehr Respekt vor Euch, die Ihr doch den göttlichen Namen der Ideen trugt? – Wir trugen ihn nicht mehr. Sie nannten uns anders: Überzeugungen. – Und so haben sie Euch entlassen? – Ja, sie bedürfen unserer nicht mehr. Sie schwingen die Fetzen unserer Gewänder, sie hauen sie sich gegenseitig um die Köpfe. Das ist ihnen genug. Wir aber steigen empor zu Gott, woher wir gekommen.

Und sie entschwanden. *1918*

Es gab einmal einen sehr begabten Hund, der bellte, heulte, biß, am Ende stellte er sich sogar toll – nur, um sich in den Mund der Leute zu bringen. Aber nichts wollte ihm helfen, bis er einmal einen Peitschenhieb übers Maul bekam, da sprach am nächsten Tag die ganze Stadt von ihm. *1921*

Es war einmal eine Katze, die lief hundertmal hinter den Spiegel, um das geheimnisvolle Wesen zu entdecken, als dessen Ebenbild sie selbst auf dem Fußboden sich herumtrieb. Sie fand es nicht, geriet in Verzweiflung, der Spiegel zerbrach bei ihrem letzten Versuch, und nun hatte sie ihren Gott verloren. *1921*

Sie hatte ihm einen Dolchstich versetzt; doch es war nur im Übermut gewesen. Als er daran beinahe verblutet wäre, nahm sie es ihm wohl anfangs ein wenig übel, doch gutmütig wie sie war, verzieh sie es ihm wieder. Nachher aber bekam er Herzklopfen, sein Puls ging immer schneller, und der Frost warf ihn hin und her. »Wie«, rief sie aus, »hast du nicht am Ende Fieber?« – »Ich glaube fast«, bemerkte er schüchtern. »Was du für ein empfindlicher Mensch bist«, meinte sie, ihm milde die Stirne streichelnd, »ich habe mich von dem kleinen Zwischenfall längst erholt.« *1921*

Parabel

An einem schönen Sommertage ritt ein Reiter in heiteren Gedanken seines Wegs, als er am Rande der Landstraße einer Kapelle gewahr wurde und nach seiner frommen Art sich gedrängt fühlte, darin seine Andacht zu verrichten. Er band sein Roß an einen Baum, trat in die Kapelle und ließ ein inbrünstiges Gebet zu Gott aufsteigen, als er merkte, daß sich die rechte Sammlung in seiner Seele nicht einstellen wollte; und bald entdeckte er zu seinem Schrecken, daß er, statt seine Gedanken zu Gott emporzurichten, immer an sein Rößlein denken mußte, das draußen wohl angebunden, aber doch ohne weitere Bewachung des Herrn wartete. Und binnen kurzem war ihm wirklich, als hörte er draußen ein verdächtiges Geräusch. Rasch erhob er sich von den Knien und kaum war er ins Freie getreten, so sah er, wie er beinahe schon gefürchtet, ein paar hundert Schritte entfernt einen Unbekannten auf dem Roß ins Weite sprengen. Weit und breit war kein andrer Mensch zu sehen und als endlich auf sein Rufen und Schreien einige Landleute herbeikamen, war der Dieb auf seiner leichtfüßigen Beute längst verschwunden. Schon drängte sich ein Fluch dem Bestohlenen auf die Lippen, als ihm zur rechten Zeit einfiel, daß ihm nur nach Recht geschehen war, indem Gott ihn auf solche Weise für seine Unaufmerksamkeit im Gebet gestraft habe. Hierbei beruhigte er sich fürs erste und war schon ganz bereit, was ihm begegnet als einen neuen Beweis für Gottes Allgegenwart und Gerechtigkeit zu preisen, als er erfuhr, daß der Roßdieb eingefangen und aufgehängt worden war. Hierüber aber geriet der fromme Mann in heftige innere Gewissenszweifel, da er ja wußte, daß jener Dieb nur das Werkzeug eines göttlichen Willens gewesen war und somit keine Strafe verdient hätte. Doch er erinnerte sich allmählich, daß Gott auch schon in vielen anderen Fällen allerlei Verbrechen, die doch auch nur mit seiner

Zustimmung, ja auf sein Gebot hatten geschehen können, auf das Härteste, sei es auf einfachem Weg oder durch Vermittlung menschlicher Richter gestraft hätte und daß auch eine solche Bestrafung von den Priestern und anderen weisen Männern als Beweis göttlicher Allgegenwart und Gerechtigkeit gepriesen worden war. So gab er es denn für eine Weile auf, der Sache weiter nachzugehen, bis ihm eines Tages bekannt wurde, daß der Richter, der das Urteil über den Pferdedieb gesprochen, in der Stunde darauf eines plötzlichen Todes verblichen war. Nun traten neue Zweifel in die Seele des frommen Mannes, und lange erwog er, auf welche Weise das Hinscheiden des Richters, sofort nachdem er von amtswegen und nach bestem Wissen und Ermessen ein gerechtes Urteil gesprochen, zu erklären sei – bis er diesen Tod wie durch eine plötzliche Erleuchtung als Gottes unerforschlichen Ratschluß erkannte. Wer aber hatte ihm diese Erleuchtung gesandt? Gott.

Parabel

Als Fridolin einmal verdrossen in seiner Stube saß, trat eine Fee zu ihm, worüber er weiter nicht erstaunte, da sie sich ihm schon bei anderen Gelegenheiten gezeigt hatte. »Was ist dir?« fragte sie. »Warum bist Du verdrossen? Du, der begabt, reich, jung und jugendschön und überdies der Gatte einer wahrhaft entzückenden Frau bist, die Dich liebt?« »Daran liegt es eben«, erwiderte Fridolin. »Denn ich weiß nicht, ob sie mich um meiner selbst willen liebt.« »Aus welchem anderen Grunde sollte sie dich lieben«, fragte die Fee. »Du bist nun einmal wie du bist.« »Das eben quält mich«, erwiderte Fridolin. »Denn ich fürchte sehr, daß sie mich gar nicht um meiner selbst willen liebt, sondern nur um meines Geistes willen.« »Das wird sich ja leicht feststellen lassen«, sagte die Fee. »Es kostet nur ein Zauberwort, und mit deinem ganzen Genie ist es vorbei.«

»Das wäre mehr, als ich verlange«, erwiderte Fridolin. »Es genügt mir, wenn du es nur dahin bringen kannst, daß meine Frau von meinem Geist nichts mehr merkt.« »Du sollst deinen Willen haben«, sagte die Fee. »Ich werde dich für deine Frau so langweilig und schwerfällig machen, daß sie dir gleich davonlaufen soll, wenn es wirklich nur dein Geist war, der sie bisher an dich gefesselt hat.« Damit verschwand sie.

Nach einiger Zeit fand sie sich wieder bei Fridolin ein und erkundigte sich, wie die Sache zwischen ihm und seiner Frau stünde. »Sie liebt mich nach wie vor«, erwiderte Fridolin. »Und dabei muß ich selber zugestehen, daß ich, seitdem du meinen Wunsch erfüllt hast, werte Fee, in ihrer Gesellschaft tatsächlich der langweiligste Mensch bin, dem sie jemals begegnet sein mag. Nicht ein kluges Wort fällt mir mehr ein, niemals die richtige Antwort, und ich könnte fast glauben, daß sie mich um meiner selbst willen liebt, wenn ich nicht so unermeßlich reich wäre.« »Ob deine Reichtümer sie an dich fesseln, wird sich ohne weiteres feststellen lassen. Wenn es dir beliebt, bist du im nächsten Augenblick ein Bettler.« »Du mußt nicht gleich übertreiben«, entgegnete Fridolin. »Denn Bettelarmut bringt doch noch allerlei Unzukömmlichkeiten mit sich, denen ich weder meine Frau noch mich aussetzen möchte. Es wird mir also genügen, wenn du mich zu einem Mann in beschränkten Verhältnissen machst, so daß wir eben unser kärgliches Auskommen haben, ohne daß es uns an die Existenz geht.« »Das soll dir werden«, erwiderte die Fee und verschwand.

Als sie nach einiger Zeit wiederkehrte, um sich zu erkundigen, ob sich in den Beziehungen zwischen Fridolin und seiner Frau etwas geändert hätte, zuckte er die Achseln. »Wie du siehst«, sagte er, »leben wir hier in einem recht armseligen Quartier. Es kommt kein guter Tropfen Wein mehr auf den Tisch, wir halten nicht mehr Wagen und Pferde, meine Frau trägt sich nicht mehr nach der letzten Mode, und aller Schmuck ist ins Leihhaus gewandert. Ihre Laune aber ist genau so gut, wie sie war. Sie ist immer freundlich und liebevoll zu mir, und ich könnte mir wirklich einbilden, daß sie mich um meiner selbst willen liebt, wenn ich eben nicht ein so verdammt schöner Kerl wäre.« »Da kann ja Rat geschaffen werden«, sagte die Fee. »Und wenn du darauf bestehst, so soll es mit deiner Schönheit über Nacht vorbei sein. Aber du solltest es dir doch vorher überlegen.« »Da ich mich nun einmal auf die Sache eingelassen habe, so wünsche ich sie auch folgerichtig durchzuführen. Sprich dein Zauberwort – und dann will ich sehen, ob ich um meiner selbst willen geliebt werde. Denn wenn es meine Schönheit war, die meine Frau in mich verliebt machte, so hab ich keinen Grund, auf ihre Liebe stolz zu sein.« Die Fee nickte und verschwand.

Als sie nach geraumer Zeit wiederkehrte, fand sie, was sie natürlich nicht überraschen konnte, statt des jugendschönen Fridolin, den sie verlassen hatte, einen blatternarbigen, mattäugigen, ziemlich kahlköpfigen alten Herrn vor, und gleich beim Eintritt sagte sie ihm: »Da deine Gattin, wie ich als Fee natürlich weiß, trotz der trübseligen Veränderung, die sich mit dir zugetragen, bei dir verblieben ist und nach wie vor in Zärtlichkeit deine ärmliche Behausung, dein kärgliches Mahl und dein Bett teilt, so kannst du wohl nicht mehr zweifeln, daß du um deiner selbst willen geliebt wirst. Denn von dem einstigen Fridolin ist nun wahrhaftig nichts mehr übrig geblieben.« »Du irrst«, erwiderte Fridolin, »immer noch genug. Ich selbst bin ja noch da. Was bedeutet am Ende Geist, Reichtum, Schönheit? Meine Körperlichkeit existiert noch. Mein Wesen, das nun auch ohne alle Eigenschaften, die man mit Namen bezeichnen kann, etwas Einziges, Geheimnisvolles, niemals Wiederkehrendes bedeutet. Um dieses Wesens willen liebt mich meine Frau und nicht meiner selbst willen. Also, wir stehen im Grunde genau an derselben Stelle wie bei deinem ersten freundlichen Besuch.« »Du bist also noch nicht zufrieden?« fragte die Fee, schon etwas ungeduldig. »Und du wünschst eine neue und letzte Probe?« »Ich bestehe darauf«, erwiderte Fridolin, »und koste es mein Leben.« In diesem Augenblick sank er tot zusammen, und seine Seele stieg zum Himmel auf.

Nach geraumer Zeit begegnete ihm dort die Fee und sagte ihm, nicht ohne leichten Spott: »Ich habe alle deine Wünsche erfüllt. Bist du jetzt zufrieden? Und wenn du davon überzeugt bist, hast du diese Überzeugung nicht etwa zu teuer bezahlt?« »Ich glaube nicht«, erwiderte Fridolin. »Denn obwohl ich schon ein Jahr lang tot bin, besucht meine Witwe doch noch täglich mein Grab, bringt mir Blumen, vergießt zuweilen sogar Tränen, und da sie mich offenbar jetzt nur um meiner selbst willen liebt, da gar nichts mehr von mir vorhanden ist, so ist es sehr wahrscheinlich, daß sie es auch zu meinen Lebzeiten getan hat. Du hast dich wie eine rechte Fee benommen, und ich danke dir von ganzer Seele.« Schon wollte die Fee verschwinden, denn sie hatte auf der Erde nach Feenart mancherlei zu tun und fand es dort im Grunde amüsanter als im Himmel, als Fridolin sie zurückrief. »Ich könnte die Angelegenheit allerdings als erledigt ansehen«, sagte er. »Aber da du doch wieder auf die Erde hinunterkommst, wird es dir gewiß ein Leichtes sein zu erfahren, wer eigentlich die Leute sind, von denen sich meine Witwe an mein Grab begleiten oder von denen sie sich an der Friedhofstür erwarten läßt.« Da die Fee lächelte, setzte er hinzu: »Da ich von allen irdischen Leidenschaften befreit bin, brauche ich dir wohl nicht erst zu sagen, daß mich keineswegs Eifersucht zu meiner Frage veranlaßt, sondern nur mein dir bekannter Ordnungssinn. Es ist mir natürlich aufgefallen, daß meine Frau, die mich doch überdies nicht wegen meines Geistes, meines Reichtums, meiner Schönheit, sondern um meiner selbst willen geliebt hat, so bald nach meinem Ableben eine ganze Anzahl neuer Bekanntschaften geschlossen hat. Offenbar zwischen dem Tag meines Todes und dem meines Begräbnisses. Denn schon hinter meinem Sarge sah ich Leute einhergehen, die mir persönlich gar nicht bekannt waren, und zwar dieselben drei, von denen sich meine Frau auch jetzt abwechselnd auf den Friedhof begleiten läßt.« »Du tust Deiner Witwe Unrecht«, erwiderte die Fee. »Das sind keine neue Bekannte, es sind lauter alte.« »Was du nicht sagst«, entgegnete Fridolin. »Davon müßte ich doch wohl auch etwas bemerkt haben.« »Es scheint doch nicht«, erwiderte die Fee. »Und darf man fragen, wer diese drei Herren eigentlich sind?« »Die drei Liebhaber deiner Frau.« »Meiner Witwe meinst du wohl?« »Sie waren es auch schon bei deinen Lebzeiten. – Der eine ist ein geistreicher und witziger Mensch, so sprühend, wie du es warst, ehe du dich entschlossest, auf deinen Geist zu verzichten. Der andere ist ein Millionär, mit dem sich deine Frau einließ, als du deine Reichtümer hinter dich geworfen hattest. Dem dritten endlich, dem bildhübschen, helläugigen, schlanken Burschen warf sie sich an den Hals, als du von deiner Jugend und Schönheit nichts mehr wissen wolltest. Auf diese Weise brachte sie es zustande, dich immer weiter um deiner selbst willen zu lieben.« »So war es aber doch nicht gemeint«, rief Fridolin aus. »Wie es gemeint war«, erwiderte die Fee, »kannst du ja gar nicht wissen. Ihr Menschen wißt immer nur, wie etwas gesagt ist. Die Deutung müßt ihr uns Feen überlassen.« »Da soll doch gleich der Teufel«, rief Fridolin ... Aber in diesem Augenblick war es natürlich mit seiner Seligkeit aus, auch der Traum war vorbei; er war wieder Fridolin, der begabte, reiche, jugendschöne Besitzer einer entzückenden Frau, von der er um seiner selbst willen geliebt wurde.

Parabel

Der Birnbaum stand an einem schönen Herbsttag am Weg, die Äste schwer von Früchten. Ein Knabe kam vorüber, schüttelte sich Birnen herunter, ließ sie sich schmecken, sagte: »Auf Wiedersehen, Apfelbaum!« und spazierte davon. »Verzeihen Sie, ich bin ein Birnbaum«, rief der ihm nach. »Warum sagen Sie das nicht gleich?« erwiderte der Knabe, spuckte erbittert aus und lief weiter. »Ich dachte, Sie hätten es gemerkt«, sagte der Birnbaum vor sich hin, aber der Knabe hörte ihn nicht mehr.

Nun kam ein zweiter Knabe, schüttelte den Baum, verzehrte einige der Früchte mit Appetit, dann sagte er: »Gar nicht übel, aber nun möchte ich um einen Pfirsich bitten!«

»Die wachsen leider nicht auf meinen Ästen. Aber wenn Sie Lust auf Pfirsiche haben, dort drüben steht ein Pfirsichbaum.« »Nun«, erwiderte der Knabe höhnisch, »wenn ich zufällig ein Birnbaum wäre und so viel Zeit hätte wie Sie, auf mir wüchse Obst von allen Sorten. Ich an Ihrer Statt würde mich schämen, immer und ewig ein Birnbaum zu bleiben.« Und er entfernte sich mit einem verächtlichen Achselzucken.

Ein dritter Knabe kam, tat sich gleichfalls an den Birnen gütlich, aber von Bissen zu Bissen wurde sein Gesicht verdrossener. Endlich sagte er: »Ich bekomme da immer Birnen und Birnen. Was ist's denn mit den Äpfeln, mit den Trauben, mit den Melonen, mit dem Sauerkraut, den Rettichen, die Sie mir versprochen haben?« »Das ist ein Irrtum. Niemals versprach ich etwas dergleichen«, erwiderte der Birnbaum. »Wie«, sagte der Knabe, »Sie wollen mir das nicht versprochen haben? Wissen Sie, was Sie sind? Ein Birnbaum? Nicht einmal ein Birnbaum sind Sie! Höchstens ein Zwetschgenbaum, der groß tut. Nein, eine Zwiebel, und verpesten die Luft im ganzen Umkreis. Was sagte ich, eine Zwiebel? Ein Giftpilz, wie ich soeben an meinem Bauchgrimmen verspüre.« Und fluchend stürzte er von dannen.

Noch viele andere Knaben kamen und aßen von den Birnen. Manche ließen es sich schmecken, einige von ihnen dankten sogar, andere fraßen sich voll und schimpften, manche aßen nicht einmal und schimpften doch.

Als der Winter kam, wurde der Birnbaum, der nun kahl stand, in der Erinnerung an seine Herbsterlebnisse trübsinnig. Und als an einem trüben Tag wieder böse Buben an ihm vorübergingen, seiner Kahlheit spotteten und bemerkten, daß es nun wohl endgültig mit ihm vorbei sei, dachte er verdrossen: Ihr sollt Recht gehabt haben! und beschloß, keine Früchte mehr zu tragen.

Doch der Frühling kam, die Laune des Birnbaums besserte sich wieder, und er nahm sich vor, wenn er schon keine Früchte trug, doch wenigstens zu blühen. Denn seines Duftes freute er sich selbst, und der ging niemanden etwas an. So lebte er, blühte und freute sich den ganzen Sommer lang, und als der Herbst kam, da waren zu seiner Überraschung doch die Früchte wieder da. Er konnte sich nicht helfen. Und als die Buben vom vorigen Jahre wiederkamen, ließ er sich schütteln und gab von seinen Früchten, wie im vorigen Jahr. Die Buben aber waren wohl ein Weniges älter, doch nicht klüger geworden. Sie redeten wie im vorigen Jahr, aber sie erhielten keine Antwort. Einer aber war da, derselbe, der im vorigen Jahr das Bauchgrimmen bekommen hatte, über den mußte sich der Birnbaum beinahe zu Tode lachen. Der hielt einen verblühten Zitronenast in der Hand, schwang ihn hin und rief: »Habt ihr jemals einen so herrlichen Orangenbaum gesehen wie mich?«

ANSÄTZE ZU PARABELN

Ein braver, frommer Mann hatte sich nach einem Leben voll Arbeit in einer schönen Gegend ein Haus gebaut und ließ über das Tor in goldenen Buchstaben die Worte setzen: Gesegnet sei dies Haus und jeder, der geht ein und aus. Bald nachdem er mit seiner jungen Frau und seinen unmündigen Kindern das Haus bezogen hatte, wurde er und seine Familie ermordet, beraubt und das Haus selbst niedergebrannt. Die Wirkung des frommen Spruches aber sollte sich bald aufs Herrlichste erweisen. Der Mörder wurde nämlich niemals entdeckt und durfte sich sein ganzes Leben lang an dem Genuß des geraubten Gutes ungestört und reuelos erfreuen.

Legende vom ewigen Funken

Eine Rakete verpufft, ein Funke will nicht verlöschen, bleibt einsam in der Luft, schaudert in seiner Einsamkeit.

Das große Feuerwerk, das kleine Kind daneben, das unbekümmert darum seine kleinen Streichhölzchen anbrennt und das Spiel fortsetzt, auch wenn das Feuerwerk längst zu Ende ist.

»Komm her, Löwe, ich tu dir nichts«, sagte das Kind, steckte das Händchen durchs Gitter und reichte dem Löwen ein Stück Brot.

Es war ein braver Lesebuch-Löwe, er wußte, was er sich schuldig war, er nahm das Stück Brot und zog sich knurrend in den Winkel seines Käfigs zurück. Aber merkt Euch, Kinder, es gibt Löwen, die nicht aus dem Lesebuch sind.

Am Strand spielt ein Bub, baut einen Sandhaufen, höhlt ihn aus, schöpft mit der Kanne aus dem Meer Wasser und gießt es in die Höhlung des Sandhaufens.

»Was machst du da?«

»Ein Meer.«

»Ist dir das Meer draußen nicht groß genug?«

»Ja, größer ist es schon, aber das ist *mein* Meer.«

Die Rosse eines Leichenwagens haben gescheut und sind durchgegangen; im Sarge poltert der Tote hin und her; ein paar Unvorsichtige geraten unter die Räder. Wir anderen sehen von unserem Fenster aus dem Schauspiel zu und bilden uns ein, einen weltgeschichtlichen Moment erlebt zu haben.

Zwei Knaben liefen um die Wette. Der eine verlor immer und immer wieder; wurde endlich ärgerlich und wollte das Spiel aufgeben. Der andere, nur um den Freund zu ermutigen, entschloß sich, ihn einmal gewinnen zu lassen. Doch kaum war dieser am Ziel angelangt, so jubelte er laut und verhöhnte den gefälligen Freund.

Neulich begegnete ich einem Bekannten, fragte ihn um die Zeit, er nahm die Uhr aus der rechten, sofort darauf eine zweite Uhr aus der linken Westentasche, dachte eine Weile nach und nannte mir dann die Stunde.

»Wie«, rief ich aus, »Sie tragen zwei Uhren?«

»Früher hatte ich auch nur eine, wie die anderen Leute, die ging aber täglich um zehn Minuten vor, so entschloß ich mich, eine andere zu kaufen, die täglich um zehn Minuten nachgeht. Nun bin ich in der Lage, stets genau zu berechnen, wie spät es ist.«

»Wie wär's«, bemerkte ich nach einigem Besinnen, »wenn Sie die beiden Uhren verkauften und sich mit dem Erlös eine Präzisionsuhr anschafften?«

Er sah mich mit einiger Mißachtung an.

»Rationalist«, sagte er und ließ mich stehen.

Zwei junge Leute kommen uns nachts auf der Landstraße entgegen und zeichnen sich dem Horizont gegenüber wundervoll ab. Aber wenn wir applaudierten, würden sie es nicht verstehen, denn sie wissen nichts von ihrem Verhältnis zum Horizont.

Es war einmal ein Zauberer, der zeigte den Leuten eine wunderbare Perlenschnur, an der nur die Perlen, nicht aber die Schnur zu sehen war. So schwebten die Perlen frei in der Luft, doch nur in der Hand des Zauberers und für keinen anderen hatte so die Perlenschnur einen Wert.

Da kam ein anderer, der behauptete gleichfalls, eine Perlenschnur zu besitzen, an der war wieder nur die Schnur zu sehen und die Perlen waren unsichtbar. Er schlug dem ersten Zauberer ein Kompaniegeschäft vor. Man weiß nicht, ob es zustande kam.

[ANTWORTEN AUF RUNDFRAGEN]

BEANTWORTUNG DER FRAGEN DER ETHISCHEN GESELLSCHAFT IN WIEN, SOMMER 1905, ÜBER SCHMUTZLITERATUR

1. Ist der Begriff der Schmutzliteratur praktisch zu umgrenzen und wie?

Meiner Auffassung nach fällt unter die Rubrik Schmutzliteratur manches literarische Erzeugnis, das mit der Behandlung sexueller Themen nicht das Geringste zu tun hat und das man, wie man zu sagen pflegt, jedem jungen Mädchen ruhig in die Hand geben dürfte. Aber es ist mir wohl bekannt, daß nach dem Sprachgebrauch unter Schmutzliteratur nur jene Produkte verstanden werden sollen, die sich ohne künstlerische oder belehrende Absicht mit sexuellen Themen in solcher Art befassen, daß bei dem hierzu prädestinierten Leser eine sexuelle Erregung eintritt oder wenigstens eintreten könnte.

In diesem Sinn läßt sich freilich der Begriff der Schmutzliteratur praktisch nicht umgrenzen: je nach Bildungsgrad, Empfindlichkeit, gutem Willen des Beurteilers wird der Begriff weiter oder enger gefaßt werden und ebenso, wie es Leute gibt, die zwischen den obszönen Späßen eines jämmerlichen Witzblattes und der »Büchse der Pandora« keinen merkbaren Unterschied zu finden vermögen, gibt es wieder andere, die um der künstlerischen Vorzüge eines Werkes willen gewisse Frivolitäten zu verzeihen geneigt sein werden, selbst wenn solche nicht ganz ohne Absicht eingestreut worden sind.

Schon an dieser Verschiedenheit des Standpunktes wird jede Möglichkeit scheitern, den Begriff der Schmutzliteratur zum Zwecke gesetzlicher Maßnahmen mit juristischer Schärfe zu präzisieren. Die wesentlichste Schwierigkeit liegt eben darin, daß die befürchtete Gefahr ebenso von einem künstlerisch bedeutenden als von einem wertlosen Literaturprodukt ausgelöst werden kann. (Mit den Werken der bildenden Kunst verhält es sich natürlich ebenso.) Und gerade den patentierten Sittlichkeitswächtern mangelt meistens sowohl Fähigkeit als guter Wille, eine Unterscheidung zwischen einem künstlerisch wertvollen und einem künstlerisch wertlosen Werke zu treffen.

Die seltsame Tatsache fällt immer wieder auf, daß verstorbene Schmutzliteraten, wie z.B. Boccacio, Ovid u.a. keineswegs mit der gleichen Intensität angegriffen werden wie lebende. Doch erklärt sich das nicht etwa daraus, daß von diesen Verstorbenen, da doch ihre Werke noch leben, eine Erregung der Sinnlichkeit nicht zu befürchten oder daß diese Erregung minder bedenkliche Folgen auszulösen imstande wäre, sondern einfach daraus, daß man den verstorbenen Verfassern der noch immer lebendigen Werke durch Verbote und Beschimpfungen keinerlei Schaden mehr zufügen kann. Es zeigt sich ferner, daß manchmal schon innerhalb weniger Jahre ein beträchtlicher Umschwung sowohl in der Beurteilung eines einzelnen Werkes als auch in den allgemeinen Anschauungen über Sittlichkeit eintreten kann.

Aber selbst angenommen, es ließe sich eine absolute und für die Dauer gültige Unterscheidung zwischen vermeintlicher und wirklicher Schmutzliteratur treffen und man ließe dann die literarisch wertvollen Werke trotz ihrer erregenden Eigenschaften frei ausgehen, – würde sich damit das Gesetz nicht auf den gleichen Standpunkt stellen, wie es die Gesundheitspolizei täte, wenn sie der schönen, aber krank befundenen Dirne die Lizenz zur weiteren Ausübung ihres Gewerbes nur darum nicht entzöge, weil sie eben schön sei?

2. Welchen Schaden stiftet die Schmutzliteratur?

So eng oder so weit ich den Begriff zu umgrenzen suche – keinen, mit dem sich der Staat oder das Gesetz zu beschäftigen hätte. Daß sie gelegentlich in einem reifen oder in einem unreifen Individuum Regungen der Sinnlichkeit auszulösen imstande ist, darin kann ich umso weniger einen Schaden erblicken als die Summe der Erregungen, die der vermeintlichen oder wirklichen Schmutzliteratur zu verdanken sind, gewiß nicht den millionsten Teil derjenigen Erregungen ausmachen, die auf anderem Wege ausgelöst werden und gegen die einzuschreiten völlig undurchführbar wäre; und endlich auch darum, weil ich in der Erregung der Sinnlichkeit überhaupt keinerlei Gefahr zu erblicken vermag. Die Gefahr liegt ausschließlich in Gesundheitsschädigungen, denen die unbelehrte, ungebändigte oder leichtfertige Sinnlichkeit ausgesetzt ist, und jedermann wird zugeben müssen, daß der Schade, den eine zu früh aus dem Spital entlassene Prostituierte oder ein gewissenloser Lump niederer oder höherer Kategorie anzurichten imstande ist und tatsächlich Tag für Tag anrichtet, unendliche Male bedeutender ist als der Schade, den die Schmutzliteratur aller Zeiten zu stiften imstande gewesen ist oder wäre.

3. Hat die Schmutzliteratur auch einen Nutzen? Worin besteht er? Und wie verhält sich dieser Nutzen zum Schaden?

Diejenigen Produkte, die geschlechtliche Themen mit Kühnheit und Eigenart behandeln (die also vernünftigerweise überhaupt nicht zur Schmutzliteratur zu rechnen sind), haben selbstverständlich den gleichen Nutzen, den literarische Produkte anderer Art besitzen: sie gewähren dem dazu veranlagten Menschen einen künstlerischen Genuß. Aber für eine gewisse beträchtlich größere Gruppe von Menschen, für die der künstlerische Gewinn überhaupt nicht existiert, kann sogar die wirkliche Schmutzliteratur auch einen gewissen Vorteil bieten, indem sie solchen Menschen eben den einzigen aus literarischen Produkten zu gewinnenden Genuß gewährt, dessen sie bei ihrer geringen geistigen Kapazität überhaupt fähig sind.

4. Welche Momente befördern die Schmutzliteratur insbesondere gegenüber der besseren Lektüre?

Die Verbreitung der Schmutzliteratur wird dadurch gefördert, daß den meisten Menschen von allen vielleicht außerordentlichen Eigenschaften eines Buchs überhaupt nur die eine Qualität ersichtlich wird: daß es sexuell erregend wirkt. Und vielleicht sind dieser Gefahr gerade die beruflichen, gewerbs- oder zwangsmäßigen Bekämpfer der Schmutzliteratur in besonders hohem Maße ausgesetzt, da ja ihre Aufmerksamkeit auf diese eine verpönte Qualität ununterbrochen gerichtet ist.

5. Soll man die Schmutzliteratur bekämpfen? Ihre Entstehung? Ihre Verbreitung?

Gewiß soll man das, aber der zuweilen zweifellos echte sittliche Ernst, mit dem man sich gegen die Schmutzliteratur wendet, steht bisher kaum je im richtigen Verhältnis zu dem erzielten Resultat. Unendlich wichtiger daher als der Kampf gegen die Schmutzliteratur – der, wie die Erfahrung lehrt, sich allzu häufig auch gegen die andere wendet und in dem so oft Heuchelei, politische Ranküne und gelegentlich Beschränktheit das große Wort führen –, ehrlicher in ihren Absichten und bedeutungsvoller in ihren Zielen sind Aufklärung, Hygiene, Einsicht und Gerechtigkeit. In den Bemühungen um diese Güter ist der Kampf gegen die wirkliche Schmutzliteratur notwendig mit einbegriffen, so weit er nicht in die Frage der Ästhetik und des Geschmacks übergreift; diese aber fallen nicht in die Kompetenz der Staatsgewalt. – Jedenfalls sind die bis jetzt bestehenden Gesetze zur Verbesserung fast nie dienlich; zur Bekämpfung der Schmutzliteratur aber unnötig.

KINDERTRAGÖDIEN *(1905)*

Vor Jahren wohnte ich in einer Gesellschaft einem Gespräch zwischen einem Zwanzigjährigen und einem Fünfzigjährigen bei. Der Fünfzigjährige hatte Standpunkte – unverrückbare selbstverständlich –, Erfahrungen, hauptsächlich bittere, und er war in der Lage auf irgend etwas zurückzuschauen, was er selbst wahrscheinlich für ein reiches Leben hielt. Er war daher sehr verwundert, als der Zwanzigjährige auf irgendeine der Äußerungen des Fünfzigjährigen sich eine Einwendung oder gar einen Zweifel an der Richtigkeit des Standpunktes erlaubte, von dem aus jener die Welt erblickte. Und der Fünfzigjährige bemerkte: »Ach, junger Mann, wenn Sie erst einmal so alt sein werden wie ich –!« Hierauf aber, zu noch größerer Verwunderung des Erfahrenen sagte der Jüngling: »Entschuldigen Sie, mein Herr, von dem Augenblick an, da Sie mir die Ehre erwiesen mit mir zu diskutieren, bin ich geradeso alt wie Sie und Sie ebenso jung wie ich. Und ich hätte gewiß nicht angefangen mich mit Ihnen zu unterhalten, wenn ich darauf hätte gefaßt sein müssen, mir in irgendeinem Momente unseres Gesprächs statt einer sachlichen Erwiderung meine zwanzig Jahre vorgehalten zu hören.«

Das Entsetzen ringsum war ziemlich allgemein, denn zu den verschiedenen Dingen, die damals, als diese Geschichte vorfiel, noch feststanden, gehörte das Dogma, daß der Jüngere vor dem Älteren unbedingt Respekt haben müsse; es stand viel fester als die Forderung, daß der Dumme dem Klugen Respekt schulde. Und das hatte seine guten Gründe, denn zweifellos ist es viel leichter durchführbar, junge Leute von alten, als dumme von klugen zu unterscheiden. Die gesellschaftliche, ja die ganze Weltordnung wird durch solche Lehrsätze beträchtlich vereinfacht. Zweifellos ist auch die Popularität des Hasses zwischen Nationalität und Konfessionen zum Teil auf die große Einfachheit zurückzuführen, mit der nach diesem Prinzip auch der Mindergebildete die Leute herauszufinden vermag, die er hassen oder verachten darf – oder selbst muß. Die Menschen voneinander nach ihrem eigentlichen Werte zu unterscheiden, das ist eine allzu schwere Aufgabe. Und wie sehr wird unser Verhältnis zu den Nebenmenschen vereinfacht und geklärt, wenn es schon durch so leicht kontrollierbare Umstände gegeben ist, daß einer ein Graf, der andere ein Jude, jener ein Professor und dieser wieder sechzig Jahre alt ist.

Das hauptsächlichste tragische Moment vielleicht im heranwachsenden Kind ist das Gefühl, nicht verstanden zu werden. Dieses Moment wäre nicht so bedeutungsvoll, wenn sein Vorhandensein dem Kinde wirklich bewußt wäre und wenn es die Kraft und den Mut aufbrächte, gegen diejenigen, die sich auf die Erfahrenen und auf die Klügeren hinausspielen, nur weil sie die Älteren sind, sich aufzulehnen. Doch von Anbeginn wird den Kindern eingeschärft: Du bist in jedem Fall denen Respekt schuldig, die älter sind als du. Ferner: alle diejenigen, denen deine Erziehung anvertraut ist, sind klüger als du und meinen es gut mit dir. Und so lange als möglich verbirgt man ihnen die traurige Wahrheit, daß diejenigen, die sie erziehen, sich im Grunde wenig für sie interessieren und noch seltener etwas von ihnen verstehen.

Freilich kann man kaum ein Erziehungswerk damit beginnen, daß man die Kinder darüber aufklärt, was für Leuten ihre Ausbildung in den meisten Fällen anvertraut ist. Und ich selbst würde es mir wahrscheinlich überlegen, meinem Sohne zu erzählen, daß meine Professoren zum allergrößten Teil sehr minderwertige Subjekte waren, obzwar ich mir manchmal denke, um wie viel wohler mir in der Schule gewesen wäre, wenn ich die Verächtlichen ruhig hätte verachten dürfen. »Die Kinder erfahren es noch früh genug.« Nein, sie erfahren das meiste viel zu spät.

RUNDFRAGE ÜBER DAS EHERECHT

Mit Kompromissen läßt sich eine Lösung der wichtigsten Fragen nicht anstreben. Zum mindesten darf man nicht mit Kompromissen beginnen. Im Verlauf der Durchführung sind sie ja nicht zu vermeiden.

Eine Reform des Eherechtes ohne eine Reform der Ehe ist vollkommen nutzlos.

Alle Schäden und Schwierigkeiten des Eherechtes ergeben sich aus den falschen Voraussetzungen, auf denen der Begriff der Ehe aufgebaut ist.

Es erscheint wünschenswert, den Boden umzupflügen, nicht auf unsicherer Erde ein neues Gebäude aufzurichten, auch nicht darum, ein altes mit neuen Erkern und Türmen zu versehen.

Die Ehe in ihrer jetzigen Form ist kein eigentlicher Vertrag und doch dürfte sie für den Staat überhaupt nichts anderes zu bedeuten haben.

Alles was sie außerdem noch ist, dürfte nichts anderes sein als Privatabmachung zwischen den zwei Menschen, die die Ehe schließen. Somit ist jede obligate Mitwirkung einer kirchlichen Behörde an der Eheschließung, wenn sie nicht von den Gatten selbst gewünscht wird, auf das Entschiedenste abzulehnen. Das Zusammenleben zweier Menschen, die durch einen rechtsgültigen Vertrag ihre gegenseitigen ökonomischen Beziehungen regeln, hat dem Staat als Ehe zu gelten. Ferner hat jede Verbindung zweier bis dahin lediger Menschen, der ein Kind entsproß, als Ehe zu gelten. In einem solchen Fall ist die ökonomische Beziehung und Verpflichtung der Eltern gegenüber dem Kinde sofort zu regeln, und jeder Unterschied zwischen unehelichen und ehelichen Kindern hat vor dem Gesetz durchaus zu fallen.

In dem Vertrag der eheschließenden Menschen ist festzustellen, was nach Lösung des Vertrages mit dem Kinde zu geschehen hat.

Der Staat hat sich ausschließlich um Regelung der Vermögens- und der hygienischen Fragen zu kümmern, während alles Ethische, Religiöse und Gefühlsmäßige Privatsache zu bleiben hat.

Denn daß auch Ethos und Religion zu einer öffentlichen Angelegenheit gemacht wird, führt wie tausendjährige Erfahrung zeigt, nicht zu einer Erhöhung der Sittlichkeit oder zu einer Vertiefung der religiösen Anschauungen, sondern ausschließlich zu Machtdünkel mit all seinen Übergriffen bei den Behörden und zu Heuchelei im privaten Leben. Überdies hat die Einmischung des Staates in ethische und religiöse Fragen etwas durchaus Verlogenes, da es dem Staat niemals auf Sitte und Weltanschauung im eigentlichen Sinne ankommt, sondern immer nur auf Form- und Machtfragen.

ZUR FRAGE DES SCHLÜSSELROMANS

Vor ungefähr einem Jahr erschien ein Roman, für den eine bisher in schriftstellerischen Kreisen ungewohnte Reklame gemacht und gegen den zugleich der Vorwurf erhoben wurde, daß er Zustände und Menschen schildere, die dem Autor sehr genau bekannt seien. Den Roman habe ich bis heute nicht gelesen, den Vorwurf öfters und ich wunderte mich immer von neuem darüber. Der gegenteilige Vorwurf – daß nämlich ein Autor Dinge und Menschen schildere, die ihm nicht bekannt seien –, wäre mir einleuchtender erschienen. Vor wenigen Tagen nun fand ich in einer Kritik über den gleichen Roman die folgenden Worte:

»Erdichtet sind zunächst nur die Personennamen, im übrigen aber sind die Menschen und Situationen nach Ort und Zeit fast alle der Wirklichkeit entnommen und für den kundigen Leser ganz genau bezeichnet. Dabei verfolgt aber der Verfasser die Praxis, daß er nicht etwa nur vorhandene Schwächen seiner Umgebung in indiskreter Weise ans Tageslicht zieht, sondern daß er fast alle Personen seines Romans in schärfstem Gegensatz zur Wahrheit entstellt, verlästert und verleumdet, während er andererseits in maßloser Eitelkeit und in gleich offenkundigem Gegensatz zum wirklichen Tatbestand seine Person und sein Handeln zu verherrlichen bestrebt ist. Und diese treulose und unwahrhaftige Entstellung der Personen und Tatsachen ist umso abscheulicher, als sie vorzugsweise solche Personen betrifft, mit denen der Autor durch die Bande der Pietät verbunden war oder doch hätte verbunden sein müssen. Nicht nur die Mitschüler, die Couleurbrüder, die Verwandten werden in diesem Buche teils lieblos, teils geradezu hämisch entstellt, sondern – man kann es kaum fassen – der Busenfreund, der eigene Vater, ja, sogar die eigene Braut!«

Der Kritiker selbst räumt an anderer Stelle ein, daß die Privatverhältnisse eines Künstlers den Leser nichts angehen und daß persönliche Betrachtungsweise eines Kunstwerkes unangebracht sei. Trotzdem hält er es in diesem Falle für geboten, die unwahrhaftige und treulose Verwendung persönlicher Motive bei der wachsenden Reklame für dieses Zeitbild ins rechte Licht zu stellen.

Ich frage nun, wer hat in diesem Fall die beanstandete Büberei begangen, d. h. den Roman sozusagen erst zum Schlüsselroman gemacht? Niemand von den Fernerstehenden wußte, daß der Autor in einzelnen Gestalten des Romans seinen Vater, seine Braut, seine Couleurbrüder geschildert oder doch gemeint hat. Erst der Kritiker hat diesen Umstand einer weiteren Öffentlichkeit mitgeteilt. Woher nahm er das Recht dazu? Kennt er für seinen Teil den Vater, die Braut, die Couleurbrüder des Autors so genau, daß er für die Identität der wirklichen Personen mit den

Figuren des Romans durchaus einzustehen den Mut findet? Ist seine Menschenkenntnis so außer Zweifel, daß er eine solche Identität in jedem Falle tatsächlich beschwören könnte? Und wenn es so wäre, wie darf er es sich anmaßen, der ganzen Welt anzuvertrauen: Nicht nur der in dem Roman genannte Herr X., sondern ein mir bekannter Herr Y., welcher als Herr X. im Roman erscheint, ist ein Saufbruder; nicht nur Herr M., der im Roman vorkommt, ist ein Schuft, sondern sein Modell, Herr O.; nicht das Fräulein Z. hat Herrn T., sondern eine junge Dame, auf die ich hiermit mit den Fingern weise, hat den Autor des Romans betrogen? War der Autor vielleicht indiskret, weil er hätte vermuten können, daß einige mit den Verhältnissen vertraute Leute in seinen Romanfiguren einige wirklich existierende Menschen, in einigen im Roman angedeuteten Schicksalen solche erkennen würden, die sich tatsächlich zugetragen haben, so hat der Kritiker diese Indiskretion gewissermaßen verhundert- und vertausendfacht. Ohne den mildernden Umstand, der dem Autor vielleicht zuzubilligen war: der unwiderstehliche Drang, ein persönliches Erlebnis dichterisch zu gestalten und sich von ihm zu befreien.

Ist es denn überhaupt schon jemals geschehen, daß ein Autor Menschen zu schildern unternommen hätte, die er nicht kennt oder wenigstens zu kennen glaubt? Und hat man jemals einem Autor einen Vorwurf daraus gemacht, wenn in einer seiner Figuren mit glänzenden Eigenschaften ein lebendiges Modell wiedererkannt wurde? Immer aber nimmt man es ihnen übel, wenn sie Individuen von minderer Trefflichkeit oder gar Bösewichte dem Leben nachzuzeichnen versuchen. Dabei wird es sich schon aus technischen Gründen niemals um einen Vorgang handeln, den man, wie es gerne geschieht, dem Portraitieren gleichsetzen könnte. Während es sich bei der Photographie um die Anwendung eines physikalischen Gesetzes handelt, wonach die Umrisse eines Gegenstandes oder einer Person mit mathematischer Genauigkeit auf einer lichtempfindlichen Platte reproduziert werden, ist der Vorgang, nach dem das Konterfei eines lebendigen Menschen in einem Roman entsteht, ein so unendlich komplizierter, daß ein Dutzend Romanportraits von dem gleichen Individuum innerhalb eines Dutzend verschiedener künstlerischer Rahmen sich alle zwölf wesentlich voneinander unterscheiden würden. Dies träfe auch zu, wenn ein Autor tatsächlich einmal versuchte, ein Individuum mit vollkommener, portraitähnlicher Treue in sein Werk hineinzustellen.

Gewiß gibt es skandal- oder rachsüchtige Autoren, die gelegentlich eine mäßige schriftstellerische Begabung zur Befriedigung ihrer häßlichen Gelüste benützen. Doch wenn es geschieht, fallen die aus einem solchen Einzelfall entstehenden Nachteile gar nicht ins Gewicht gegenüber dem allgemeinen Vorteil, der in der unbehinderten Freiheit des Schaffens liegt.

Jedem Schriftsteller ist es schon begegnet, daß man in irgendeiner seiner Figuren einige ganz verschiedene wirkliche Menschen zu erkennen geglaubt hat. Es kann auch irgendeinmal ein Schauspieler eine Figur kopieren, an die der Autor überhaupt nicht gedacht hat.

Zuweilen auch führt der Autor eine Figur weiter, als ihr Vorbild innerhalb des Lebens sich zu entwickeln vermochte. Er ist es, der den Sinn einer bestimmten menschlichen Erscheinung erst in Wahrheit erfüllt. Er vermag es, Figuren in erfundene Situationen hineinzustellen, in die das Urbild niemals geraten könnte und statuiert so gleichsam ein Exempel, zu dem es dem Schöpfer an der nötigen Konsequenz gefehlt hat.

RUNDFRAGE ÜBER DAS DUELL

Die Beziehungen zwischen zwei Menschen, die zu einem Zweikampf führen können, sind sehr vielfältiger Natur und ebenso vielfältig die Bedeutung, die dem Duell als Abschluß der Beziehungen zwischen zwei Menschen zukommt.

Diese menschlichen Beziehungen haben mit allen anderen, wie z.B. Ehe, Liebe, Freundschaft, außer ihrer Vielfältigkeit auch das gemeinsam, daß den außenstehenden Menschen ein wirklicher Einblick in sie verwehrt ist und daß daher jede Einmischung von anderer Seite unerlaubt, ungebührlich, ja vielleicht unsittlich erscheint, solange es sich eben ausschließlich um diese Beziehungen an sich handelt und nicht um den Einfluß, den sie eventuell auf die Existenz Unbeteiligter zu nehmen imstande sind.

Es ist also nicht nur töricht, sondern sogar unverträglich mit dem Recht der Selbstbestimmung zwei Individuen, deren Beziehungen sich dahin entwickelt haben, daß sie das unabweisbare Bedürfnis empfinden, sich mit den Waffen in der Hand gegenüberzustehen oder einer den andern zu töten, an der Ausführung dieses Vorsatzes zu hindern.

Gegen Duellanten also, die sich freiwillig gestellt und solche, die den Gegner nicht in irgendeiner Art zum Duelle gezwungen haben, dürfte von staatswegen niemals etwas unternommen werden, selbst wenn das Duell einen unglücklichen Ausgang hatte. Hier erst setzt die Frage ein; nicht um das Duell, sondern um den Duellzwang handelt es sich. Und zwar nicht um den augenfälligen Zwang, gegen den einzuschreiten eine verhältnismäßig einfache Sache wäre, sondern um die vielfachen Formen des uneingestandenen, unaufrichtigen, gefährlichen Zwanges, der in unseren gesellschaftlichen Zuständen begründet ist.

Bei oberflächlicher Betrachtung könnte man beinahe glauben, daß es einen Zwang zum Duell wenigstens für Zivilisten überhaupt nicht gibt, wie denn die Duellfrage im Offiziersstande hier schon darum außer acht gelassen werden soll, weil jeder, der diese Karriere einschlägt, ebenso gut weiß, welchen Anschauungen und Gesetzen er sich damit unterworfen hat, wie der Arzt, der es seinerseits nicht ablehnen darf, sich bei einer plötzlich ausbrechenden Epidemie an der Behandlung der Erkrankten zu beteiligen und die damit verbundene Gefahr auf sich zu nehmen, wenn er auch auf den Ausbruch einer Epidemie bei Ablegung des Doktorats nicht gefaßt war.

Anders aber steht es beim Zivil. Hier kommt es jeden Tag vor, daß Leute auch ohne Absicht in Kreise geraten, wo Anschauungen herrschen, in denen der Duellzwang notwendig inbegriffen ist. Solange Leute als feig gelten werden, die eine Duellforderung ablehnen und solange Leute den Vorwurf dieser sogenannten Feigheit als diffamierend empfinden werden, solange wird auch der Duellzwang bestehen. Keine behördliche Verfügung, kein Gesetz wird die Macht haben, jemanden, der einen andern wirklich oder im Sinne der geltenden gesellschaftlichen Anschauungen beleidigt hat, davor zu schützen, daß er eine Ohrfeige bekommt. Und solange diese Ohrfeige ihre innerhalb der Gesellschaft nun einmal feststehende symbolische Bedeutung behält, wird keine behördliche Verfügung die Macht besitzen, den Geohrfeigten glauben zu machen, daß sein Beleidiger durch eine Geldstrafe von fünf bis hundert Gulden oder selbst durch Arrest von vierundzwanzig Stunden genügend bestraft und damit seine, des Gezüchtigten Ehre wiederhergestellt weiß. So wird also diese Ohrfeige, wenn andere Mittel versagen, in all den Kreisen, wo sie eben als Symbol gilt, einen absoluten Zwang zum Duell bedeuten.

Es ist also unbedingt erforderlich, diese Beleidigung innerhalb von Kreisen, wo sie eben mehr bedeutet als sich selbst, mit einer

Strafe zu belegen, die dem symbolischen Ernst der Beleidigung angemessen ist; unter Umständen mit schweren Kerkerstrafen.

Ebenso streng müßte der Vorwurf der Satisfaktionsunfähigkeit gestraft werden, der gegen den Duellverweigerer öffentlich erhoben würde, denn es ist sehr wohl der Fall zu denken, daß jemand einmal mit guten Gründen ein Duell abgelehnt hätte und ein anderes Mal aus ebenso guten Gründen die Nötigung empfände, selbst jemanden zum Duell herauszufordern.

Die Forderung an sich aber dürfte niemals strafbar sein. Sie hätte nichts anderes zu bedeuten und dürfte nicht in anderem Sinne aufgefaßt werden als die Frage: willst du dich mit mir schlagen? – eine Frage, auf die die Antwort dem andern völlig frei stünde und auch eine abschlägige keinerlei diffamierende Folgen für den Duellverweiger mit sich brächte, woraus die einfache Folgerung resultiert, daß man auch den Fordernden für ein Ja des Geforderten in keiner Weise verantwortlich machen dürfte.

Auch von prinzipiellen Duellgegnern hört man immer wieder die Ansicht aussprechen, daß es immerhin Fälle gibt, wo das Recht, jemanden zum Duell zu provozieren, unbedingt zuerkannt werden müßte. Und als Lieblingsbeispiele werden immer wieder solche Fälle gewählt, in denen es sich um Verführung der Gattin oder der Schwester handelt. Und doch liegt hier die Sache nicht anders als in sämtlichen anderen Fällen, bei denen sich irgend jemand beleidigt fühlt. Ist der sogenannte Verführer geneigt, auf das Duell einzugehen, so möge es stattfinden und – wie immer der Ausgang sei – straflos bleiben. Ist aber der Beleidiger nicht geneigt, die verlangte Satisfaktion zu geben, so wäre der Versuch, ihn zu einem Duell zu zwingen, mit der gleichen Schärfe zu ahnden, wie in jedem andern Fall. Natürlich müßte dem Gatten oder dem Bruder Gelegenheit geboten werden, sich auf andere Weise Genugtuung zu verschaffen, auf die er nach unseren heute noch bestehenden bürgerlichen Anschauungen ein Recht beanspruchen kann. Doch besteht ein solches Recht überhaupt viel seltener als man heute noch zugibt, es sei, man wollte ausdrücken, daß auch schon der verletzten Eitelkeit ein Recht auf Genugtuung zustünde.

Enquete über Pornographie.

1. Frage: Inwiefern Werke der Literatur und Kunst sexuell zu irritieren vermögen?

2. Frage: Inwiefern eine solche Wirkung berechtigt ist?

3. Frage: Pornographie.

Ob ein junger Mensch sinnlich erregt die Tizianische Venus verläßt und sich eine Stunde darauf bei einer Prostituierten oder einem andern weiblichen Wesen infiziert oder ob er mit seiner Geliebten oder Frau unter der Nachwirkung derselben Erregung einen neuen Shakespeare zeugt – oder seinen eigenen Mörder –, das ist schließlich nur eine Glücksfrage.

Und zweifellos kann jede dieser Möglichkeiten eintreten, auch wenn es nicht die Tizianische Venus war, sondern eine völlig kunstfremde Aktphotographie oder irgendeine obszöne Darstellung.

Die Frage, inwiefern die sexuelle Wirkung von Kunstwerken berechtigt sei, scheint mir so müßig wie die Frage nach der »Berechtigung einer sexuellen Erregung«, die durch den Anblick einer schönen lebendigen Gestalt hervorgebracht würde, was ja auch zuweilen vorkommen soll. Die Kunst ist hinsichtlich ihrer Wirkungen so unbekümmert wie die Natur und selbst wenn einmal ein großes Kunstwerk geschaffen würde, von so ungeheurer sexueller Reizkraft, daß eine Flutwelle von Sinnlichkeit sich über die gesamte Menschheit ergösse, so wäre das ebensowenig Anlaß, die Ausstellung, die Weiterverbreitung zu verbieten, wie bisher behördlicherseits der Versuch gewagt worden ist, die körperliche Schönheit zu untersagen.

Sicher ist jedenfalls, daß die sexuell irritierenden Bildwerke und Druckschriften, sowohl künstlerischer als unkünstlerischer Natur, prozentuell gegenüber den vielfachen Verlockungen im täglichen Leben und dem steten physiologischen Wirken der Geschlechtlichkeit auch in ihrer gelegentlichen schädlichen Wirkung gar nicht in Betracht kommen.

Meine Bedenken gegen die Pornographie sind ausschließlich ästhetischer Natur, und meine Abneigung gegen pornographische Produkte beruht nicht darauf, daß manchen von ihnen die Eigenschaft innewohnt, sexuelle Erregungen auszulösen – was sie bekanntlich auch mit manchen wirklichen Kunstwerken gemeinsam haben –, sondern darauf, daß pornographische Produkte des künstlerischen Wertes ermangeln und in erster Linie, ja oft ausschließlich, nicht auf ästhetische Wirkung ausgehen, sondern auf Wirkungen, die a priori mit Kunst nichts zu tun haben.

Es ist nicht richtig, daß die Grenze zwischen Pornographie und Kunstwerk schwer zu bestimmen ist. Der Kenner, wenn er zugleich ein ehrlicher Mensch ist, wird diese Grenze ebensogut festzustellen imstande sein, wie jede andere Grenze zwischen Kunst und Nichtkunst (welch letztere auch bekanntlich außerhalb der Pornographie vorzukommen pflegt). Mißlich bleibt nur, daß dieser Grenzfrage gegenüber nicht nur solche Leute versagen, denen überhaupt die Fähigkeit ästhetischen Urteils mangelt – also die überwiegende Mehrzahl aller Menschen –, sondern auch manche Leute, denen eine solche Urteilsfähigkeit wohl gegeben wäre, die aber – sei es durch falsche Erziehung, sei es durch Unfähigkeit logisch zu denken, sei es durch eine krankhaft gesteigerte sexuelle Erregbarkeit, sei es endlich aus Gründen berufs- oder gewerbsmäßiger Heuchelei – geneigt sind, jedes Werk der Kunst oder der Nichtkunst vor allem auf seinen sexuellen Irritationskoeffizienten hin anzusehen.

Es scheint mir überhaupt kein Anlaß vorzuliegen, die Frage der Geschlechtskrankheiten von der Frage der geschlechtlichen Erregung aus in Angriff zu nehmen, gegen die ja zum Glück für die Erhaltung des Menschengeschlechtes jede staatliche und jede kirchliche Maßnahme vollkommen machtlos bleiben wird; die Frage der Geschlechtskrankheiten ist nur von den Gesichtspunkten der allgemeinen Bildung, der wissenschaftlichen Aufklärung und der Wahrheit anzugehen. Und so sei der Kampf gegen die Geschlechtskrankheiten und ihre Verbreitung ein Kampf gegen Unbildung, falsche Schamhaftigkeit, Heuchelei und Gewissenlosigkeit, arte aber nicht aus in einen Kampf gegen die Sinnlichkeit, die nicht nur ein lebenverschönerndes Prinzip, sondern auch eine lebenschaffende Kraft bedeutet.

TOLSTOI

Ich bewundere Tolstois Werke und liebe manche von ihnen; besonders *Krieg und Frieden*, *Die Kosaken* und die *Soldatengeschichten*.

Über die kunsttheoretischen und religions-philosophischen Schriften Tolstois kann ich mich kaum äußern, da ich nicht alle und manche nur im Auszug gelesen habe. Doch muß ich gestehen, daß die Ansichten eines Dichters, seine Ideen als solche, mich immer nur in geringem Maße interessiert haben. Ich lebe nämlich in dem sonderbaren Wahn, als wären alle überhaupt möglichen Ideen und damit die Fähigkeit, sie auch selbst auszusprechen oder durch die von mir erfundenen Gestalten aussprechen zu lassen, in meiner Seele vorgebildet, so daß auch die neuesten und bizarrsten für mich keine Überraschung zu bedeuten vermögen.

Scheint übrigens nicht der Fall Tolstoi die relative Gleichgültigkeit aller Ideen, aller theoretischen Erwägungen zu beweisen? Haben ihn seine blasphemischen Ansichten über die Kunst gehindert, Kunstwerke hohen Ranges zu schaffen? Gibt es einen einzigen Menschen, den Tolstoi von Shakespeare oder von Tolstoi selbst abwendig gemacht hätte? Was mir einen Dichter wert macht, sind immer die Gestalten, die er in sich trägt, und der Rhythmus, in dem er sie erscheinen und walten läßt. Von allen, die in diesen Tagen leben, gibt es keinen, dessen Gestalten lebendiger gewandelt und dessen Rhythmus gewaltiger getönt hätte als der Dichter Tolstoi.

[Antwort auf eine Rundfrage, nicht eingesandt.]

ZU »SPRÜCHE ETC.«

VORBEREITET GEWESEN, DOCH ZURÜCKGELEGT

Es gibt Leute, die eine Sache längst im Geist zu Ende gelebt haben, während sie scheinbar noch mitten darin stehen. Daher die außerordentliche Langeweile, der Überdruß, der diese raschfühlenden Menschen erfaßt, die doch so langsam leben müssen wie die andern, und sie das Leben scheuen macht.* *1880er Jahre*

Das wahrhaft Tragikomische ist das Lächerliche an Leuten, die einem durch Pietät über alles erhaben sein sollten. *21.4.91*

Unsere Lieblingszigarre? Es ist leider nicht die, die uns am besten geschmeckt hat, sondern die, die unsern Verhältnissen am besten entspricht und an die man sich gewöhnt hat. *1908*

Ich habe nichts gegen Leute, die sich umbringen, aber ich hasse Menschen, die sich fallen lassen.

Ermüdbarkeit des Gefühls nicht zu verwechseln mit Trägheit des Herzens. *1912*

In der Mitte läge die Wahrheit? Keineswegs. Nur in der Tiefe. *1918*

Im Geistigen kann es niemals Haß geben, sondern nur Gegensätze; und auch die sind noch fruchtbar. *1921*

Unter den Antinomien nicht zusammenbrechen, das ist unsere Lebensaufgabe. *1921*

Aufgabe der Erziehung wäre es, den metaphysischen Hunger der Menschheit durch Mitteilung von Tatsachen mit weisem Maß zu stillen statt ihn durch Märchen, was ja die Dogmen sind, zu betrügen.* *1921*

Zum Wesen des Dilettanten.

Die Leistungen im Detail manchmal bis zum Verblüffenden; in der Hauptsache versagen sie. Das gilt auch für die Dilettanten des Lebens. *1921*

Es ist immer wieder beschämend, in einem eigenen Erlebnis, dessen Einzigartigkeit man eben zu empfinden glaubte, das hundertmal Dagewesene, den typischen Kern zu entdecken. In der Angst vor dieser Beschämung wurzelt jenes Wort: »Ich verstehe die Welt nicht mehr«, mit dem sich ein Tischlermeister zweifelnd in den Mittelpunkt der Welt zu stellen versuchte, weil seine Tochter, wie es schon tausend Tischlermeistern und sogar einigen Königen vor ihm passiert ist, von einem Liebhaber in die Hoffnung kam. *1921*

Ein ernster Mensch sein und keinen Humor haben, das ist zweierlei. *1922*

Auch der Selbstmord wird eine sinnlose Sache, wenn man keinem Menschen mehr dadurch einen Schmerz bereitet. Dies erst heißt sich völlig ins Nichts stürzen. *1922*

Dein Nebenmensch ist allzu sehr darauf bedacht, der Klügere zu sein, als daß er je anerkennen würde, du hättest in irgendeiner Sache das richtige Maß eingehalten. Er wird dir also immer den Vorwurf machen, entweder, du seist zu tyrannisch oder du seist zu nachgiebig gewesen, zu vorlaut oder zu bescheiden, zu vorsichtig oder zu unbedacht. Und er wird immer irgendwie recht haben, da es ja in keiner Sache eine mathematische Richtigkeit gibt. *1924*

Zu den psychopathologischen Rudimenten, die auch im gesundesten Gehirn enthalten sind, gehört unter anderm das Bedürfnis nach Wunderglauben. Ich erinnere mich eines Spaziergangs, während dessen ich längere Zeit hindurch in der Ferne Kuppeln erblickte, deren Vorhandensein ich mir unmöglich erklären konnte. Es war mir eine unbezweifelbare Enttäuschung, als ich entdeckte, daß es die Kuppeln der Museen waren und nicht irgendeines Zauberpalastes, der im Laufe der Nacht entstanden war. *1924*

Ein richtiges und ein gerechtes Urteil, das ist noch lange nicht dasselbe. Richtigkeit ist der höhere Begriff (so sonderbar das klingen mag). Das richtige Urteil stützt sich auf den gesunden Menschenverstand, das gerechte auf das Gesetz, welches naturgemäß auch anderen Elementen als der Logik allein seine Entstehung verdankt. *1924*

Schuster, die das anatomische Bildnis eines Fußes in das Schaufenster stellen, müssen deshalb noch lange nichts von Anatomie verstehen, aber Schuhe ließ ich mir gewiß nicht von ihnen anmessen. *1924*

Solang du auf Erden lebst, hast du kein Recht, rückhaltlose Anerkennung zu verlangen. Denn bis zu deinem letzten Augenblick besteht die Gefahr, daß du deinen Anspruch darauf wieder verwirkst. *1924*

Du mußt mich nehmen, wie ich bin, sagte der Tiger und machte sich sprungbereit.

Du mich auch, sagte der Jäger und schoß ihn nieder. *1924*

Unsere Feinde haben meistens recht mit ihren Vorwürfen, aber zu ihren Vorwürfen beinahe nie. *1924*

Manche Leute, Frauen besonders, bilden sich ein, durch irgendeinen Schicksalsschlag »zum Glauben bekehrt« worden zu sein. Der Tod eines geliebten Menschen, Gatten, Sohnes, der ihnen im ersten Augenblick »sinnlos« erschien, erhält für sie, so sagen sie, im Laufe ihres weiteren Lebens irgendwie einen Sinn – wenn sie sich auch manchmal nicht weiter durchringen können als zu der Überzeugung, daß es einen Sinn gehabt haben müsse, und zwar darum, weil eben alles einen Sinn haben müsse; denn sonst wäre es eben sinnlos. – In diesem »Glauben« behaupten sie dann einen »wunderbaren Trost« zu finden. Und diesen Trost empfinden sie als um so wunderbarer, je mehr ihr Leben einen neuen Inhalt bekommen hat, sei es durch eine Tätigkeit, sei es durch irgendeine neue, beglückende Beziehung. Zu dieser Tätigkeit, zu dieser Beziehung aber wäre es nicht gekommen (wahrscheinlich), wenn eben nicht ihre Existenz durch jenen Schicksalsschlag in irgendeinem Augenblick leer, »sinnlos« geworden wäre.

In Wahrheit verhält es sich aber so, daß ihr Schmerz über den Verlust, den sie erlitten, nach allgemein menschlichen Gesetzen allmählich abgeklungen, daß ihr Leben, ihr Liebestrieb neu erwacht ist; und aus der unbewußten Scham, sich die Vergänglichkeit eines Gefühls einzugestehen, das sie für ewig hielten, flüchten sie sich in den Wahn, daß ihnen nun der tiefe Sinn ihres tragischen Erlebnisses aufgegangen sei. Denn es würde ihren Stolz, ihre Eitelkeit verletzen, wenn sie einsehen müßten, daß ihr Gefühl in irgendeinem Augenblick einfach durch die Tatsache, daß das Objekt dieses Gefühls nicht mehr auf Erden war, zum allmählichen Hinschwinden verurteilt war. *1924*

Es gehört zu den übeln Methoden der Polemik, daß man schon dem Wort, das den Gegner einfach bezeichnen sollte, einen Nebenton von Verachtung leiht. So klingt z.B. das Wort Rationalist geradeso wie das Wort Mystiker ohneweiters als Schmähwort, je nachdem es der Mystiker oder der Rationalist in der Diskussion anwendet.

Der Mystiker hat insofern gewiß recht, als es tatsächlich Dinge zwischen Himmel und Erde, ja auf der Erde selbst gibt, von denen unsere Schulweisheit nichts träumt. Aber er hat unrecht sich über die Leute erhaben zu dünken, die sich, soweit es eben möglich, ihrer Vernunft bedienen, um zu erforschen, was eben noch erforschbar ist oder scheint.

Der Rationalist hat gewiß recht, wenn er auf das kostbare, ja in diesem Fall einzige Hilfsmittel der Vernunft nicht früher verzichtet als es eben versagt. Aber er soll nicht über die Leute lächeln, die finden, daß die Vernunft zur Erklärung mancher Dinge nicht ausreicht und niemals ausreichen wird.

Ein Mystiker ist wie ein nächtlicher Wanderer, der die Laterne auslöscht, die ihm die nächsten Schritte in die Finsternis beleuchtet – nur darum, weil sie nicht zugleich die Kraft hat, hunderttausend Meilen durch das Waldesdunkel bis ans unbekannte Ende des Wegs zu dringen. *1924*

Die Angst ist der einzige Seelenzustand, der keines ihm bewußt werdenden Objektes bedarf, auf das er sich bezieht.

Beweis: Todesangst des Tieres. Das Tier hat keine Vorstellung, keinen Begriff vom Nicht-Sein, so wenig wie das Kind, und doch hat es die Angst vor dem Nicht-Sein. (Nicht nur vor dem Schmerz des Sterbens; denn die Angst ist schon verhanden, auch wo keinerlei Erfahrung über die Begleiterscheinungen des Sterbens vorliegt.)

Die Zelle schon reagiert gegen die Gefahr. (Gefahr heißt immer Möglichkeit, wenn auch entfernteste, der Vernichtung.)

Das Sich-tot-Stellen bei Insekten: Bin ich tot, so besteht für dich, Mensch, keine Notwendigkeit mehr, mich zu töten. Wodurch unterscheidet sich ein solcher angeblicher Instinkt von einem Gedankengang? *1924*

Hüte dich vor schlechter Gesellschaft, aber vergiß nicht, daß, wenn du die Einsamkeit erwählst, du dich nicht stets in der besten befindest.

Zwischen die gleich grausamen Wahrheiten: Leben und Tod, haben wir die tröstliche Lüge der Unsterblichkeit gesetzt.

Du willst dich dafür rächen, daß dich einer verleumdete? Sprich die Wahrheit über ihn, und ihr seid quitt geworden.

Ethisch empfinden heißt Verbrechen nicht abschätzen nach ihrer Straffälligkeit, sondern nach ihren Motiven; die Möglichkeiten nicht geringer werten als die Tatsachen; und Menschen beurteilen nicht nach ihren Erfolgen, sondern nach ihrem Wesen.

Widerwärtig nennen wir das Traurige, dem es nicht vergönnt ist, sich auf irgendeine Weise in Schönheit aufzulösen.

Kein Antlitz ist häßlich, in dessen Zügen sich die Fähigkeit zu einer echten Leidenschaft und die Unfähigkeit zu einer Lüge ausdrückt.

Dem Mutigen droht Gefahr meist nur von einer Seite her. Dem Feigen von Hunderten.

Der Mut muß sich nur nach einer Front schützen, die Feigheit nach allen Seiten.

Hat man zu einem Gegenstand, zu einer Frage, zu einem Menschen nur eine intellektuelle, verstandesmäßige Beziehung, so hat man keine. Denn gerade das Intellektuelle ist relativ; es ist durch neue Erfahrungen etc. Veränderungen unterworfen. Nur auf die gefühlsmäßigen Beziehungen kommt es an; sie sind die reichern und die wahrern. Ihre Motive liegen im Unbewußten, vielmehr in Vergessenem, Zusammengefaßtem.

Der Hypochonder ist der wahre Gottlose. Nur wer ohne Demut, doch auf alles gefaßt ist, darf sich fromm nennen.

Beklagenswerter, der nicht sein Leben, sondern seine Autobiographie lebt.

Auflehnung – Demut. Was liegt dazwischen? Weisheit oder Ergebung?

Es bleibt nun einmal ein unheimlicher Gedanke, daß in dem Tageslauf des Jahrs, auf das wir zurückblicken, unbedingt auch das Datum unseres Todestages enthalten sein muß.

Das ist ein gefährlicher Narr, der einen Schlafenden mit dem Dolch in der Herzgegend kitzelt, um ihn aufzuwecken.

Die Probleme der Sittlichkeit liegen auf dem Gebiet der Verantwortung, die der Sitte auf dem der Tradition.

Als Irrender sollst du deine Irrtümer begehen, nicht als Wissender: sonst bist du nur ein Geck deines Irrtums!

Klarheit, Intensität und Raschheit des Denkens – diese vereinigt erst ergeben das, was man die Tiefe des Denkens zu nennen pflegt.

Ein Haufen von unbeglichenen Rechnungen – von solchen, deren Bezahlung man uns schuldig blieb und solchen, die wir nicht begleichen konnten – das ist am Ende die Bilanz unseres Lebens.

Wie könnte man als Mensch leben, wenn man nicht zuweilen ein Gott wäre?

Laster, die Mut erfordern, das sind beinahe schon Tugenden, besonders verglichen mit Tugenden, die nur aus Feigheit geübt werden.

Wie oft ist das Tiefeschürfen eine Flucht vor der überhellten Fläche, die zu blenden droht, in die unverantwortliche und unkontrollierbare Dunkelheit von Schluchten und Abgründen.

Man hört manchmal auch von sonst klugen Menschen die Ansicht aussprechen, daß die Witwe eines großen Mannes nach dessen Tod verpflichtet sei, auf ihr weiteres Eigenleben gewissermaßen zu verzichten und nur dem Gedächtnis des Dahingeschiedenen zu leben. Damit stellt man in ganz eigentlichem Sinne die Forderung einer Art von platonischer Witwenverbrennung auf. Diese Forderung ist schlimmer als unbillig. Sie ist unverschämt, denn der Unbeteiligte, der Zuschauer fordert ein solches Opfer, von dem er persönlich nicht einmal den geringsten Vorteil hat, gleichsam nur zu seiner ästhetischen Befriedigung, was doch in diesem Fall ein etwas kostspieliges Vergnügen ist, nur eben eines auf fremde Kosten. Aber tatsächlich steht das Publikum der Wirklichkeit im allgemeinen mit viel strengeren ästhetischen Ansichten gegenüber als der Kunst, und es ist stets gern dabei, sich von seinem lieben Nächsten nicht nur lustige Komödien, sondern auch herzerschütternde Tragödien vorspielen zu lassen, vorausgesetzt, daß der Eintrittspreis nicht zu hoch bemessen ist oder daß gar die Gefahr bestünde, in eigener Person auf die Bühne gezerrt zu werden und wider Willen mitspielen zu müssen.

Daß es auch über metaphysische Probleme Streit geben kann, daß sich auch hier der eine, der dies glaubt, über den andern, der jenes glaubt, erhaben fühlen kann, läßt sich eigentlich nur aus der ungeheuren angeborenen Eitelkeit der Menschen einerseits und aus ihrem Streitbedürfnis andererseits erklären. Wenn jemand an eine persönliche Fortdauer nach dem Tode glaubt, so pflegt er sich schon dadurch über einen andern, der eine solche Fortdauer für unwahrscheinlich oder undenkbar hält, erhaben zu fühlen – als wären diesem gewisse Fähigkeiten der Phantasie versagt – oder des Glaubens –, die ihm selbst gegönnt sind.

An sich wäre ja die persönliche Unsterblichkeit um nichts wunderbarer, als es das Leben und der Tod an sich sind. Was uns an dieser Fortdauer zweifeln macht, ist nicht das Wunderbare einer solche Fortdauer, sondern der Umstand, daß eine solche persönliche Fortdauer den uns bekannten Naturgesetzen und unseren Erfahrungen widerspricht.

Wahrscheinlich ist nur eines: daß die Seelenkräfte in der letzten Sekunde des persönlichen Daseins eine ungeheure Steigerung erfahren, von denen kein Lebender vor diesem letzten Augenblick sich einen Begriff zu machen vermag.

Es liegt im Wesen der Revolutionen, daß sie sich nur ganz kurze Zeit in ideellem Sinn rein erhalten können. Sie bilden sich gewissermaßen nicht aus, sondern sie verwirren sich immer ärger, je länger sie währen. Die Reaktionen erhalten sich viel länger rein und entwickeln sich in viel gesetzmäßigerer Weise.

Zu dem Kapitel der Denkfehler:

Daß es einen Beweis für ein früheres Leben zu bedeuten hätte, wenn uns bei manchem Erlebnis vorkommt, als hätten wir schon Ähnliches erlebt. Wenn wir bei Betrachtung einer Gegend glauben, wir wären schon in dieser Gegend gewesen usw.*

Es handelt sich natürlich in allen solchen Fällen um Erinnerungen an irgend etwas, die im Laufe der Zeit ihre Schärfe verloren haben, manchmal auch nur um ein Zusammenfließen verschiedener Erinnerungen, manchmal um Ideenassoziationen usw.

Wie wir es auch bei anderen Denkfehlern sehen, z. B. bei dem angeblichen Gesetz der Serie usw., ist es meist das Bedürfnis, sich interessant vorzukommen, das die Entstehung dieser Denkfehler begünstigt.

Ein ewiger und immer ungleicher Kampf zwischen Individuum und Gesetz, zwischen Bürger und Staat.

Das Individuum ist verfolgbar, strafbar und verletzlich. Der Staat ist unverantwortlich, anonym, also unbestrafbar und unverletzlich, weil ohne Ehrgefühl.

Er waltet unter dem Schutz der Unpersönlichkeit und der Anonymität.

Immer wieder aber erhebt sich im Individuum der Drang, den Staat aus seiner feigen Anonymität herauszutreiben und ihn zu zwingen, daß er sich stelle.

Liebe ist Schönheitssinn, der sich mit Beziehung auf ein bestimmtes Objekt zum Trieb erniedrigte – oder erhöhte; Schönheitssinn ist Liebe, die auf ein bestimmtes Objekt verzichtet hat und beruhigt ins Allgemeine gleitet.

Es gibt dreierlei Arten von Politikern: solche, die das Wasser trüben, solche, die im Trüben fischen, und solche – die begabten –, die das Wasser trüben, um im Trüben zu fischen.

Jeder Staatsbürger ist innerlich gleich bereit zum Patriotismus wie zum Hochverrat. Er wird ein Patriot sein, wenn es ihm in seinem Vaterlande wohl ergeht, wenn er für seine Dienste oder für seine Gesinnung ausreichend belohnt wird, wenn sein persönliches Wohlergehen mit dem seines Landes zusammenfällt. Man kennt den sozusagen automatischen Patriotismus der Beamten, des Militärs, der Hofschranzen, die es natürlich auch in der Republik gibt. Er wird aber sofort Hochverräter, zum mindesten im Geiste, wenn er für seine Dienste nicht ausreichend entlohnt wird und es ihm in seinem Lande nicht wohl behagt. Zum aktiven Hochverrat entschließt er sich aber meistens erst in dem Augenblick, da kein Risiko mehr dabei ist, ja, da der Hochverrat Aussicht hat, in Patriotismus umzuschlagen.

In gleicher Weise zwischen Patriotismus und Hochverrat schwankt er auch in seinem Verhältnis zur Familie, zu seinem Beruf und zu Gott. Und kein Frommer, der nicht sofort bereit wäre, an seinem Gott irre zu werden, wenn es ihm in seinem Leben nicht nach Wunsch geht.

Nirgends ist die Spannung zwischen Idee und Wirklichkeit so ungeheuer wie zwischen der Idee Staat und der Wirklichkeit Staat.

Die tiefe Immoralität des Staates besteht vor allem darin, daß er es seinen Beamten und Besoldeten nicht nur leicht macht, sie nicht nur ermutigt, sondern sie unter Umständen sogar nötigt, ihre angeborenen, allgemein-menschlichen Eigenschaften – Leichtfertigkeit, Mißtrauen, Machtdünkel, Neid, Rachsucht – ungestraft, ja oft genug mit Aussicht auf Belohnung walten zu lassen. Und der Staat stellt sich so an, ja er erklärt es als Dogma, daß der Beamte in jedem Falle der anständigere, ja daß er dem Bürger gegenüber der gerechtere und höhere Mensch sei; und schon ein Zweifel an dessen Unbestechlichkeit, Rechtsgefühl und Neidlosigkeit bedeutet eine Beleidigung, die der Ahndung unterliegt. Dabei benötigt der Staat gerade diese üblen allgemeinen Eigenschaften, um sich in seiner Macht behaupten zu können.

Es handelt sich nicht darum, das Große zu bewundern, es genügt durchaus, es anzuerkennen. Es gibt manche Dichter z.B., denen gegenüber wir fühlen, daß hier zwar ein Anlaß zur Bewunderung vorliegt, daß nur wir persönlich nicht in der Lage sind mitzubewundern. Der Versuch, seine Anerkennung künstlich zu einer Bewunderung zu steigern, die in diesem Falle unsrem Wesen nicht gemäß ist, wäre unmoralisch.

Über die Rolle des Zufalls in der Erinnerung.

Man findet z.B. in Tagebüchern oder Briefen Personen, Begegnungen, Stimmungen aufgezeichnet, die ohne das Tagebuch vergessen wären. Sie sind es auch jetzt. Daß man sich zu erinnern glaubt, ist meistens eine Selbsttäuschung.

An einem Detail kann sich die Erinnerung weiter emporranken.

Manches Unbeträchtliche erhält sich dadurch, daß es aus irgendeinem zufälligen Grund gleich am Tage darauf reproduziert wurde.

Es ist eine meist bewußte Unaufrichtigkeit, die Dogmen der Kirche mit den Dogmen der Wissenschaft, sogar wo diese zweifelhaft sein sollten, auf eine Stufe zu stellen. Was – selbst zu Unrecht – als wissenschaftliches Dogma gilt, verdankt seinen Rang in jedem Falle der Ehrlichkeit und der Mühe von Denkern und Forschern und der Nachprüfung von Hunderttausenden von Beobachtern. Das kirchliche Dogma ist aber im besten Falle die gutgläubige, oft die willkürliche Behauptung eines Visionärs, an die zu glauben Hunderttausende gezwungen werden.

Die an ein Fortleben der Seele nach dem Tode glauben, sind möglicherweise einer großen Enttäuschung ausgesetzt, doch werden sie niemals etwas von ihr erfahren. Den andern, die an einer persönlichen Unsterblichkeit zweifeln, steht dagegen vielleicht eine große Überraschung bevor, und sie kann ihnen in keinem Fall unterschlagen werden.

Mancher begibt sich in den Wahnsinn wie auf eine willkommene Urlaubsreise aus dem Reiche der Vernunft, doch mit der Hoffnung auf Wiederkehr; mancher wie in ein Land der Verheißung, nach dem lange schon Sehnsucht ihn rief.

Ihr laßt ihm seine Übeltat um seiner guten Absicht willen hingehen? Täuscht euch nicht; es ist nur die vorläufige Unbeweisbarkeit seiner schlechten Absicht, die euch so nachsichtig oder so feige macht.

Was kümmert euch eure Unzulänglichkeit, ihr Glücklichen? Ihr nennt sie einfach Problematik und bringt es am Ende noch fertig, euch etwas auf sie einzubilden.

Keine einzige Dummheit willst du in deinem Leben begangen haben? Dies eben war sie – und sie ist vielleicht die einzige, die nicht wiedergutzumachen ist.

Gewiß ist zur Entstehung einer traumatischen Neurose außer dem Eisenbahnunfall auch eine gewisse Disposition notwendig; – aber weil nicht alle Reisenden nach einem Eisenbahnunfall an traumatischer Neurose erkranken, den Unfall selbst aus der Welt zu leugnen versuchen, das können nur Bahnärzte und Frauen.

Man erlebt alles Wesentliche in dreifacher Art: im Vorgefühl (auch wenn man es nicht geahnt hat), in der Erinnerung (auch wenn man vergaß) und endlich in der Wirklichkeit; diese aber bekommt erst ihren Sinn in Hinsicht auf Vorgefühl und Erinnerung.*

Wir dürfen an keine Art von Tugend glauben, wofern ihr noch nicht Gelegenheit gegeben war, sich zu bewähren, sei es in einer Versuchung, der sie zu widerstehen wußte, sei es durch eine Opfertat, zu der sie ohne äußeren Zwang bereit war, sei es anläßlich einer Gefahr, der sie mit Todesverachtung entgegenging.

Die Tiefe eines Leids vermögen wir erst in der Erinnerung zu ermessen, wenn sich die psychischen Folgen dieses Leids auf irgendeine Weise bemerkbar zu machen Gelegenheit gehabt haben.

(Nach Theodor Reik: »Geständniszwang« etc.)[13]

Seiner Treue sich bewußt werden kann nur einer, der mindestens in Gedanken schon eine Untreue begangen hat. Und keiner kann von seinem Mute wissen, der nicht in der verborgensten Tiefe seiner Seele einen Augenblick vorher ein Feigling gewesen wäre.

Wenn alle Dialektik versagt, so hört man zuweilen gewissermaßen als letztes Argument: Was sind Worte? Wer dergleichen ausspricht, hatte niemals das Recht, eine Diskussion zu beginnen. Worte sind gewiß nicht alles, es gibt immer noch etwas zwischen den Worten, hinter den Worten – aber all dies Unaussprechliche bekommt ja erst einen Sinn dadurch, daß die Worte da sind, und durch die verschiedene Distanz, das verschiedene Verhältnis, das es eben zu den Worten hat.

Wir wissen ja, daß alles Positive, alles Begreifbare, alles Konkrete relativ ist. Aber wer die wenigen gesicherten Positionen aufgibt, weil sie nicht gegen jeden Angriff standhalten können, der handelt viel öfter aus Trägheit oder Feigheit als aus Bescheidenheit und Einsicht.

Eine beliebte und oft genug die letzte Ausflucht von Menschen, die überall versagt haben, bleibt die, daß es überhaupt nicht auf die Leistung ankäme, sondern nur auf die Persönlichkeit.

In einem gewissen Sinn ist das zwar richtig, nur vergißt man, daß die Leistung mit der Persönlichkeit in einem untrennbaren Zusammenhang steht, ja daß es nicht ganz leicht ist, insbesonders für Fernerstehende, die Persönlichkeit zu beurteilen oder auch nur zu erkennen, ohne die Leistung mit in Betracht zu ziehen.

Die Besten innerhalb eines Standes sind keineswegs die, die das Wesen dieses Standes am reinsten repräsentieren, sondern diejenigen, welche sich über seine Vorurteile am höchsten erhoben haben. Daher besteht die eigentliche Standesehre nur darin, recht zu handeln, selbst auf die Gefahr hin, daß einzelne Standesgenossen oder der ganze Stand verletzt, ja selbst auf die Gefahr hin, daß der Sinn, die immanente Idee dieses Standes damit in Frage gestellt, wenn nicht gar aufgehoben wird.

Die Spezies Mensch wirkt um so erträglicher, auf eine je geringere Anzahl unserer Sinne sie wirkt. In der Entfernung, als Bild, als Farbenfleck kann eine Gruppe von Menschen noch erfreulich sein (also als Reiz auf den Sehnerv), die, wenn wir näher kommen, uns durch die Stimmen, durch die Ausdünstung, beleidigt oder erschreckt.

So erfüllt von Mißtrauen nach allen Seiten hin, mein Freund, und gerade deinem eigenen Zweifel gegenüber verurteilst du dich zum Schweigen?*

Dankbarkeit ist etwas durchaus Künstliches, in gewissem Sinne gegen die Natur. Undankbarkeit ist das Elementare. Darum sind Frauen und Kinder im tiefsten undankbar und spielen nur, oft im besten Glauben, die Dankbaren, weil sie von Jugend auf dazu angehalten wurden und weil die Erfahrung sie lehrt, daß es zu ihrem Vorteil ist. Das Volk, die Menschheit ist undankbar und spielt auch nicht Dankbarkeit. Sie kann es sich ersparen; ihre Vielfältigkeit, Kompliziertheit, Anonymität schützt sie vor Verantwortlichkeit.

Hat die Welt einen Sinn als Ganzes, so muß ihn auch jeder Unsinn haben, oder alles, was uns eben Unsinn scheint. Dies ist der Wirbel, drin wir hilflos drehn.

Wo andere nur imstande sind, eine anscheinend unrettbare Verwirrung seelischer Elemente festzustellen, ist es dem wirklichen Psychologen gegeben, die scheinbar in Verwirrung geratenen Elemente wie durch ein Mikroskop als einzelne zu beobachten. Und da er solcherart völlige Klarheit über die Beziehung dieser Elemente zueinander gewinnt, gibt es für ihn keinerlei Verwirrung mehr; es ergibt sich eine andere, verborgene, feinere Gesetzmäßigkeit, die er erkennt.*

Was hilft pädagogisches Talent ohne Menschenliebe? Was hilft Güte, wenn sie mit zu viel Empfindsamkeit in der gleichen Seele vereint ist? Mit irgendeiner noch so edlen Eigenschaft an sich ist nichts getan. Und das schlimmste ist, daß diejenigen, in welchen eine von diesen edlen Eigenschaften, also z.B. speziell erzieherisches Talent oder Seelengüte, in hohem Maße vorhanden ist, sich andere Eigenschaften ab- oder vielmehr anzuzwingen suchen, die ihnen von Natur nicht gegeben sind, auf welche Seelenarbeit sie so viel Kraft verschwenden müssen, daß ihnen für die Betätigung der ihnen angeborenen edlen Eigenschaften nichts mehr übrigbleibt.

Wer im Stich läßt, verleugnet; er muß es tun, um zu entschuldigen, daß er im Stiche ließ. Wer verleugnet, verleumdet: Denn nur durch Verleumdung vermag er sein Verleugnen zu rechtfertigen. Und wer verleumdet, der hat auch schon verraten.

Wer diese drei Unbegreiflichkeiten jemals völlig begreifen könnte: Daß er existiert, daß er gerade er selber ist und daß er einmal nicht war und einmal nicht sein wird.

Die Extremisten jeder politischen Partei sind zum mindesten Ideologen jedes Verbrechens, auch des Mordes, insofern es ihrer eigenen Partei – keineswegs, wie sie vorgeben möchten, der

Menschheit – von Vorteil sein kann. Und wenn sie immer nur Ideologen wären! Manche von denen, die sich so gebärden, sind auch nichts anderes als Verbrecher, denen es an Entschlossenheit oder Mut gebricht.

In politisch unruhigen Zeiten, bei Krieg und Umsturz, geschieht es oft genug, daß einer als Hochverräter schlafen geht, ohne zu ahnen, daß er am nächsten Morgen als Patriot erwachen wird, und manchen hätte man eines Tages auf den Schultern durch die Straßen getragen, wenn er nicht zum Tage vorher gehängt worden wäre.

Aus Habek, »Ethik des Sozialismus« (*Zeitschr. für Allg. Nährpfl.*, Oktober 1925).[14]

»Was also ist das Wesen der sozialen Idee? Die Heiligkeit und Unverletzlichkeit des Individuums. Am radikalsten formuliert dies Popper-Lynkeus mit den bekannten Worten: ›Wenn irgendein, selbst noch so unbedeutendes Individuum, das keines anderen Leben mit Absicht gefährdet, ohne oder gar wider seinen Willen aus der Welt verschwindet, so ist das ein ungleich wichtigeres Ereignis als alle politischen, religiösen oder nationalen Ereignisse und als sämtliche wissenschaftlichen, künstlerischen und technischen Fortschritte aller Jahrhunderte und Völker zusammengenommen.‹«

Dieser Satz ist sentimental, läßt sich in dieser Fassung unmöglich aufrecht halten. Richtig ist nur: daß kein Mensch das Recht hat, einen anderen Menschen ohne dessen ausdrückliche Zustimmung zu eigenem Vorteil oder selbst einer Idee zuliebe in Gefahr der Gesundheit und des Lebens zu bringen.

Und es ist fraglich, ob auch nur dieser Satz sich bis in seine letzten Konsequenzen aufrecht erhalten ließe.

Denn in vielen Fällen läßt sich die Verantwortung (Verantwortlichkeit) eines Menschen, der einen andern mit Bewußtsein in Gefahr und Tod schickt, gewissermaßen sublimieren.

Insbesonders gehört es zum Handwerk der Politiker und manchmal zur Kunst der Staatsmänner, den Menschen zu suggerieren, daß sie zu einem höheren Zweck, zum allgemeinen Wohl, für den Staat, wenn nicht gar für die Menschheit, also für eine große Idee (und das heißt immer für künftige, noch ungeborene Menschen) aufgeopfert werden.

Zweifellos gibt es Ideen, die das Opfer von Menschenleben

wert sind, indem es ja eben der Sinn dieser Idee ist, andere wenn auch zukünftige Menschenleben zu erhalten oder das Leben dieser zukünftigen Menschen lebenswerter zu machen, als es das der jetzigen ist.

Aber wie bestimmen, ob diese zukünftigen Existenzen wertvoller sind als die gegenwärtigen, die geopfert werden?

Bedeutet es schon einen größeren Wert, daß es sich in jedem Fall, wenigstens der Absicht nach, um eine größere Anzahl von Menschen handelt, deren Leben lebenswerter gemacht und gesichert werden soll?

Und wer hat das Recht, die Entscheidungen zu treffen?

Gewiß in den seltensten Fällen diejenigen, in deren Hände die Entscheidung gelegt ist.

Und doch, jede Weiterentwicklung der Menschheit wäre undenkbar, wenn niemals noch irgendein menschliches Individuum ungefragt einer Idee geopfert worden wäre.

Leider aber ist die Verantwortung, die die Opferer auf sich nehmen, nur akademischer Natur.

Meist ist es die Geschichte erst, die das endgültige Urteil über die Mißbraucher der Verantwortlichkeit ausspricht, und dann haben sie sich längst vor dem Richterspruch in die Ewigkeit und zuweilen in die Unsterblichkeit geflüchtet.

Antipathie von einem Volk zum andern besteht gewiß zuweilen. Daß aber immer ein eingeborener Haß von einem zum andern Volk existiert von solcher Urkraft und Unwiderstehlichkeit, daß er einen Krieg unvermeidlich macht, ist eine absolute Unwahrheit. Es zeigt sich, daß zu jeder Zeit ein Ablenken eines solchen Völkerhasses nach einer anderen Seite, daß auch eine Beschwichtigung, wenn nicht gar eine Umkehrung möglich ist. Es ist die Dummheit, die Leichtfertigkeit, öfter freilich die Tücke oder sagen wir die Kunst der Politiker, diesen Moment zu versäumen oder gar der Entwicklung jenes Hasses auf alle Weise Vorschub zu leisten. Es ist einfach nicht wahr, daß unter irgendwelchen Umständen der Schneider Dubois in Marseille sich gegen die Regierung auflehnte, oder auch nur den Appetit verlöre, wenn man ihm nicht Gelegenheit gäbe, dem Drechsler Müller aus Magdeburg ein Bajonett in den Leib zu rennen; es ist nicht wahr, daß der Doktor juris Mayer aus Elberfeld schlaflose Nächte verbrächte, wenn er nicht die Erlaubnis erhielte, auf 30 Kilometer Entfernung eine Kanone gegen den Apotheker Lafeu aus Besançon abzufeuern. Alle Kriegsbegeisterung, alle Tapferkeit während des Krieges selbst, kann diese Tatsache nicht widerlegen. Denn wäre es sonst möglich, daß – während schon die Kugeln pfeifen und die Soldaten zwischen Drahtverhauen verdursten und Blindgeschossene im Getümmel der Schlacht verzweifelt herumirren – der Journalist X, der die Gerechtigkeit und Notwendigkeit dieses Kriegs mit flammenden Worten pries, ruhig in seinem Café Tarock spielt, daß der Ministerialsekretär Y mit Frau Direktor Z für fünf Uhr Nachmittag ein Rendezvous abmacht oder daß gar ein Sektionschef aus Berlin mit einem Attaché aus Paris oder London in einem Berner Hotel beim schwarzen Kaffee zusammensitzt und über den Frieden berät?

Die Lehre vom freien Willen widerspricht dem Grundgesetz alles irdischen Geschehens und dem höchsten, ja einzigen Dogma der menschlichen Intelligenz, durch dessen Leugnung sie sich selbst aufheben müßte, nämlich der Idee der Kausalität. Wenn wir überhaupt daran glauben – und es ist im großen Geheimnis alles Daseins das einzig Sichere, woran wir uns halten können –, daß eine Tatsache immer aus der andern folgt, mit Notwendigkeit folgen muß, haben wir die Existenz eines freien Willens schon aufgehoben. Denn danach ist das Individuum in keinem Augenblick seines Daseins vor eine Wahl gestellt, da ja diese immer schon durch die spezifische Organisation des betreffenden Individuums, die mit Notwendigkeit aus der Organisation seiner Voreltern folgt, und durch sämtliche äußere Umstände, unter denen diese Wahl vorgenommen werden muß, a priori entschieden ist. Nun sind auch alle diese äußeren Umstände nur notwendige Folgen von Ursachen, die wieder nichts anderes waren als notwendige Folgen früherer Ursachen, so daß wir bei der Erklärung jeder Tatsache, auch derjenigen, die scheinbar unseren freien Entschlüssen entstammen, bis auf den Anfang aller Dinge zurückgehen müssen, der in einem ewigen Dunkel für uns liegt und den wir mit dem Namen Gott bezeichnen.

Das Geheimnis menschlicher Beziehungen liegt in etwas Tieferem als in den Eigenschaften der Menschen; denn die Eigenschaften können einander abstoßen – und die Beziehung findet doch statt. Es liegt sogar tiefer als in der Persönlichkeit; denn es können sich sogar die Persönlichkeiten gegenseitig ablehnen, und die Beziehung bleibt bestehen. Das Geheimnis liegt einzig im

Eros (nicht im Erotischen), der daher als der oberste und weiteste Begriff zu gelten hat.

Auf drei im Grunde doch recht problematischen Suppositionen baut sich unser Dasein, ja überhaupt die Möglichkeit auf, unser Dasein weiterzuführen, ohne uns selbst lächerlich zu erscheinen oder wahnsinnig zu werden: auf der Supposition, daß die Menschheit den Mittelpunkt der Welt, auf der, daß das Ich den Mittelpunkt der Menschheit bedeute und endlich auf der letzten, daß in diesem Ich ein ununterbrochen wirksamer, freier Wille wohne. Doch so zweifelhaft all diese Annahmen erscheinen mögen, wir müssen sie als feststehend und bewiesen annehmen, da wir andernfalls unsere Arbeit, unser Streben, unsere Gesetze, unsern Haß, unsere Liebe, unser Gewissen, ja eigentlich uns selbst völlig aufgeben müßten.

Die Behauptung, daß es ein Gesetz der Serie gäbe, d.h. daß gewisse gleichartige oder ähnliche Ereignisse sich im allgemeinen häufiger wiederholen, als es nach dem Gesetz der Wahrscheinlichkeit zu erwarten wäre, beruht zum Teil auf Beobachtungs-, zum Teil auf Denkfehlern, die ihrerseits dem Bedürfnis vieler Menschen entstammen, sich selbst interessanter und das Leben geheimnisvoller zu finden als sie sind.

Wiederholungen der Fälle oder gar Serien von jenen Erlebnissen oder Begegnungen fallen uns begreiflicherweise auf. Wir behalten sie treuer im Gedächtnis als unzählige Einzelerlebnisse geringerer und beträchtlicherer Art, aus denen unsere Existenz besteht.

Aber für jede »Duplizität« und jede Serienfolge läßt sich stets eine vollkommen natürliche Erklärung finden, und die Annahme eines Gesetzes erweist sich als total unberechtigt.

Wir erleben Hunderte von Begegnungen, die uns weiter nicht auffallen; daß wir zwei- oder dreimal hintereinander denselben Bekannten treffen, darf uns nicht zu dem stolzen und schmeichelhaften Glauben veranlassen, daß plötzlich außer dem Gesetze der Kausalität, nach dem jedesmal in den 2 oder 3 Fällen die einzelne Begegnung erfolgt ist, noch ein anderes, nur gelegentlich in Wirksamkeit tretendes, eben das sogenannte Gesetz der Serie zu walten beginnt.

Von einem Gesetz der Serie zu reden ist genau so töricht wie ein Gesetz der Einzelfälle annehmen zu wollen.

Banale Vorgänge, die wir oftmals beobachten und in die wir selbst nur von ferne einbezogen sind, die aber auf unsere eigentliche Existenz keinerlei tieferen Bezug haben, bekommen bei öfterer Wiederkehr allmählich etwas Unwirkliches, Schattenhaftes, Phantastisches. So erscheint uns z.B. das Treiben auf einem Bahnhof, in einer Hotelhalle, das Getriebe in den Straßen, besonders in einer fremden Stadt, wie eine Art Komödie, die sich immer wieder unter den gleichen Individuen abspielt. Wir vermögen uns kaum vorzustellen, daß alle diese gleichgültigen, uns unbekannten Menschen immer wieder andere, uns neue Individuen sind und daß diejenigen, die wir bei früheren ähnlichen Gelegenheiten in den gleichen Nebenrollen erblickten, längst in alle Winde zerstreut, augenblicklich an anderen Orten beschäftigt, zum Teil wohl auch schon gestorben sind. Es ist uns vielmehr, als trete immer wieder nur für uns, die wir natürlich die Hauptperson, ja gewissermaßen die einzig lebendige vorstellen, die gleiche unpersönliche, schicksalslose Komparserie auf.

Ob es Wahrheiten im höchsten Sinne gibt, ist fraglich. Überzeugungen gibt es jedenfalls. Diese aber sind von sehr verschiedenem Range. Am höchsten und nach unserem menschlichen Ermessen identisch mit Wahrheit sind wohl nur die mathematischen Überzeugungen. Ihnen folgen die ethischen, die aber schon nach Rassen- und verschiedenen anderen Unterschieden ungleich sind. Es folgen dann die historischen, dann die politischen Überzeugungen, die eigentlich, wenn nicht parteigenössische Verblendung vorliegt, mit den ethischen gleichwertig sein müßten. Die sogenannten religiösen Überzeugungen aber, soweit sie nicht mit den philosophischen zusammenfallen, sondern dogmatischer Natur sind, bilden den Übergang zu den fixen Ideen, den Monomanien.

Glauben heißt wörtlich etwas für möglich, nicht etwas für gewiß halten. Wer also bestimmte Dogmen glaubt, nicht weiß, gerade der ist vom Glauben im dogmatischen Sinn weit entfernt und wer behauptet, daß er auf seinen Glauben schwöre, widerspricht sich selbst.

Form ist immer Unfreiheit, wenn auch gewollte. Es kann also innerhalb keiner Staatsform, auch innerhalb der scheinbar freiesten, der philosophische Begriff der Freiheit, ja nicht einmal der politische, in die Wirklichkeit umgesetzt werden. An sich also bedeutet Republik so wenig Freiheit wie Monarchie oder sogar absolute Monarchie Unfreiheit bedeutet. Der Unterschied der Staatsformen liegt immer nur im Ritualen, und das Rituale wird letzten Endes immer nur durch die Persönlichkeit desjenigen bestimmt, der an der Spitze steht (heißt er nun Kaiser oder Präsident).

Feuilletonismus.

Als Paradigma. Der Gruß Bahrs[15] an Hofmannsthal im Neuen Wiener Journal, Beginn des Krieges.

Er sendet ihm Grüße ans Biwakfeuer, in den Kanonendonner; indes ist H. im Ministerium. (Entweder weiß es Bahr oder er hat sich nicht orientiert.)

Er möge in Warschau Poldi Andrian[16] grüßen. (Als wäre der Einmarsch in Warschau für morgen bevorstehend und als wüßte Bahr nicht, daß der österreichische Generalkonsul während des Krieges nicht in Warschau leben wird.)

Und Poldi wird mit seiner heißen Stimme Verlaine'sche Verse vortragen. (Es gibt nichts Trockneres als die Stimme Andrians.)

11.6.1915

Der Feuilletonist ist der Mann der Nebenabsichten. Sie müssen nicht a priori da sein, aber sie entwickeln sich immer mit Notwendigkeit während er schreibt.

Die Vielfältigkeit der Welt erfüllt ihn nicht mit Andacht, sie ist ihm Vorwand, nicht Zweck.

Zwischen dem Politiker und dem Staatsmann ist ein ähnlicher Unterschied, wie zwischen dem Feuilletonisten und dem Dichter.

11.6.1915

Feuilletonismus.

F. S.[17] Er sagt: »Wenn wir geschlagen werden, so bin ich eine Ratte, wandere aus«, etc. Am nächsten Tag das Feuilleton mit Tönen des Muts, der Treue, der Siegesgewißheit. *11.6.1915*

Früheres zum Diagramm[18]

Gruppierungen.

Staatsmann – Historiker – Dichter
Diesem entspricht auf niederem Niveau
Politiker – Journalist – Literat.

(Seitenzweig: Kritiker – Rezensent)

Die Vertreter der ersten Gruppe vertreten das Prinzip der Sachlichkeit.

Höchste Vollendung: Prophetentum.

(Prophetentum auch nach rückwärts.) Tiefblick, Erkennen.

Der Staatsmann will Fortschritt (nicht im politisch-liberalen Sinn, sondern Entwicklung), wirkt für [sein] Vaterland, auf der höheren Stufe, für die Menschheit. (Hierfür ist Menschenliebe keineswegs unerläßlich, kann sogar als sentimentale Schwächung schädlich sein.)

Der Historiker wünscht Gerechtigkeit, Klarheit.

Der Dichter Gestaltung.

Alle drei wollen Wahrheit.

Für die Vertreter der zweiten Gruppe ist charakteristisch: Unsachlichkeit, Vorwiegen der persönlichen Interessen, Lüge.

Der Politiker will den Sieg im Zeitlichen, Erfolg, Karriere.

Der Journalist, Wirkung für den Augenblick, Aktualität.

Der Literat, Sensation in jedem Sinn, will sie empfinden, will sie erregen.

Alle diese drei, scheinbar im Leben stehend, sind gewissermaßen lebensfern.

Wie die erste Gruppe sich gipfelt zum Prophetentum, so gipfelt die zweite Gruppe im Negativen zur Lausbüberei (hierfür gibt es noch kein Schriftwort).

Die erste Gruppe: Idee, die zweite Gruppe: Materie.

Die erste Gruppe Menschen, die zweite Unmenschen.

Die erste zeitlich bedingt, die zweite räumlich.

Die erste ins Ewige und Unendliche gerichtet, die zweite möglichste Ausbreitung suchend in der Gegenwart, im Moment, ohne Rücksicht auf Zukunft, Vergangenheit.

Eigentliche Mischformen gibt es nicht, denn hier handelt es sich um absolute Wesensunterschiede, die nur nicht immer erkannt werden.

Doch im Staatsmann steckt irgend etwas vom Politiker, im Historiker etwas vom Journalisten, im Dichter etwas vom Literaten, sonst müßten sie sich völlig in der Idee verlieren.

Um überhaupt wirken, ja nur da sein zu können, brauchen sie diese gleichsam irdische Verunreinigung.

Das Vorhandensein jener inferiorer Elemente bedingt ihre Fruchtbarkeit, ihre Arbeitsfähigkeit.

Hingegen steckt im Politiker nur das unerfüllte Sehnen nach

staatsmännischer Vollendung, im Journalisten nach historischer Einsicht, im Literaten nach Dichtertum.

Diese Sehnsucht kann sich als guter Wille, als hohes Streben, aber häufiger als Neid oder Verbitterung äußern.

Die Vertreter der ersten Gruppe sind naiv und ohne Tücke, vielfältig, aber nicht kompliziert, reich, aber nicht protzig.

Bei denen der zweiten ist es genau umgekehrt. [*1916*?]

Die Unmenschen: Feuilletonisten, Politiker, Literaten.

Nicht die Plauderer, Skizzenschreiber, Novellisten, die unter dem Strich schreiben.

Nicht die gewählten Abgeordneten, nicht die Geschichtsmacher.

Nicht die Dichter.

Ich meine die, deren Seelenzustand Feuilletonismus, Politizismus, Literatismus verrät.

Diese drei Typen machen die geistige Atmosphäre unserer Zeit.

Es ist die Atmosphäre der Unsachlichkeit, der Unwahrhaftigkeit und des Snobismus. [*1916*?]

Humor ist dem Unmenschen nicht gegeben.

Er kann über Witz, Ironie, Satire verfügen. Humor aber als derjenige Seelenzustand, der nur bei vollkommenster geistiger Freiheit möglich ist, kann nie von ihm erreicht werden. [*1916*?]

Diese drei Typen stellen zu gleicher Zeit Grenzer vor. Und sie überschreiten auch manchmal, meist nur scheinbar, ihr eigenes Gebiet.

Der Feuilletonist (in unserm Sinn) grenzt an den Journalisten mehr als an den Dichter.

Der Politizist an den Politiker, den Staatenlenker, den Weltgestalter.

Der Literat an den Dichter.

Im allgemeinen sind Feuilletonist, Politizist, Literat Karikaturen des Journalisten, Politikers, Dichters, täuschen aber ihre Urbilder zuweilen vor, wenn es ihnen gegönnt ist, hohe Momente zu erleben. Gerät ein Feuilletonist usw. in ein großes Schicksal, so kann er zum wirklichen Journalisten werden, eventuell auch zum Dichter, auch Politiker, für eine gewisse Zeit wenigstens, solange dieses Schicksal wirksam ist. Aber in seinem innersten Wesen geht er gerade bei solcher Gelegenheit zugrunde. Denn er vermag nicht, sich auf der Höhe zu halten. Überdies lernt er bei solcher Gelegenheit sich selbst kennen, kann daher nicht mehr vermeiden, sich als das Zerrbild zu sehen, das er tatsächlich ist, was ihn notwendig stören und alterieren muß.

Ein großes Liebeserlebnis (wenn er dergleichen überhaupt erleben kann) wird ihn zum Dichter machen für ein Werk.

Ein großer, echter Zorn, der allerdings immer nur durch ein ganz persönliches Erlebnis bei ihm entstehen kann, wird ihn für die Dauer und für die Nachwirkungen dieses Erlebnisses (z.B. Antisemitismus) zum Journalisten machen. Irgendein Zufall, z.B. die Bekanntschaft mit einem Abgeordneten, kann ihn für eine Weile zum Politiker machen, d.h. ihm ein echtes Interesse an den Schicksalen seines Vaterlandes und der Welt einflößen. Aber *er wird niemals durchhalten*, wird vielleicht *Glänzendes*, aber *nie Unvergängliches* leisten. [*1916*?]

Feuilletonist, Politizist, Literat reichen einander die Hände wie Journalist, Politiker, Dichter.

Bei der Gruppe 1, den Unmenschen, gibt es ein Ineinanderüberfließen. Man wird die drei Typen nicht auseinanderhalten können.

Die drei letzteren sind scharf getrennt. Denn jeder bedeutet für sich etwas Ganzes, scharf Umrissenes und dabei Freies. Das schließt natürlich nicht aus, daß ein großer Dichter zuweilen auch zugleich politisch befähigt sein kann, doch heißt das nicht, daß die Seelenzustände ineinander überfließen. Ganz unmöglich ist es natürlich, daß ein Typus aus der Gruppe 1 in einen Typus der Gruppe 2 übergehen könnte. Die ungeheuerste Verschiedenheit innerhalb des Seelischen ist eben gegeben durch die Gegensätze sachlich – unsachlich, wahr – unwahr, frei – unfrei.

Geradeso aber wie es möglich ist, daß die Typen der Gruppe 1 in ihren bedeutenden Momenten die entsprechenden Typen von Nummer 2 vortäuschen, so kann es geschehen, daß die Typen der Gruppe 2 in schwächeren oder unglücklicheren Momenten in die Typen der Gruppe 1 hinabzusinken scheinen. Immer nur scheinen. Der Kenner wird sich nicht irren. Nur ist hier wieder zu bedenken, daß der ideale Kenner nicht existiert. Wir müssen also hier Gott substituieren. [*1916*?]

Das Zerrbild des Journalisten kann sowohl der Feuilletonist als der Reporter sein. Von diesem letzteren soll hier nicht die Rede sein, so wenig wie von jenem anderen Zerrbild des Dichters, dem Dilettanten oder von jenem andern Zerrbild des Politikers, dem Kannegießer.

Der Journalist – man nehme das Wort endlich wieder in seiner wahren Bedeutung – ist die Chronik der öffentlichen Meinung, das Gewissen seiner Partei, ja selbst seines Landes. Es liegt in sehr komplizierten kulturhistorischen und sozialen Bedingungen, daß dieser reine Typus sich beinahe noch seltener findet, als der reine des Politikers und Dichters [*1916?*]

Der Politiker [hinzugefügt: Staatsmann] hat ein tatsächliches, durch Interesse [durchgestrichen] bedingtes Verhältnis zum Weltbild, insoweit es durch den inneren Zustand seines eigenen Staates und die Beziehung dieses Staates zu den andern Staaten bedingt ist. Er hat den Wunsch, sein Vaterland zu fördern; er will irgend etwas, was nichts mit ihm selbst zu tun hat, selbst wenn er ehrgeizig und eitel ist; er ist imstande, für seine Idee zugrunde zu gehen, auch ohne Lohn und als Namenloser, während die *Unmenschen den Tod nur aus einer Eitelkeit heraus verachten.* [*1916?*]

Der Politizist [hinzugefügt: Politiker] ist der Streber, der seine kleinen Interessen niemals dem Vaterland aufopfert und die große Sache immer nur zufällig fördert. Es kommt ihm, wie allen Unmenschen, nur auf den Erfolg des Augenblicks an; er ahnt gar nicht, wie gleichgültig ihm der Nachruhm ist, trotzdem er scheinbar ruhmsüchtig ist, aber er faßt den Begriff des Ruhmes, wie alle Unmenschen, nur in der niedrigsten Bedeutung. [*1916?*]

Der Dichter hat das Bedürfnis, die Welt aus sich heraus neu entstehen zu lassen. Er schafft stets mit Notwendigkeit und bringt immer sich selbst dar, auch dort wo er matt und unzulänglich ist. Man vergesse nicht: es gibt kleine Dichter und große Literaten, kleine Politiker [durchgestrichen] und große Politizisten [durchgestrichen] kleine Journalisten und große Feuilletonisten. Wie ja alle Wertung innerhalb des Versuchs nur eine Qualitäts- nicht eine Quantitätswertung vorstellt. Es wird versucht, die Grenzen zwischen Typen festzustellen, die für gewöhnlich – nicht nur im Sprachgebrauch, sondern selbst im Gedankengang vernünftiger Menschen – leicht verwechselt werden. Diese Typen sind sehr streng voneinander geschieden. Zwischen dem Menschen und dem Unmenschen gibt es keine Brücke. *An der Schaffung der allgemeinen Kulturatmosphäre sind alle beteiligt;* belebend wirkt manchmal der Unmensch mehr als der Mensch, *wahrhaft fördernd nur dieser*. Alles Große, Bleibende wird nur durch diesen geleistet.*

[*1916?*]

Der Feuilletonist vermag dir, wenn er nur geschickt genug ist in seinen Artikelchen, nicht nur den gebildeten, sondern wenn es darauf ankommt, sogar den charaktervollen Menschen vorzutäuschen. [*1916?*]

Zum Diagramm[19]
Journalismus Feuilletonismus

Zum Kapitel *Journalismus.*

Im Altenberg-Buch schreibt *Frau Schwarzwald*[20] über P. A.'s ehrliches Begräbnis. Darin heißt es u. a.: »Das ganze offizielle Wien fehlte wie ein Mann. Kein Undichter von bedeutendem Namen hat den Mut aufgebracht zu erscheinen.« Eine Pauschalverdächtigung, die unfaßbar ist und von der Frau S. nie sagen könnte, gegen wen sie sich richtet. Jedenfalls könnte sie alles ableugnen. Würde sich einer der wirklichen Dichter melden, so könnte sie antworten: »Ich sprach ja nur von Undichtern, Sie sind nicht gemeint.« Undichter gibt es aber Tausende. Sie wünscht klarerweise, denn wo bliebe sonst der Effekt, daß dem Leser irgendwelche Besitzer von Namen einfielen, denen aber – wie sie sich ausdrückt – der Mut gefehlt hat, bei jenem Begräbnis zu erscheinen. Hätte ein solches Erscheinen mit Mut das Allergeringste zu tun? Will sie damit ausdrücken, daß die Nichterschienenen sich vor dem Schatten des großen Toten geschämt hätten? Daß sich etwa die Wut des Publikums gegen die gerichtet hätte, weil sie nicht gestorben waren, sondern jener Größere? Wollten sie in diesem Augenblick keine Vergleiche heraufbeschwören? Wo man den Satz auch anpackt, es ist nichts mit ihm anzufangen. Er ist nichts als eine leichtfertige, ziemlich dumme Spekulation auf irgendwelche unklare Instinkte von Neid oder Schadenfreude untergeordneter Subjekte, die anläßlich jener Stelle sich denken könnten: »Ah, da hat sie sicher den X. gemeint, der wird sich ärgern.« *1922*

Zum *Mangel an Präzision und Kürze* verführt, ja *verdammt uns der Leser* selbst.

Immer wieder muß ich es erfahren, daß der Leser, auch der kluge, nicht versteht, mißversteht, was ich geschrieben, nicht etwa, weil ich mich unklar ausgedrückt hätte, sondern weil ich mich darauf beschränkte, das, was zu sagen not tut, mit möglichster Einfachheit auszudrücken.

Versuchen wir aber dann durch Umschreibungen, Wiederholungen, Weitläufigkeiten unsere Absicht auch denjenigen klar zu machen, die das Kurze und Einfache nicht begriffen oder mißverstanden haben, so begeben wir uns in die Gefahr, daß man diese unsere Erklärungen für Entschuldigungen, für Rechtfertigungsversuche, ja selbst für Zurücknahme des früher Gesagten hält oder ausgeben möchte.

Ich wage zu behaupten, daß z.B. in meinem »*Diagramm*« für einen Vollsinnigen, der einfach *liest*, was ich geschrieben habe, der Unterschied zwischen Kontinualisten und Aktualisten nicht mißzuverstehen ist.

Es steht deutlich da, daß ich die Worte »Historiker« und »Journalist« für *Kontinualist* und *Aktualist* als Bezeichnungen der betreffenden Typen darum gewählt habe, weil sie gebräuchlicher und eingängiger sind.

Ebenso deutlich und zu mehreren Malen steht zu lesen, daß die journalistische Geistesverfassung und der journalistische Beruf und journalistische Begabung keineswegs identisch seien, ja, daß der journalistische Geisteszustand, ebenso wie die journalistische Begabung, zum journalistischen Beruf wohl disponiert, aber daß sie sich nicht decken.

Immer wieder höre ich, daß ich die Journalisten als Berufsleute unterschätze, ja sogar herabsetze, obzwar ich ausdrücklich sage, daß gerade der große Journalist, der Geistesverfassung nach, öfters zu den Historikern (Kontinualisten), eventuell auch zu den Staatsmännern oder Philosophen gehöre, niemals aber zu den Aktualisten.

Die *Politiker* haben sich nicht gemeldet, auch nicht die *Pfaffen* und die *Spekulanten*, nicht einmal der Tückebold, und der Teufel erst recht nicht; nur die *Journalisten* waren beleidigt. Liegt es daran, daß die anderen alle nicht berufsmäßig schreiben? Oder daß sie sich nicht getroffen fühlen?

Oder daß sie weniger empfindlich sind?

Oder daß sie mich weniger gut verstanden haben?
Oder besser?

Nochmals sei es wiederholt: nicht *ich* bin es, der wertet, zum mindesten innerhalb dieses Diagramms. *Nur die Sprache* wertet, der *Sprachgebrauch*, unsere anerzogene Art zu werten, schon indem wir bezeichnen. Die Ordnung im Raume verlangt es, daß ich *oben* und *unten* sage. Ich hätte am Ende die Dreiecke auch umkehren können, aber das hätte die Verwirrung nur gesteigert.

Die Wertung hat ungefähr dieselbe Bedeutung, wie die Wertung durch Leute, die nicht an den freien Willen glauben. Auch der Determinist kann von den Worten gut und schlecht, bewundernswert und verächtlich etc. nicht absehen, wenn er sich überhaupt verständlich machen will. Doch kann er selbstverständlich, da er jede Handlung für deterministisch bedingt hält, keineswegs wirklich verachten oder bewundern.

Aufklären ist eine bedenkliche Sache. Die Gegner sind leicht geneigt, solche Aufklärung als Rechtfertigungsversuche, Entschuldigungen oder gar Revokationen anzusehen.

Somit bemerke ich ausdrücklich, daß ich jedes Wort aufrechterhalte, das in meinen Bemerkungen steht, nicht insofern ich es als absolute Wahrheit angenommen wissen will, sondern nur insofern als ich wünsche, daß man mir den Glauben an diese Dinge zubilligt.

Kombinismus als Seelenzustand oder Anlage.

Nicht zu verwechseln mit Phantasie.

Kombinismus auch im negativen Dreieck, im Gegensatz zur Kontinualität, die durchaus der positiven Seite zugehört.

Kombinismus gelegentlich krankhaft, mit Gedankenflucht verwandt.

Selbstverständlich fallen die meisten *Berufsjournalisten* auch unter die Geistesrichtung Journalismus, sei es, daß sie aus ihrer angeborenen Geistesverfassung heraus diesen Beruf erwählt haben – oder der Beruf sie, oder daß es bei dieser Gelegenheit eben erst herauskam, daß sie Journalisten sind.

Der Geist ist nicht Leben, aber in jeder Sekunde bereit es zu sein.

Der Geist *vorgebildet*, auch in seinen Richtungen.

Geist, Wille, Wahl.

Der *Geist* hat die *Materie* gewollt. Ins Theologische übersetzt: Gott hat die Welt geschaffen.

Zweck ist ein theologischer Ausdruck für Richtung.

Nicht ich werte, der Leser wertet unwillkürlich, weil er vom Wertklang der Worte nicht absehen kann, der ihnen vom gewöhnlichen Gebrauch anhaftet.

Wenn auch der Musiker an sich kein Geistesmensch, es gibt Symphoniker, die ihre Symphonien nur als Geistesmenschen komponieren konnten.

Seelenzustände.

Die außerordentliche Bedeutung des Komödiantischen, sowohl des spielerisch Komödiantischen wie des zwangshaft Komödiantischen.

Affektation, Pose, Befangenheit, Lüge.

Es gibt Übergänge zwischen Individualitäten, aber nicht zwischen den Typen.

Es gibt selbstverständlich eine unendliche Reihe von Individuen, und man kann sie in verschiedener Weise aneinanderreihen, nicht nur nach den Geistesverfassungen, sondern auch nach den Begabungen, nach den Anlagen, nach der Leistungsfähigkeit.

Aber auch im Individuum ist die Geistesverfassung als solche streng abgegrenzt.

Man könnte von einem Kombinisten, richtiger Assoziationisten sprechen.

Das Gesetz der unüberschreitbaren Linie spricht keineswegs gegen die Fortentwicklung der Menschheit und des einzelnen.

Ist der Weiterentwicklung nicht unendlich viel Spielraum gegönnt?

Ist auch die Geistesverfassung unveränderlich, sie kann sich zweifellos intensivieren.

Die Begabungen sind entwicklungsfähig.

Die Seelenzustände, vor allem die Charakteranlagen, sind den Leistungen förderlich.

Die Leistungen, von wem sie auch kommen, werden von der nächsten Generation übernommen.

Wichtig bei der *Beurteilung eines Menschen* sind nicht seine Eigenschaften, deren Entwicklung im allgemeinen Zufallssache ist, (wie denn in den meisten Menschen die Keime sowohl zum Heldentum als auch zur Feigheit vorhanden sind) sondern die *Wurzeln seines Wesens.* Diese pflegen in einer Tiefe zu liegen, daß sie mit dem Verstand kaum zu erfassen sind. Daher ist Menschenkenntnis vielmehr eine Sache der Intuition als der Erfahrung.

Der geborene Feigling ist gewiß so selten wie der geborene Held, der geborene Verbrecher so selten wie der geborene Richter oder Polizist. Es ist in den seltensten Fällen eine Frage der *Berufung*, der inneren Berufung, auf welcher Seite wir irgendein Individuum finden – ob auf der Helden- oder der Feiglingsseite, der Polizisten- oder der Verbrecherseite, bei der Reaktion oder bei der Revolution –, denn *Eigenschaften* in ihrer wirklichen Bedeutung sind ebenso selten wie Talente (und Talente sind viel seltener als im allgemeinen angenommen wird).

Es hat mir die Gläubigen immer verdächtig gemacht, daß sie den Zweifel als einen Charakterfehler, die Zweifler immer verdächtig, daß sie den Glauben in jedem Fall für ein Zeichen von Beschränktheit halten. Glaube und Zweifel haben weder mit dem *Geist* noch mit dem *Charakter* viel [?] zu tun. Es sind Seelenzustände. Sie sind daher nicht in jedem Fall konstant, es besteht immer nur eine Anlage zu dem einen oder zu dem andern dieser Seelenzustände, und persönliche Erfahrung hat schon oft aus dem Gläubigen einen Zweifler und aus dem Zweifler einen Gläubigen gemacht.

Das *Leben der Seele* ist ein kontinuierlicher, das des *Geistes* ein ruckweise fortschreitender Prozeß.

Zwischen Geist und Geist, nicht aber zwischen Seele und Seele gibt es dauernde Gemeinsamkeiten.

Seelische Gemeinsamkeit hört auf, sobald keine gemeinsamen Interessen mehr bestehen, seien sie erotischer, sozialer oder politischer Natur.

Eigenschaften, die zuweilen intellektuell, manchmal mehr seelisch betont sind, auch bei dem gleichen Individuum unter verschiedenen Umständen.

Warum *Schemas* an sich verwerfen?

Ein Schema ist nicht Leben, aber es ist *Wirklichkeit.*

Auch das Skelett ist nicht Leben, aber es ist Wirklickheit.

Wäre niemals ein menschlicher Leib zu Staub zerfallen, so wüßten wir nichts vom Skelett, könnten aber aus der Form, aus den Bewegungen auf das Skelett schließen.

Ein Schema von Typen wird sichtbar, indem das blühende Leben von ihm abfällt. Das ist kein Einwand gegen die Wirklichkeit des Schemas.

Wort und Tat können vorhanden sein, auch ohne daß der Geist sich in ihnen ausdrückt.

Stimmt das auch für die Natur?

Kunst: dort wo die Natur zum Geist wird.

Angesichts von Kunstwerken wohnen wir der Geistwerdung der Natur bei.

Geist ohne Natur vorstellbar. Ob auch Natur ohne Geist?

Der *Geist* steht unter Gesetzen, wie die Natur.

Doch der *Geist* ist *frei*, die *Natur nicht.*

Sowohl Geist wie Natur stehen unter Gesetzen, doch die Natur ist ihnen bedingungslos unterworfen, während der Geist mit den Gesetzen spielt. (?)

Die *Natur* hat niemals die Wahl, sie ist unfrei; der *Geist* ist frei.

In den zwei Typen oberhalb der Diagramme, also bei Prophet und bei Tückebold, hat die Geistesverfassung gleichsam eine Neigung sich aufzulösen.

Gewisse Seelenzustände gewinnen eine solche Macht, daß sie gleichsam für die Geistesverfassung eintreten und in ihrem Sinne als Richtung wirken.

Glaubenskraft für den Propheten, Tücke für den Tückebold, gewinnen solche Macht, daß sie nicht nur seelisch, sondern auch geistig bedeutungsvoll werden.

Bosheit und Besessenheit bedingen hier die Einstellung des Geistes zur Welt, wie sonst nur die Geistesverfassungen.

Hier wirkt das Dämonische, resp. das Satanische an sich.

Der Prophet, der absolut dämonische, der Tückebold, der absolut satanische Mensch.

Phantasie gehört zu den allgemeinen Begabungen.

Je rascher die Assoziationen vor sich gehen, umso weiter führen sie, oder können sie führen, behalten ihre Schwungkraft usw.

Bei langsamen Assoziationen besteht immer die Gefahr, daß sie auf dem Wege dahinsterben, daß sie durch andere Assoziationsketten, eventuell auch solche aus dem Unbewußten, unterbrochen werden etc.

Phantasie auch als Seelenzustand.

Phantastische Naturen.

Die Phantasie, sowohl im positiven als im negativen Gebiet vorkommend. Charakteristisch aber in jedem Fall für die rechte Seite, die Seite des Glaubens und der Intuition. (Also für den Staatsmann, Priester, weniger für den Pfaffen und Politiker).

Dagegen im Diagramm der Tat auch im negativen Gebiet charakteristisch, besonders für Abenteurer, für den Spekulanten.

Die Einwendung, daß ich dem Moment der Entwicklung keinen genügenden Raum gebe. Ich leugne nur die Möglichkeit eines Übergangs einer negativen in eine positive Geistesverfassung. Die Trennungslinie bleibt unüberschreitbar.

Aber möglich ist vor allem Intensivierung der angeborenen Geistesverfassung.

Es ist ferner der höllische Hauch in seiner Dichtigkeit keineswegs konstant bei den Typen der positiven Seite. Er kann sich unter Umständen verflüchtigen, natürlich auch verdichten.

Es kann sich die Sehnsucht der negativen Typen, die Einsicht in das eigene Wesen steigern.

Die Begabungen sind beinahe durchwegs entwicklungsfähig.

Die Seelenzustände, sowohl die verhältnismäßig konstanten als auch insbesondere die fließenden, wirken in verschiedener Weise ein.

Die Leistung ist natürlich von allen diesen Momenten abhängig, sowohl die Einzelleistung als die Gesamtleistung des Individuums.

Die Weiterentwicklung der Menschheit hängt aber von den Leistungen ab.

Nicht nur in den Geistesmenschen ist der Geist wirksam, der Geist ist in allem Bewußten, Lebendigen da.

Erst wenn der Geist eine ganz bestimmte Richtung annimmt, verdichtet sich gewissermaßen das geistige Element zu der sogenannten Geistesverfassung. Die bestimmte Beziehung, in die das Individuum zur Welt und zu sich selbst gestellt ist, ist das Charakteristische des Geistesmenschen.

Der Künstler nimmt eine ganz besondere Stellung ein. Es wurde schon gesagt, daß der Künstler als solcher nicht Geistesmensch [sein muß]. Er kann irgendeine Geistesverfassung haben, kann abgesehen von seinem spezifischen Talent Philosoph, Historiker, auch Dichter und noch manches andere sein, aber die musikalische Einstellung zur Welt ist nicht Geistesverfassung. Hier scheint der Moment, wo Geist in Natur übergeht.

Das Charakteristische für die Künstlerschaft ist: spezifische Begabung irgendeiner Art und die reiche Affinität zu Seelenzuständen.

Es ist möglich, daß auch die Typen der Künstler sich irgendwie diagrammatisch ordnen lassen; die Wahrscheinlichkeit ist groß, daß der Gott nächste Typus durch den Musiker repräsentiert wird.

Beim Musiker ist das Element des Unbegreiflichen, der unerklärlichen Schönheit insbesondere, am wesentlichsten ausgeprägt.

Den Erzeugnissen aller Künste können wir von verschiedener Seite her durch den Verstand nahekommen. Jedes Kunstwerk enthält Elemente der Verstandeswelt. Es ist ein Musiker zu denken, der wirklich singt, wie der Vogel singt, mit völliger Unmittelbarkeit, aus der tiefsten Tiefe seines Wesens heraus. Er braucht an keinerlei Material gebunden zu sein (in der Idee), während sowohl der Dichter als der bildende Künstler ohne das ihm gemäße Material nicht denkbar ist.

Zweierlei Arten von Satirikern, wie von Kritikern. Die einen in das positive, die andern in das negative Gebiet gehörig.

Man könnte sich dahin einigen, daß man für den Gegentyp des Kritikers den Namen Rezensent, für den Gegentyp des Satirikers das Wort Pamphletist wählt.

Aber gerade hier ist der positive Typus auf das Handwerkzeug seines Gegenparts so sehr angewiesen, daß nur unser leicht irrendes Gefühl zu entscheiden vermöchte, wohin er gehört.

Es gibt verhältnismäßig bedeutende Literaten und verhältnismäßig kleine Dichter. Wenn diese auch dem Propheten und Gott näher sind, ihr Blick reicht nicht bis hinauf; vielleicht bisweilen ihre Ahnung. Sehnsucht unter den negativen Typen äußert sich auf verschiedene Art. Nicht nur als Verbitterung, Neid und Haß, sondern auch als guter Wille und hohes Streben.

Der Weg vom Priester zum Propheten ist keineswegs weiter als der vom Staatsmann zum Propheten usw.

Güte ohne positive Geistigkeit [ist] völlig nutzlos, unter Umständen schädlich.

Sie ist die Atmosphäre, in der Sentimentalität entsteht.

Der Priester versucht mit dem Glauben, der Philosoph mit dem Denken das Sein und das Werden zu erfassen.

Doch [ist] kein Priester ohne Denken, kein Philosoph ohne Glauben vorstellbar.

Der Priester, auch wenn er sich einbildet, daß er Gott durch den Glauben erfaßt hat, hat es nur durch das Denken getan.

Je höher das Dreieck ansteigt, umso näher treten die entsprechenden Typen der beiden Dreiecke »Geist im Wort« und »Geist in der Tat« aneinander. Das Bewußtsein der Kontinuität ist der Unsterblichkeitsglaube ins Vernünftige gewandt.

Dichter	Journalist	Staatsmann
Dilettant	Reporter	Kannegießer
Literat	Feuilletonist	Politiker

Der einfache Mensch lebt sein Dasein hin. Der Literat erfreut sich an den Reflexen des Daseins. Dem Dichter, der sich an diesen Reflexen gleichfalls freut, wird von ihnen aus das Dasein zum zweiten Male beleuchtet.

Von den dreien mag der Literat zuweilen der größte Artist sein, und doch ist er dem Leben ferner als der einfache Mensch und der Kunst ferner als der Dichter.

In den Reflexen des Daseins spielen und daran sich genügen lassen, das macht den Literaten aus. Der aber ist ein Dichter, dem in diesen Reflexen das Dasein selbst sich zum zweiten Male spiegelt.

[*Entwurf eines Briefes an Professor Friedrich Gundolf in Heidelberg.*]

12. 2. 1927

Verehrtester Herr Professor.

Gern will ich vorerst mit der neutralen Anerkennung zufrieden sein, die Sie dem dialektischen Teil meiner Arbeit spenden; mein Ehrgeiz ging natürlich nicht so weit, sofort ein vollkommenes Einverständnis mit meinen vorläufigen Resultaten zu finden, gegen die ich gerade bei den stärksten und selbständigsten Geistern auf Bedenken gefaßt sein mußte.

Meine eigenen habe ich, wie Sie merken, mit dem Untertitel der »vorläufigen Bemerkungen« zu beschwichtigen gesucht, doch gestehe ich, daß dieses »vorläufig« zum Teile wenigstens anders gemeint ist, als Sie es aufzufassen scheinen. Sie werden nicht zweifeln, daß meine Diagramme als Resultate vieljähriger Erwägungen und Überlegungen entstanden sind, und insbesondere das endgültige (vorläufig endgültige?) Schema des ersten Diagramms (Der Geist im Wort) hat sich mir nur ganz allmählich in seiner jetzigen Form entwickelt. Es gab zahlreiche Abenteuer auf dem Weg, über die ich eine Art Tagebuch geführt habe. Sehr vielen Erscheinungen, historischen und gegenwärtigen, bin ich begegnet, und es konnte mich nicht wundern, war ja vorausgesehen, daß keine dieser Erscheinungen, so himmlisch oder so teuflisch sie sich gebärden mochten, sich anmaßen durfte, die Idee des Typus zu erfüllen (oder besser, daß ich mir anmaßen durfte, eine solche Erfüllung in ihr zu sehen) und daß sie sich der geometrischen Umrissenheit meines Diagramms, dem Schema, das mir vorschwebte, umso lebhafter zu entwinden versuchten, je einziger, je größer, je individueller sie auftraten.

Doch bin ich mir nicht bewußt, durch meine Methode die Fülle und Vielheit der konkreten geschichtlichen – und gegenwärtigen – Gesichte abgezogen und vergewaltigt zu haben: das hätte ich eher getan, wenn ich Beispiele zu bringen versucht hätte. Doch es war nicht meine Absicht, konnte meine Absicht nicht sein, in meinem Schema Individuen unterzubringen, das wundervolle Chaos des Lebens in Ordnung umzufälschen; trotzdem und deswegen wurde mir die Wirklichkeit meiner Geistes*typen*, eine in der Idee vorgebildete Ordnung im Gebiete des Geistes, immer unwidersprechlicher klar.

Und über allem Zweifel wurde mir diese aprioristische Ordnung offenbar, als sich dem Diagramm des Worts das Diagramm der Tat entgegenstellte oder vielmehr zugesellte. Das erstere, ich sagte es schon, ging mir nur recht allmählich auf. Es lag nahe, daß im Bereiche der Tat ein ähnliches Schema – nicht etwa sich konstruieren ließe, sondern gleichfalls bereits vorgebildet vorhanden sein müßte. Typen schwebten mir vor, ohne daß sie sich zunächst ordnen wollten, bis eines Tages dieses zweite Diagramm plötzlich fertig vor mir stand. Ja, ich darf sagen, daß ich das, was man vielleicht Intuition nennen könnte, nie mit solcher Evidenz erfahren habe, als bei dieser Gelegenheit – dahingestellt, ob das Objekt dieser Intuition etwas absolut Richtiges oder an sich Wertvolles zu bedeuten habe.

Die Verwandtschaft zwischen dem ersten und zweiten Diagramm hat etwas Analoges zu der zwischen den oberen und unteren Dreiecken: wie sich die Typen der oberen und der unteren Dreiecke nur durch die Vorzeichen plus und minus unterscheiden, so die Typen der beiden kongruenten Diagramme durch die Vorzeichen Wort und Tat. Von hier aus möchte ich Ihren sehr wichtigen Einwand verstehen, daß Ihnen nämlich die Gleich- oder Gegensetzung von verschiedenen Stufen oder Mitteln oder Aspekten desselben Wesens bedenklich scheint, glaube ihn aber zugleich teilweise wenigstens widerlegen zu können.

Es ist gewiß sehr einleuchtend, wenn Sie behaupten, daß in der Geschichte gewisse Typen – Sie nennen: Feldherr, Staatsmann, Führer, Diktator, Tyrann – ob als Geistesverfassungen, Talente oder Berufe verstanden, meist untrennbar sind; nur möchte ich mir gestatten, statt »meist untrennbar sind« milder zu setzen »häufig untrennbar scheinen«. Es ist sehr charakteristisch, daß diese Untrennbarkeit nur in den seltensten Fällen und gerade bei den ungeheuersten Gestalten, die Sie selbst aufrufen, Alexander, Caesar, Napoleon, jedenfalls aber nur bezüglich jener Typen zu konstatieren ist, auf deren Geistesverwandtschaft ich ausdrücklich hingewiesen habe, nämlich bezüglich derjenigen, die in den beiden Diagrammen Wort und Tat an den analogen Punkten stehen. Man wird nicht nur manchmal schwanken, ob man jemanden als Repräsentanten des Typus Staatsmann oder des Typus Feldherr, ob als Politiker oder als Diktator auffassen solle, ja in ganz exzeptionellen Fällen wird man vielleicht sogar geneigt sein, eine Art von zusammengesetzter, aber doch wieder in höherem Sinn einheitlicher Geistesverfassung anzunehmen, wenn man nicht (was ich nicht nur als terminologisch empfinde) vorzieht, in gewissen Repräsentanten einen Staatsmann von bedeutender organisatorischer und Feldherrnbegabung (Caesar) oder einen Feldherrn mit großer staatsmännischer Begabung (Alexander) zu erkennen. (War nicht wirklich für Caesar der Staat, für Alexander der Sieg das letzte Ziel?) Jedenfalls sei es zugegeben, daß es hier vielleicht vor allem auf den Standpunkt des Betrachters ankommt.

Wenn aber ein und dasselbe Individuum *bald* als Feldherr, *bald* als Diktator – *bald* als Staatsmann, *bald* als Politiker – *bald* als Dichter, *bald* als Literat – bald als Kontinualist, bald als Aktualist usw. erscheint, also scheinbar bald als Repräsentant eines positiven, bald als Repräsentant eines negativen Typus, so wird eben einer jener Aspekte notwendig *falsch* sein, denn diese einander gegenübergestellten Typen bedeuten zugleich die vollkommensten Gegensätze. Wahrheit und Lüge, Dämonie und Satanie, Mensch und Un-Mensch stehen einander hier gegenüber. Hier gibt es keine Übergänge, nicht die Möglichkeit verschiedener Aspekte, nur die von Irrtümern, freilich von solchen, die häufig schwer vermeidbar sind, besonders wo es sich um Erscheinungen der Gegenwart handelt. Ein Mensch wie Caesar war vielleicht zugleich Feldherr und Staatsmann der Geistesverfassung nach, aber niemals Diktator und Politiker, wenn er sich auch politischer Mittel bedienen und sich zuweilen als Diktator gebärden mußte, gerade um sich als Staatsmann und Feldherr zu erfüllen. Ob ein Mann wie Mussolini Politiker oder Staatsmann, Diktator oder Führer ist, wird heute kaum noch jemand entscheiden können. Aber daß er entweder nur das eine oder nur das andere ist, das steht für mich über allem Zweifel fest.

Nun aber, verehrter Herr Professor, will ich Ihre Geduld nicht länger in Anspruch nehmen. In einem Gespräch, wie ich es recht sehr wünsche, würde man sich wahrscheinlich über manches zu einigen beginnen, was heute noch wie ein Widerspruch der Meinungen erscheint. Vielleicht kommt einmal eine Gelegenheit – und man könnte dann noch über allerlei anderes reden.

Meiner besonderen Verehrung muß ich Sie wohl nicht erst versichern; darf ich heute noch den Ausdruck herzlichster Sympathie und den aufrichtigen Wunsch einer Wiederbegegnung zum Ausdruck bringen.

Mit den verbindlichsten Grüßen

Ihr sehr ergebener

ANHANG

NACHWORT DES HERAUSGEBERS ZUM BAND ›APHORISMEN UND BETRACHTUNGEN‹ INNERHALB DER ›GESAMMELTEN WERKE‹ (1967)

Allgemeines; Auswahl des Materials

Mit diesem, dem fünften Band, wird die Gesamtausgabe der Gesammelten Werke von Arthur Schnitzler (Frankfurt, S. Fischer 1961 ff.) abgeschlossen. Er enthält alle Aphorismen, essayistischen Schriften und Betrachtungen, die zu Lebzeiten des Dichters veröffentlicht oder im Nachlaß aufgefunden wurden.

Der Band unterscheidet sich in einigen Punkten wesentlich von den vier vorangegangenen Bänden. Den größten Teil nimmt unveröffentlichtes, zumeist undatiertes Material ein. Dadurch entfällt die bisher befolgte, streng chronologische Anordnung. Ferner handelt es sich bei den Nachlaßschriften um überwiegend unfertiges Material, das in erster Linie inhaltlich aufschlußreich ist und nicht immer nach formalen Gesichtspunkten beurteilt werden darf. In seinem Testament vom 16. August 1918 schreibt Arthur Schnitzler: »Verhältnismäßig wertvoller [als gewisse vorher erwähnte Schriften], zum mindesten interessant als Beiträge zur Physiologie (auch Pathologie!) des Schaffens erachte ich meine Vorarbeiten ... zu meinen bei meinen Lebzeiten veröff[entlichten] Werken; ... sowie auch einen Teil meiner dram[atischen] und novell[istischen] Pläne, Aphoristisches und dgl.« Im vorliegenden Band ist explizit ausgeführt, was im dramatischen und erzählenden Werk des Dichters implizit an Welt-Anschaulichem Gehalt bereits vorhanden ist. Mit dem Begriff »Arthur Schnitzlers Weltbetrachtung« ist, in gewissem Sinne, auch das Kriterium für die vorliegende Auswahl charakterisiert. Nicht aufgenommen wurden Veröffentlichungen in medizinischen Zeitschriften, Schriften zu bestimmten Anlässen, Grußadressen, Repliken, Aufzeichnungen über Theaterbesuche, Reisenotizen, Auszüge aus den Tagebüchern. Auch die ohnedies spärlichen Buchrezensionen, die eher Kurznotizen über Neuerscheinungen sind als gründliche Analysen der besprochenen Werke, wurden fortgelassen. Ein Grenzfall ergibt sich bei den Lesenotizen. Aus Anlaß der Lektüre zufällig entstanden, sind sie in den meisten Fällen lediglich stichwortartig, im Aide-mémoire-Stil niedergeschrieben, offensichtlich nur zu persönlichem Gebrauch. Bei einigen Bemerkungen Schnitzlers zu literarischen Werken wurde jedoch eine Ausnahme gemacht. Es handelt sich dabei um längere, stilistisch durchgeformte Anmerkungen zu Büchern, die viel eingehender sind als die wenigen veröffentlichten Kurzrezensionen. Sie könnten gleichsam als Vorstufen zu Essays über die betreffenden Schriftsteller angesehen werden und erlauben Rückschlüsse auf die literarischen Ansichten Schnitzlers, jeweils demonstriert am konkreten Fall.

Häufig notierte Arthur Schnitzler in aphoristischer Form Gedanken und Einfälle zu eigenen, noch nicht abgeschlossenen Werken. Derartige Aufzeichnungen hat er den Mappen mit Entwürfen und Frühfassungen zugeteilt, und Aphorismen dieser Genese müssen somit als Werknotizen aufgefaßt werden. Sie wurden daher in den vorliegenden Band nicht aufgenommen, bis auf die vom Dichter selbst veröffentlichten Paralipomena zum Roman *Der Weg ins Freie* (s. *Der Geist im Wort und der Geist in der Tat*, S. 15).

Die unfertige Natur des Materials bringt es mit sich, daß es zahlreiche Überschneidungen, fast wörtliche Wiederholungen, Zweitfassungen, unverständliche Notizen enthält. Wiederholungen, fragmentarische Fassungen von an anderer Stelle Ausgeführtem, überwiegend oder gänzlich Unleserliches, gegenstandslos gewordene Miszellaneen, Notizen aus der Jugendzeit und Bruchstücke, deren Sinn oder Zusammenhang nicht mehr zu eruieren war, wurden nicht aufgenommen. Wo mehrere Fassungen eines Textes vorlagen, wurde die vermutlich letzte gewählt; bei veröffentlichten Aphorismen, zu denen sich ein abweichend formuliertes Manuskript fand, war die publizierte Form maßgeblich.

Anordnung des Bandes

Als oberstes Ordnungsprinzip bot sich die Trennung nach von Schnitzler selbst veröffentlichten Schriften einerseits und zu seinen Lebzeiten unveröffentlichtem Material andererseits an. Lediglich verstreut in Zeitschriften erschienene Aphorismen, denen weniger Gewicht zukommt als den Buchpublikationen, wurden nach den beiden veröffentlichten Haupttexten, *Buch der Sprüche und Bedenken* und *Der Geist im Wort und der Geist in der Tat*, eingeordnet, obwohl diese Einzelpublikationen zeitlich früher erschienen waren.

Die zahlreichen Vorabdrucke von Aphorismen aus dem *Buch der Sprüche und Bedenken* sind nicht besonders angeführt, da die Buchausgabe die endgültige Fassung darstellt.

Bei dem unveröffentlichten Material in den Mappen des Nachlasses sind die Grundsätze, nach denen Schnitzler seine Aufzeichnungen geordnet hatte, in groben Zügen rekonstruierbar. Einmal hatte er eine Aufteilung nach formalen Gesichtspunkten vorgenommen: Parabeln, Sprüche in Versen, Antworten auf Rundfragen; zum anderen lassen sich inhaltlich bestimmte Komplexe unterscheiden: in den einzelnen Mappen überwiegt deutlich ein Themenkreis, oder es sind in einer Mappe zwei in sich geschlossene Gruppen vereinigt. Auf dieser vorgefundenen Akzentuierung fußt die Ordnung der Ausgabe. Aphorismen, die den Zentralthemen der einzelnen Mappen nicht angehören, sondern gleichsam wahllos beigefügt waren, wurden entnommen und denjenigen Mappen zugeordnet, zu denen sie inhaltlich oder formal gehörten. In Zweifelsfällen wurde die ursprüngliche Anordnung beibehalten. Manchmal stand zur Debatte, ob ein Text nach inhaltlichen oder nach formalen Gesichtspunkten einzuordnen war. In solchen – seltenen – Fällen entschied das formale Prinzip. Ein Spruch über Freundschaft, zum Beispiel, der sich ursprünglich in einer Mappe mit überwiegend politischen Bemerkungen befunden hatte, wurde der Gruppe »Sprüche in Versen«, nicht dem Themenkreis »Freundschaft, Frauen« zugeteilt. Die Natur des zu ordnenden Materials brachte es mit sich, daß thematisch eindeutige Zuweisungen nicht immer möglich waren. Eine ganze Anzahl von jetzt der Gruppe »Philosophie, Ethik« zugewiesenen Aphorismen könnte ebensogut auch der Rubrik »Psychologisches« angehören. Nicht selten sind auch Überschneidungen der Themen »Psychologisches« – »Freundschaft, Frauen« oder »Politik, Gesellschaft« – »Philosophie, Ethik«.

Eine Feineinteilung innerhalb der einzelnen Nachlaßmappen ist nicht erkennbar. Arthur Schnitzler hatte wohl in einigen Fällen eine Reihenfolge von Blättern zusammengestellt und entsprechend paginiert, doch trifft das nur auf Teile des Nachlasses zu. Es besteht auch Grund zu der Annahme, daß die Reihenfolge innerhalb der Mappen nach dem Tode des Dichters noch Änderungen unterworfen war. Eine genaue Rekonstruktion der Entstehungsdaten erwies sich als ebenso unmöglich, wie die

Unterteilung nach allen im Nachlaß angeschnittenen Einzelthemen als praktisch undurchführbar. Der Herausgeber glaubte daher eine Kompromißlösung zu finden, indem er innerhalb der einzelnen Nachlaßgruppen die datierten Aufzeichnungen, jeweils zu Beginn, chronologisch ordnete und den undatierten Rest in der vorgefundenen Reihenfolge beließ. Daß diese Aufteilung nicht restlos befriedigen kann, unterliegt keinem Zweifel. Man verzichtete daher auch auf Numerierung der Aphorismen, um jeden Anschein einer endgültig verbindlichen Ordnung zu vermeiden. Lediglich die Aphorismen des *Buchs der Sprüche und Bedenken* sind, der Erstausgabe entsprechend, numeriert. Sind zu einem schon vorliegenden Themenkreis aus anderen Mappen Aphorismen übernommen worden, so stehen sie am Schluß der jeweiligen Gruppe.

Zusätze, Schreibung und Interpunktion

Schreibung und Interpunktion wurden modernisiert. Orthographische Flüchtigkeitsfehler wurden stillschweigend verbessert, irrtümlich ausgelassene Wörter in eckigen Klammern ergänzt. Stichwortartige Notizen oder Ellipsen wurden hingegen, dem Original entsprechend, beibehalten. Runde Klammern und Auslassungspunkte entsprechen den Manuskripten. Durchgestrichene Wörter, die offensichtlich durch andere hätten ersetzt werden sollen, sind mit [durchgestrichen] gekennzeichnet. Irrtümer, die ein stillschweigendes Verbessern ausschließen, erhielten den Hinweis [sic]. Schwer entzifferbare Wörter wurden mit [?], unleserliche durch [unleserlich] gekennzeichnet. Ein Sternchen besagt, daß größere Teile des vorangehenden Textes besonders schwer leserliche Zusätze und Korrekturen einschließen, auf deren absolut fehlerfreie Entzifferung kein Anspruch erhoben wird. Zwei Sternchen zeigen an, daß ein so markierter Text gänzlich oder teilweise unleserliche Stellen, bzw. Korrekturen enthält, die sich jedoch allem Anschein nach in erster Linie auf die Form, nicht auf den Inhalt beziehen. Bei Abschriften sind zuweilen offenbar zusammengehörige Texte irrtümlich durch Abschnitte getrennt oder, umgekehrt, selbständige Aphorismen zusammengezogen worden. In solchen Fällen hat der Herausgeber stillschweigend verbessert. Mit Abkürzungen bezeichnete Personen wurden nach Möglichkeit identifiziert und, ebenso wie wenig bekannte Persönlichkeiten, im Anhang angeführt. Titel von Schnitzlers eigenen Werken, bzw. Kurzformen solcher Titel (wie *Bernhardi* für *Professor Bernhardi*) werden als bekannt vorausgesetzt. Titel und Untertitel, die nicht vom Autor selbst stammen, wurden in ekkige Klammern gesetzt.

Datierung

Die Datenangaben sind den Manuskripten entnommen, ebenso Zusätze dazu wie runde Klammern und Fragezeichen. In einigen Fällen sind offensichtlich bei der Übertragung eines handschriftlichen Originals in Maschinenschrift Abschreibfehler unterlaufen. Die vermutlich richtige Datierung wurde vom Herausgeber in eckigen Klammern hinzugefügt. Datierungen, die dem Herausgeber fraglich schienen, versah er mit [?]. Abweichende Schreibweisen wurden den im Manuskript vorherrschenden angeglichen. Bei manchen zweistelligen Ziffern läßt sich nicht eindeutig feststellen, ob es sich hierbei um Datierungen handelt oder um Seitenbezifferung einer früher zusammengehörigen, später wieder aufgelösten Sammlung von Aufzeichnungen oder um Hinweise auf thematische Zusammengehörigkeit. Es gibt deutliche Anzeichen dafür, daß Arthur Schnitzler bei einigen Mappen einzelnen Themen je eine Kennummer zuteilte und diese auf den entsprechenden Blättern vermerkte. In Mappe 10 a findet sich z. B. eine Liste von Kennummern für die Zusammenstellung des Materials im *Buch der Sprüche und Bedenken*, die eine Rekonstruktion dieser Arbeitsweise ermöglicht. Daher wurden zweistellige Zahlenangaben des Originals nur übernommen, wenn sie sich unzweifelhaft als die letzten beiden Stellen einer Jahreszahl identifizieren ließen.

Zu *Der Geist im Wort und der Geist in der Tat*

Die Schrift erschien 1927 bei S. Fischer, Berlin. Wie aus den im Nachlaß aufgefundenen Paralipomena (vgl. S. 224–240) hervorgeht, sind größere Teile des Buches aus aphoristischem und essayistischem Material hervorgegangen, das weiter ausgeführt und wiederholt umgeschrieben und verfeinert wurde bis zu seiner jetzigen Gestalt.

Der Untertitel »Vorläufige Bemerkungen zu zwei Diagrammen« und der Titel der Erstfassung »Das Reich des Geistes – ein graphischer Versuch« deuten darauf hin, daß der Autor den Text als Erläuterung der Diagramme ansah. Der Hinweis auf die Vorläufigkeit bedeutet dagegen nicht, daß Arthur Schnitzler die Abhandlung selbst als unvollendet betrachtete. Aus den Paralipomena und vor allem aus der Auseinandersetzung mit Friedrich Gundolf geht hervor, daß Schnitzler selbst für seine Theorien keine Endgültigkeit beanspruchte.

In seiner Abhandlung *Der Geist im Wort und der Geist in der Tat* wertet Arthur Schnitzler eine Reihe herkömmlicher Begriffe um und entwickelt neue Definitionen, die zu Mißverständnissen führen könnten. Sie bedürfen stets einer genauen Überprüfung des Zusammenhangs, innerhalb dessen sie erscheinen. Weitere Anhaltspunkte zu der ungewöhnlichen Terminologie bieten die Paralipomena.

Zu [*Verstreut Erschienenes*]

Unter dieser Rubrik sind in der Chronologie ihres Erscheinens die Aphorismen und Aufzeichnungen zusammengefaßt, die Arthur Schnitzler zwar zur Veröffentlichung in Zeitungen, Zeitschriften oder Almanachen freigegeben hatte, die aber – im Gegensatz zu den übrigen, sehr zahlreichen, verstreut erschienenen Aphorismen – nicht in das *Buch der Sprüche und Bedenken* aufgenommen wurden.

Anspruch auf Vollständigkeit wird nicht erhoben. Da jedoch Arthur Schnitzler ein detailliertes Verzeichnis von Zeitschriftenveröffentlichungen hinterließ (Mappe 237) und die einschlägigen Bibliographien keine weiteren Aphorismen verzeichnen, darf man vermuten, daß nur wenige Aphorismen existieren, die hier nicht berücksichtigt wurden.

Grundlage für die hier zusammengefaßten veröffentlichten Texte bildet die Nachlaßmappe 8. Sie enthält die Originalmanuskripte mit dem handschriftlichen Vermerk »verö.«, Zweitfassungen und Druckfahnen dazu, sowie zahlreiche Duplikate zum *Buch der Sprüche und Bedenken*. Die Aufzeichnungen »Mystik« und »Skepsis«, für das *Buch des Gesamtverbandes schaffender Künstler* vorbereitet, liegen zwar in Druckfahnen vor, wurden aber nicht veröffentlicht. Der letzte Aphorismus der »Bemerkungen« für die

Österreichische Dichtergabe soll, einem Vermerk in Mappe 8 zufolge, als dritter Aphorismus dieser Gruppe publiziert worden sein. Er fehlt jedoch im Band von 1928, wurde also wohl zurückgezogen. Das Gedicht »Käm' ein Großer uns wieder« sandte Arthur Schnitzler als Antwort auf die Rundfrage: »Welche Person oder welches Ding würden Sie aus der Vergangenheit zurückbringen, wenn das in Ihrer Macht stünde?« (oder ähnlich) ein.

Die »Paralipomena zum Weg ins Freie« sind die einzigen in aphoristischer Form abgefaßten Werknotizen, die Schnitzler erscheinen ließ. In seinem eigenen bibliographischen Verzeichnis bezeichnete er sie als »Aphorismen«. Ein weiteres Indiz für die Sonderstellung dieser Notizen mag man darin sehen, daß sie im Nachlaß zu einer besonderen Gruppe zusammengefaßt wurden und nicht, wie in analogen Fällen, den übrigen Skizzen und Entwürfen des entsprechenden Werks zugeordnet waren. Die veröffentlichte Fassung weicht gelegentlich vom Manuskript (Mappe 234) ab. Die Aphorismen wurden erst bei ihrer Veröffentlichung als Paralipomena zum *Weg ins Freie* Leo Golowski und Heinrich Bermann in den Mund gelegt. Das läßt die Möglichkeit offen, daß Schnitzler diese Texte zunächst unabhängig vom Roman verfaßt und erst nachträglich aus vorhandenen Notizen als für die beiden Romanfiguren charakteristisch herausgesucht haben mag.

Zu [*Aphorismen und Betrachtungen aus dem Nachlaß*]

Arthur Schnitzler hatte noch zu Lebzeiten seine Manuskripte, sowohl von veröffentlichten Schriften und Vorarbeiten dazu als auch unveröffentlichtes Material, in zahlreichen Mappen geordnet. Nach seinem Tode numerierte der Sohn des Dichters diese Mappen in der vorgefundenen Reihenfolge. Allem Anschein nach war diese Reihenfolge von Arthur Schnitzler noch nicht in eine sinnvolle Ordnung gebracht worden. Nach dem sogenannten ›Anschluß‹ Österreichs wurde der größte Teil des Nachlasses, der sich im Schnitzlerschen Hause befand, mit Hilfe des britischen Konsulats dem Zugriff der Nationalsozialisten entzogen und nach Cambridge in Sicherheit gebracht. Ein verhältnismäßig kleiner Teil – vor allem Tagebücher, Briefe und anderes Material persönlicher Art – verblieb zunächst in Wien, wurde dann aber auch durch die Witwe des Dichters nach England und später nach den Vereinigten Staaten gebracht. Mikrofilmkopien des Nachlaßmaterials – mit Ausnahme von Tagebüchern, Dokumenten und Briefen –, insgesamt einundvierzig Spulen, befinden sich heute in der Obhut des Sohnes des Dichters, Heinrich Schnitzlers, Wien; an der University of California at Los Angeles; im Archiv der International Arthur Schnitzler Research Association, State University of New York at Binghamton und am Deutschen Seminar der Universität Freiburg i. Br.

Für die vorliegende Ausgabe wurden die Manuskripte der Mappen 2, 2a, 3 bis 10, 13 bis 18, 230, 231 und 234 verwendet. Es handelt sich dabei um Maschinenskripte, die Arthur Schnitzler oft mit zahlreichen, manchmal kaum zu entziffernden Korrekturen versehen hatte. Die Datierungen sind teils in Maschinenschrift, teils wurden sie nachträglich handschriftlich hinzugefügt. Einige Maschinenskripte sind offensichtlich Abschriften nicht mehr erhaltener Originale, die auch nach dem Tode des Dichters angefertigt sein könnten. Mit Ausnahme einiger Bemerkungen bezüglich der Materialien über Kunst und Kritik gibt es keine Hinweise im Nachlaß, ob und in welcher Form Arthur Schnitzler das umfangreiche aphoristische Material zu veröffentlichen beabsichtigte.

»Und einmal wird der Friede wiederkommen. . .« (Mappe 230). Diese Mappe ist mit dem Vermerk »Abschriften« versehen. Der Inhalt wurde offenbar nach Schnitzlers Tod mit der Maschine geschrieben. Einige Stellen sind mit Fragezeichen versehen, was auf Schwierigkeiten beim Entziffern des Originals hindeutet.

Der überwiegende Teil dieses Materials wurde von Heinrich Schnitzler ausgewählt und 1939 unter dem Titel ›Über Krieg und Frieden‹ bei Bermann-Fischer, Stockholm, posthum veröffentlicht. Eine satirische ›Ballade von den drei Brüdern‹ mit scharfer Kritik an der moralischen Rechtfertigung des Tötens in Kriegszeiten wurde fortgelassen, da sie nicht unter den Begriff des Aphorismus oder der Betrachtung fällt.

[*Politik, Gesellschaft*]. Den Kern dieser Aufzeichnungen bildet die zweite Hälfte der Mappe 5, der thematisch zugehörige Aphorismen der Mappen 9 und 10 beigefügt wurden.

[*Philosophie, Ethik*]. Die Aphorismen dieser Gruppe entstammen vorwiegend den Mappen 9 und 10, weitere wurden aus den Mappen 2a, 4 und 5 übernommen.

[*Glaube, Religion*]. Abgesehen von einigen Aphorismen aus der Mappe 2a, stammen die meisten dieser Gruppe aus den Mappen 9 und 10.

[*Psychologisches*]. Der größte Teil hiervon gehörte ursprünglich zu Mappe 9, ein etwas kleinerer bildete als geschlossener Komplex die erste Hälfte der Mappe 4. Einige thematisch hierhergehörige Aphorismen der Mappen 2a und 10, und einer aus Mappe 17, wurden hinzugefügt.

[*Freundschaft*, *Frauen*]. Die erste Hälfte der Mappe 5 lieferte den Inhalt dieser Gruppe, während die zehn letzten Aphorismen aus den Mappen 2a, 4, 7, 9, 10 stammen.

Sprüche in Versen. Sie bilden den Inhalt der Mappe 2.

Parabeln (Mappe 231). Ein Zusatz im vorliegenden Maschinenskript des Nachlasses deutet darauf hin, daß es sich bei dem Inhalt der Mappe 231 um Abschriften handeln könnte, die nach dem Tod des Dichters angefertigt wurden und seither die Stelle der Originale im Nachlaß einnehmen. Es besteht jedoch kein Anlaß, die Vollständigkeit oder Verläßlichkeit der Abschriften in Zweifel zu ziehen.

Antworten auf Rundfragen. Diese in Mappe 3 des Nachlasses gesammelten Betrachtungen enthalten keinerlei Angaben über eine etwaige Veröffentlichung. In Bibliographien sind sie nicht verzeichnet, und sie fehlen in der von Schnitzler selbst angelegten Liste der veröffentlichten Schriften. Die Begründung des Dichters, warum er auf Rundfragen nicht antwortete (›Die literarische Welt‹, 1931/32, Nr. 23, S. 4, 3. 6. 1932) sowie das Blatt über Tolstoi als einziges dieser Gruppe aus Mappe 17, das mit »Antwort auf eine Rundfrage, nicht eingesandt« bezeichnet ist, deuten ferner darauf hin, daß der Inhalt der Mappe 3 zum größten Teil, wenn nicht zur Gänze, bisher unveröffentlicht ist. Anlaß zu diesen Aufzeichnungen Schnitzlers mögen sowohl direkt an ihn gerichtete Anfragen gewesen sein wie auch sonstige Rundfragen, von denen er Kenntnis erhielt. Hinweise darüber finden sich nicht im Nachlaß. Eine Ausnahme bildet lediglich die im ›Literarischen Echo‹ veröffentlichte Antwort über ›Dichterische Arbeit und Alkohol‹. (Siehe S. 48 f. dieses Bandes.)

Zu ›Sprüche etc.‹ vorbereitet gewesen, doch zurückgelegt. Diese von Arthur Schnitzler selbst stammende Bezeichnung der Mappe 6 des Nachlasses bezieht sich offenkundig auf das *Buch der Sprüche und Bedenken* (s. Bd. 11805).

Zu den ›Diagrammen‹. Mit diesem Titel ist die Nachlaß-Mappe 14 versehen. Sie enthält Vorstudien und Erstfassungen, Aphorismen zu Schnitzlers Buch *Der Geist im Wort und der Geist in der Tat* sowie erläuternde Bemerkungen, Briefentwürfe und Durchschläge von

Antworten auf Zuschriften über jenes Werk. Es läßt sich nicht feststellen, ob Schnitzler der Mappe weiteres Material hinzuzufügen beabsichtigte. Es gibt Anzeichen dafür, daß die ursprüngliche Anordnung nach dem Tode des Dichters verändert wurde, bzw. daß Aufzeichnungen aus anderen Mappen hinzukamen.

Die Mappe enthält den Entwurf eines sieben Seiten langen Briefes an Ernst Lothar; zwei Seiten sind der Diskussion gewisser kritischer Einwände Lothars, insbesondere zur »journalistischen Geistesverfassung«, gewidmet. Da sich an anderer Stelle der Mappe fünf Eintragungen fanden, in denen Schnitzler seine Argumente zu diesem Punkt noch genauer formuliert, wurde hier auf die Wiedergabe des Briefentwurfs verzichtet. Es folgen Durchschläge von Antworten auf weitere Zuschriften über Schnitzlers Buch an Friedrich Gundolf, Raoul Auernheimer, Willy Haas, Anton Wildgans. Einwänden von Auernheimer und Wildgans – im wesentlichen die gleichen wie die von Ernst Lothar – begegnet Arthur Schnitzler durch Zitate aus dem Werk selbst. Weit wichtiger ist die Antwort an Friedrich Gundolf; welche Fragen dieser anschnitt, geht aus der hier wiedergegebenen Entgegnung Schnitzlers hervor.

Ferner finden sich in dieser Mappe 36 als »Paralipomena zum Diagramm« gekennzeichnete Blätter. Die beiden ersten, mit 1923 datierten Blätter dieser Gruppe enthalten eine äußerst schwer zu entziffernde, mit Bleistift geschriebene Wortliste und eine schematische Zeichnung. Es gelang, dieses Material als Versuch einer graphischen Darstellung des »Sephirothbaumes« aus der sogenannten theoretischen Kabbala zu identifizieren, mit den zehn göttlichen Emanationen Krone, Weisheit, Einsicht, Gnade, Gesetz oder Gerechtigkeit, Ruhm, Ewigkeit, Glanz, Grundlage, Königtum oder Herrschertum. Die Liste weicht somit in mehreren Punkten von der bekanntesten Fassung ab. In der Zeichnung erscheinen die Emanationen als Kreise, mit den entsprechenden Namen versehen, die symmetrisch um den Mittelpunkt angeordnet und mit ihm, sowie miteinander, durch Doppellinien verbunden sind. Arthur Schnitzler hat sich, soweit sich das feststellen läßt, nie eingehender mit der Kabbala per se beschäftigt. Die Vermutung, daß ein anderer dem Dichter, der als »Resultat vieljähriger Erwägungen und Überlegungen« die Idee von angeborenen einheitlichen und unveränderlichen Geistesverfassungen entwickelte, auf eine mögliche innere Verwandtschaft der letzteren mit den Emanationen der »Sephiroth« hinwies, liegt zwar nahe, läßt sich jedoch nicht durch konkrete Nachweise bestätigen. Die dann folgenden Blätter sind mit den Aufschriften »Früheres zum Diagramm« und »Zum Diagramm, Journalismus, Feuilletonismus« versehen.

State University of
New York at Binghamton, 1967

Prof. Dr. Robert O. Weiss

1 [S. 65] Bertha von Suttner (1843–1914). Friedensnobelpreisträgerin von 1905. Ihr letzter Brief vom 14. Mai 1914, jetzt im Nachlaß von Arthur Schnitzler, enthält eine herzliche Einladung an den Dichter und seine Frau, »unserem Congress« beizuwohnen.

2 [S. 73] Sir Edward Grey (1862–1933). Außenminister Großbritanniens 1905–1908 und 1915–1916. Seit 1916: Viscount of Fallodon.

3 [S. 76] Raymond Nicolas Landry Poincaré (1860–1934). Rechtsanwalt. Seit 1893 Minister mit verschiedenen Ressorts in mehreren Kabinetten der französischen Regierung. 1912–1920 Ministerpräsident der französischen Republik.

4 [S. 76] Alexander Pavlovič Isvolskij (1856–1919). 1906 Außenminister Rußlands. Als russischer Botschafter in Paris von 1910–1917 sicherte er seinem Land das Bündnis mit Frankreich. Verfaßte Memoiren.

5 [S. 78] Dr. Josef Redlich, Professor an der Wiener Universität und Parlamentsabgeordneter.

6 [S. 82] *Schmock:* Anspielung auf den charakterlosen Zeitungsschreiber in Gustav Freytags Lustspiel *Die Journalisten.*

7 [S. 92] Es folgt eine Analyse der Aufsätze Rollands, deren Ergebnis der obenstehende Satz ist. Die Einzelheiten der Analyse, nicht mehr zum eigentlichen Thema gehörig, sind hier fortgelassen.

8 [S. 96] Jean Jaurès (1859–1941). Führender Sozialist. Spielte eine wichtige Rolle in der Dreyfus-Affäre. Begründer der *Humanité* und des *Parti socialiste unifié.* Zu der Zeit der Kriegserklärung wurde er von Roger Villain ermordet.

9 [S. 148] Charles Richet (1850–1935). Physiologe. Arbeiten über Physiologie der Muskeln und Nerven, tierische Wärme, Serum-Therapie. Nobelpreis 1913.

10 [S. 148] Albert Freiherr von Schrenck-Notzing (1862–1929). Arzt. Kam vom Studium des Hypnotismus zur Parapsychologie. Untersuchung bekannter Medien mit z. T. von ihm zuerst angewandten naturwissenschaftlichen Methoden.

11 [S. 149] Paul Thiébault (1769–1846). 1800 zum General ernannt, nahm an den großen Feldzügen des Empire teil und kämpfte besonders in Spanien. Verfasser von sehr lebendigen, aber einseitigen Memoiren.

12 [S. 172] »Und wenn uns ein Zug ...« Stephan von Sala zu Julius Fichtner (*Der einsame Weg*, IV. Akt, 8. Szene).

13 [S. 215] Theodor Reik, *Geständniszwang und Strafbedürfnis. Probleme der Psychoanalyse und der Kriminologie*. Leipzig–Wien–Zürich 1925.

14 [S. 218] Habek: nicht ermittelt

15 [S. 224] Hermann Bahr (1863–1934). Führend im häufig »Jung-Wien« genannten Kreis österreichischer Schriftsteller, dem u. a. auch Arthur Schnitzler, Hugo von Hofmannsthal, Richard Beer-Hofmann, Karl Kraus und Felix Salten angehörten. War Mitherausgeber der Wiener Wochenschrift *Die Zeit*.

16 [S. 224] Leopold Reichsfreiherr von Andrian zu Werburg (1875–1951). Diplomat, Schriftsteller. 1918 Generalintendant der beiden Hoftheater in Wien. Im Freundeskreis stets Poldi genannt.

17 [S. 224] Felix Salten (Pseud. für Siegmund Salzmann) (1869–1947). Schriftsteller, Kritiker. Gehörte zum Kreis des »Jungen Wien«. Zu seinem Roman *Die klingende Schelle* vgl. *Über Kunst und Kritik*, Bd. 11969, S. 130–134.

18 [S. 224] Die folgenden zehn Aufzeichnungen sind durch einen angehefteten Zettel mit dem Bleistiftvermerk Sch.s »Früheres zum Diagramm« gekennzeichnet. Der Zettel trägt in der rechten oberen Ecke die Jahreszahl 1916, es folgt ein undeutliches Bleistiftzeichen, das eventuell als Fragezeichen gelesen werden könnte. Da die Serie ursprünglich durchlaufend paginiert war – es fehlen allerdings einige Blätter –, liegt der Schluß nahe, daß sich die Datierung auf das Ganze bezieht.

19 [S. 229] *Diagramm:* Der Geist im Wort und der Geist in der Tat.

20 [S. 229] Frau Dr. Eugenie Schwarzwald. Leiterin einer bekannten und als modern geltenden Schule in Wien.

REGISTER

ARTHUR SCHNITZLER

Reigen

ZEHN DIALOGE

Liebelei

SCHAUSPIEL IN DREI AKTEN

Mit einem Vorwort von Günther Rühle
und einem Nachwort von Richard Alewyn
Band 7009

Sechzig Jahre lang war Arthur Schnitzlers *Reigen* nicht auf der Bühne zu sehen. Nach zwei skandalbegleiteten Aufführungen in Berlin (1920) und Wien (1921) hatte Schnitzler jede weitere Aufführung des *Reigen* verboten. Nachdem mit dem 31.12.1981 – 50 Jahre nach dem Tod des Autors – die Urheberschutzfrist in den an das deutschsprachige Gebiet angrenzenden Ländern ablief, entschloß sich Heinrich Schnitzler, Sohn und Nachlaßverwalter Arthur Schnitzlers, die Aufführungssperre für Länder mit längerer Urheberschutzfrist, wie Deutschland und Österreich, aufzuheben. Seit dem 1.1.1982 gibt es nun wieder so etwas wie eine fortgesetzte Aufführungsgeschichte des *Reigen*. Das Stück, zeigt sich, hat auch nach sechzig Jahren nichts von seiner Aktualität eingebüßt. »Die beiden kleinen Stücke, die hier miteinander gesellt sind, sein [Schnitzlers] berühmtestes und sein berüchtigstes, scheinen sich schlecht miteinander zu vertragen: die gemütvolle *Liebelei* und der ungemütliche *Reigen*, die rührende Tragödie und das *zynische* Satyrspiel, das eine ein Volksstück, gesättigt mit Lokalkolorit – es gibt keine Dichtung, in der mehr Wiener Luft wehte – mit allen öffentlichen Ehren im Burgtheater aufgeführt, das andere als Konterbande lange im Schreibtisch des Dichters versteckt und von Ärgernissen und Skandalen umwittert.

FISCHER TASCHENBUCH VERLAG

fi 1120 / 2